龔鵬程 著

中國文學十五講

鵬程

臺灣學生書局印行

自序

這是一本講錄。書名仿自牟宗三先生《中國哲學十九講》，談的卻是文學與文化的關係。

講錄成書，本是舊例，《論》、《孟》就出於講說；希臘蘇格拉底、柏拉圖所傳，也是演講錄；佛經更屬「如是我聞」。但我不敢妄希聖賢，本冊既比不上牟先生那本傑作，更無成為經典的可能，所講只是一些文化小常識，提供給喜歡文學的朋友們做參考，聊以入門而已。

一般談文學，要不就賞析作品，結構啦、布局啦、筆法啦、人物情節之安排啦、修辭之巧妙啦，分析入微；要不就探究作者，論其心境、遭際、時世、交遊、寫作年時等，期為知音。這些辦法當然都很好，也都是必要的。但我現在所準備談的卻不是這些，而是把文學作者、作品，乃至文學活動，放在一個較大的領域中去看。本書十五篇，也就是十五講，分論文學與經學、史學、子學；儒家、道家、佛家；書法、繪畫、音樂、武俠；社會、國家、時代、地域、讀者的種種關係。

為何要如此談文學呢？文學是人文活動之一端，它有具體的人文脈絡，成於特定之社會文化中，不了解這些社會文化狀況，自然便難以理解作者與作品，此孟子之所以云讀書須知人論世也。例如讀李白詩而不懂道教、讀王維詩而不懂佛教，能成嗎？中國文學，與儒道佛、經史子學以及書法繪畫諸藝、時空邦國社會等等共生，彼此牽聯相關，互爲骨血。不能明白這些，僅抽提、孤立地談作品與作者，你以爲做得到、談得好嗎？不懂這些而用西方文學理論來解析中國文學，你又以為能行嗎？

近世論文學，不幸偏欲行此魔道。一方面是文、史、哲、政治、社會分科別系，各領風騷。中文系專究文學，罕窺經史諸子之奧，於佛老哲學、書畫藝術亦頗睽隔，號稱專業，其實只是固陋。以致於談文學便僅能就作者生平、篇籍流傳考來證去，或就作品之章句修辭，析來賞去。另一方面又有西洋新批評推波助瀾，認為文學批評就該只針對作品本身，不必問作者乃至時世社會等事。說那些均屬歷史主義、都是外緣研究，作者已死，審美唯須當下即是。於是論文學者崖岸自高，益不屑於瞭解那些外緣。

實則康有為詩嘗云：「別有遁逃聊學佛，傷於哀樂遂能文。」文人創作，不過是心跡之外顯，創作主體並不在作品本身。其所以創作，並作成這樣那樣的作品，原因都不在作品上。新批評以作品為唯一依據，實是膠執筌蹄，未究心源。而作者之所以能成文，又或因感事傷時、或因逃禪修道、或因徵聖宗經，原因亦皆不能僅在作者身上求。陸放翁教子詩云：「汝果欲學詩，工夫在詩外」，詩外的東西，才真正是詩裡面的東西。詩中所有，均自詩外得來，所謂外緣研究，恰恰是內在之本。作詩如此，讀詩亦然。近人橫剖內外，割裂文學與其他人文知識及活動，真是未之思也！

時世如此，則我這一系列演講亦可視爲傷世之作。只不過，受限於學期與課時的限制，每一講雖都是大題，我卻只能略講，掛一漏萬，言簡意闕，乃是必然的。講時趁口興到，細大不捐，亦只能請求讀者矜諒。好在只是入門、只是介紹、只是提醒，讀者觀其大意即可。我若真要繁密嚴謹地講，恐怕反而不便初學。

這一系列，我講過幾次，每次頗不相同。因我講課並無講稿，又無一定的內容，因時因地因機而發，殊不一致，如水注物，賦形各異。這本書所錄，基本上採用二〇一〇年在北京大學中文系所講，由學生據錄音整理成稿。他們整理得很辛苦，但畢竟非子游子夏萬章公孫丑，是以所錄文字還須由我花很大的氣力來修訂。修來改去，日就月將，終於文不文、語不語，支離桀格、漫不成章。我心已倦、我力已疲，只好如此啦，其中疵謬，讀者恕之。

二〇一一年辛卯冬至，寫於燕京

龔鵬程

中國文學十五講　目次

第一講　文學與儒家

一般人談文學，要不就作家講，要不就作品講；欣賞作品的美感，或討論作家的創作歷程、觀察他的心靈世界。但現在我們要做的事不是這樣，既不談作家、也不談作品，而是談文學跟社會文化的大關係。把文學活動放在一個大的領域裡面去觀察，特別是由整個文化傳統、思想脈絡去瞭解中國的文學為什麼會是這個樣子，而中國社會文化的特性又如何從這些文學中看出來。

每次講一個主題，例如文學跟儒家、道教、佛教等等。每一講都是獨立的，每講其實也都是很大的課題，將來諸位都可以自己去慢慢延伸發展，我只能就要點提醒大家注意若干東西，以便各位將來自己慢慢探索罷了。

一

今天談文學跟儒家。因為它太重要，所以不得不放在第一講，可是自近代以來，要談文學跟儒家的關係卻是極不容易的。

如近幾十年在思想界比較有影響、對中國思想比較有闡釋成果的是當代新儒家，又稱港臺新儒家。其實他們的影響並不限於港臺，大陸改革開放以後，思想上之所以能夠重新接上中國傳統文化的脈絡，主要即靠港臺新儒家之接引。當代新儒家諸君既稱為儒家，當然以恢復儒學、延續儒學的命脈為其職志。當年，唐君毅先生寫過一本書叫《說中華民族之花果飄零》，說中國文化就像一株大樹，樹本身枯萎了，以致枝葉花果飄散於世界各地。各地的華人抱著這種文化的悲情，處在文化飄零的境遇中，真是一個悲哀而且殘酷的現實。但這時候，這些新儒家卻抱著一個使命：在花果飄零的時代，定要讓飄零的花果「靈根自植」，重新長出枝幹來。所以他們是以延續中國傳統文化為使命的，確實也對儒家傳統作了許多有價值的梳理。

但是講孔孟、陸王、程朱都好辦，唯有儒家跟文學的關係講起來費勁，所以常常就不講。如牟宗三先生的主要著作《才性與玄理》、《佛性與般若》、《心體與性體》、《中國哲學十九講》，都只談哲學，而對文學與藝術毫無討論，更未談及中國哲學與文學的關係。

他還翻譯過康德三大《批判》，是世上極少數以一己之力翻譯康德《純粹理性批判》、《實踐理性批判》跟《判斷力批判》的人。《判斷力批判》談的是審美判斷，這本書很早就有宗白華先生的譯本，雖然牟先生對他的翻譯不很滿意，可是他也一直不願意重翻。因為他覺得談藝術審美沒啥必要。為什麼呢？康德三個批判，主要是想處理西方三大問題：真 善 美。真，是純粹理性的問題；善，是道德理性的問題；美，是判斷力的問題。然而在中國卻不是這樣三分的。在中國文化裡，依牟先生看，真的部分，從墨家名家以後基本上就沒有獨立發展出來。我們發展得最強是善的這一部分，真跟美也都歸到善裡邊去。像莊子講的「真人」，這個真不是指西方純粹理性的真，真人也不是西方講的真善美的真。真人是純粹的人，既真，又善，又美，所以莊子形容他：「肌膚若冰雪，綽約若處子」。《詩經》、《楚辭》之所以用美人來譬喻君子，也是這個緣故。因而牟先生認為在中國講最多最好的就是善，而美這個部分在中國又從來都是美善合一的，所以這個部分根本不需要獨立討論。康德想用美去溝通「真」跟「善」這兩端，牟先生更覺得沒有必要。故他後來雖然也譯了第三批判，卻譯得很特別，等於是哲學家之間的對話而不純是翻譯，同時寫了很長的序，把康德數落了一通。說康德的講法，一是沒必要，二是理論上有缺陷。他想建立一個審美活動的超越依據，叫「美的客觀合目的性」，牟先生卻認為這不能作為審美的依據。如果真要給審美活動找一個根據，那就不該是「客觀的合目的性」而是「無相原則」。

其辨析甚為繁複，我在此不能詳述。簡單講，所謂無相原則，他用的不是佛教的理論而是道家的，類似道家說的「虛靜心」。牟先生在講魏晉玄學時，也特別提到當時人順氣言性，大談才性，義理上雖不通透，卻可以顯出一種審美的藝術觀照，其思路亦近於此。

另外，徐復觀先生有一本《中國藝術精神》，是新儒家中少數討論文學藝術之作，很有影響，是這個領域中的經典之作。該書第一章講孔子、講如何從仁心的發顯而成為藝術精神，十分精彩。但從第二章開始講莊子以後，就跟儒家沒什麼關係了。因為他認為孔子所開啟的這種傳統，後世並沒有傳承下來。譬如山水畫就可以看出莊子藝術精神的影響，是由莊子講「心齋」、「坐忘」的發展，屬於莊學的傳統。後代文人，魏晉以後基本上都是莊子式的。

他們的講法，讓人覺得所謂新儒家竟好像是新道家，要不就不談文學藝術，要不就把中國藝術精神推源於道家。或說儒家可能也蘊含了一種藝術精神，但可惜後世沒有傳承。或者如牟先生，根本沒有談到儒家本身有這方面，他主要都由道家設想。

二

港臺學者之觀點如此，大陸的情況又如何呢？

從五四運動以來，我們對中國歷史基本的瞭解，是胡適、魯迅、顧頡剛他們所建立的。顧頡剛寫過一本書叫《漢代的方士與儒生》，認為先秦的孔孟之道，到漢代以後就產生了重大變化。混雜了方士的儒生，用神仙家的陰陽五行邪說哄騙皇帝，使得儒學跟國家權力結合，儒學成了國教，獨尊儒術、罷黜百家。同時又講天人合一、陰陽災變，讓皇權跟神權結合。這就奠定了中國以後專制儒學的基本框架。

此說其實是把漢代想像成歐洲的中古時期，認為當時的儒生就像中古時期經院神學家那樣，用繁瑣的訓詁考證講神學。神權、皇權、知識權力整個結合在一起。

這樣解釋中國史，是二、三十年代流行的時髦作風。不止顧先生如此，胡適、馮友蘭論中國哲學亦莫不如此。

胡適的哲學史，一般人看到的只有上半部叫《中國古代哲學史》，所以常嘲笑他寫書如太監，下面沒有了。實際上下面還有。他寫了兩部，一叫《中國中古思想史長編》，一叫《中國中古思想小史》。他認為先秦是上古，漢以後是中古，直到唐代，宋代以後則已經進入近代了。所以他一向把唐代興起的禪宗跟宋以後的理學看成是中國的「文藝復興」。依此說，漢代當然也就跟西方的黑暗中古時期相似，是經學、神權、王權的結合的時代，跟顧頡剛的講法並無太大不同（**顧先生的講法或許即是由胡先生那裡來的**）。

馮友蘭先生《中國哲學史》更絕。整個中國哲學的歷史只有兩階段，第一段是先秦，叫做子學時代，諸子百家爭鳴。漢朝董仲舒以後就叫做經學時代，直到清末的康有為。為什麼這樣分呢？馮先生認為：中國哲學跟西方哲學之不同，其實只因中國哲學還是一個尚未近代化的哲學罷了。我們若把歷史切成三段，類似西方那樣，分成上古、中古、近代。上古這一段先秦，類似西方的希臘時期，百花齊放。到中古，羅馬信奉基督教以後，形成政教合一的單一神權社會，則漢代也有一個龐大的儒生階層，跟政權、神權結合在一起。而這種形態，一直延續到清末康有為那個時候都還沒什麼改變，所以說中國還沒有如西方經歷過啟蒙運動那樣，進入近代。哲學亦因此仍如西方神學院的經院哲學般，屬於中古時期，故他稱為經學時代。

當然，馮先生這種劃分方式，把中國的中古時期拉得很長，乃是又受了西方流行的「東方專制社會停滯論」之影響；但這亦非他一人如此，受五四運動影響的這一代的學者，自命先進，要推動中國之近代化或現代化時，皆往往如此。最近上海復旦大學朱維錚還出了一本書叫《走出中世紀》呢！書名就顯示他認為中國還停留在中古黑暗時期。

在文學史的解釋方面，劉師培、魯迅也都明確以上古中古來討論。劉先生有《中古文學史》的講義，魯迅亦有著名的魏晉文學自覺說。

魏晉文學自覺說，是把魏晉看成人的醒覺與美的發現之時代。因為漢代的專制王權與儒家經學結合在一起，經漢末大亂以後，王綱解紐，魏晉才脫離了大一統專制王權之籠罩，同時也脫離了經學的籠罩，開始產生了人的自我意識以及老莊玄學。正是因為如此，所以才有美的發現與追求，所以才有文學藝術及人物風姿之美，所謂「魏晉風度」。

這個講法，顯然也是要擺脫儒家的。把儒家看成是文學史上的壓抑者，只有儒家衰了，才可能從老莊玄學中產生人的醒覺跟美的發現。

依他們看，漢代儒家的文學解釋，完全是以政教觀點對文學的壓抑跟扭曲。例如《詩經》本來是一部民間歌謠式的文學作品，可是漢朝人卻把它當做「諫書」，從贊美君王或風刺君王的角度去解釋，完全把《詩經》扭曲成一種政治教化的體系，不曉得民間歌謠是真正抒發感情的，並不是道德教化。

凡此等等，顯示我們海峽兩岸對文學史之認識，其實有個共同的基本大框架，都是貶抑儒家的，所以要談文學跟儒家的關係就特別困難。

三

可是，如此談文學其實是荒唐透頂的。為什麼呢？

首先，我們近代的這個文學史框架，其實只是個西洋史的框架，拿著它去硬套。像魯迅講的那一大篇，人的醒覺啦、美的發現啦，聽起來頭頭是道，令人佩服；可是你仔細一看就會發現：那不就是西方人在講他們的文藝復興嗎？我們只是把西方人對文藝復興的解說詞用在中國史上來再講一遍而已。西方人大罵他們的中古，稱為黑暗時期，我們也努力找到中國的某一段時期來罵，說這就是中古、就是黑暗。他們罵君權神授、罵教士階層，我們即說中國歷史上正是君權神授、正是經學為神權君權服務。他們說文藝復興以後人才睜開理性之眼，解除「魔咒」，發現了人；我們也就說魏晉以後人才擺脫經學及大一統政權，發現了人。諸如此類，講的真是我們自己的歷史嗎？這不是開玩笑嗎？

正因為套著別人的故事來說自己的身世，所以我們根本搞不清楚自己歷史的實相。

例如說《詩經》是民歌、是文學。現在幾乎所有教科書、文學史都這樣說。可是《詩經》怎麼會是民間歌謠呢？哈哈！《詩經》包括三個部分：風、雅、頌，雅跟頌都絕對不是民間的東西。大雅小雅是朝廟樂章，頌是歌舞祭拜帝王之先王先公的。

至於風，風就是民間風謠嗎？非也，非也！十五國風，固然因各國風土不同的曲調分，但曲辭誰作的呢？曲辭的內容講的又是誰家事呢？

試打開《詩經》看看。風的第一部分是《周南》，周南的第一篇是〈關雎〉，〈關雎〉首章說：「關關雎鳩，在河之洲。窈窕淑女，君子好逑」，是男子追求女子。然後第二章、第三章講追求，最後追求成功，要結婚了，所以「琴瑟友之，鐘鼓樂之」，很高興，音樂據說也很好聽，孔子曾形容它：「關雎之亂，洋洋乎盈耳」！這樣的情歌，漢人說是在贊美后妃的德行，豈不是迂腐嗎？不然，漢人講的恐怕沒錯，今人說它是民間男女情歌卻是天大的笑話。何以故？「鐘鼓樂之」，在周朝禮樂社會中，誰家又會有鐘鼓？當然是諸侯王以上才有。所以《周南》從開篇第一曲就知道這絕對不是民間歌謠。再說啦，它不是民歌，須要讀到第三段才能曉得嗎？第一段不就說了「君子好逑」嗎？各位想必還有這樣的常識，應該知道：君子，那時不是指有品德的人，指的就是貴族。所以這首詩怎麼會是民間歌謠呢？

《周南》最後一篇叫〈麟之趾〉，同樣講君子，形容這位君子像麒麟一般漂亮：「麟之趾，振振公子」、「麟之定，振振公族」。公子、公族，一看就知道這也當然不是民間的。

《周南》後面接著是《召南》。《召南》第一篇是〈鵲巢〉，這是講鵲巢鳩占的事：男人像鵲，鳩像女人，女人嫁到男人家裡來住了以後，反而要做這個家的主人了。詩云：「維鵲有巢，維鳩居之。之子于歸，百輛御之」，要用一百輛兵車去迎娶。那時誰家有一百輛兵車呢？民間能有嗎？

像這樣的例子可以不斷舉下去。近代以來，說《詩經》是民間歌謠的人基本上是不讀書的，只是拿著一堆概念、一種意識形態去套，成見在胸，所以心有蓬塞，連這麼明顯的字句都搞不清楚。漢人講「后妃之德」云云基本沒有講錯，我們現在講《詩經》是民間歌謠卻只是胡扯，人家還有個譜，今人則根本離了譜。

所以說，我們整個文學史知識都是要重新梳理的。像剛剛我介紹他們說魏晉跟漢代是斷裂的關係，漢代是儒家專制的時代，魏晉由儒學變為道家玄學，才變成個體自由的時代，人由封建大統一的帝國中掙脫開了等等，其實就只是套著歐洲的文藝復興來講，完全沒有中國史的常識。

為什麼？魏晉南北朝是士族門第社會，這樣的社會，陳寅恪先生概括得很好，他說：士族之建立有兩大原則，第一叫做「累代官宦」，如王、謝、袁、蕭幾大家族的子弟，都是自幼就做官的。如謝靈運，又叫謝康樂，因為他生下來十幾歲就襲封為康樂侯。但光是歷代都做官還是不夠的，不是做官就會被尊重。要成為士族還需有另外的條件，那就是第二個原則，叫做「經學禮法傳家」，這樣才能有地位、有錢、又有文化。世族又稱為士族，就是這個道理。

這樣的士族門第社會一直到宋代才瓦解，所以魏晉南北朝的社會組織與架構根本不是過去我們所想像的玄學啦、破除禮法啦等等等，所有世家大族都是以經學禮法傳家的。玄學不是主流，更不足以替代經學。現在我們讀的《十三經注疏》，《論語》是魏何晏的集解，《左傳》是晉杜預的注，《穀梁傳》是東晉范寧的注。《易》是魏王弼注，《爾雅》是晉郭璞注，《尚書》的古文部分可能出自晉人之手，偽孔傳也出於晉人。而繼漢朝馬融、鄭玄而興的經學大師則是魏晉間的王肅，遍注群經。所以這段時間其實是經學大昌盛之時，絕對不能想像玄學已替代了經學。像建安七子中曹植、王粲、劉楨他們都有經學著作。曹植是習齊詩的；王粲著有《尚書釋問》四卷；劉楨著《毛詩義問》十卷。竹林七賢中的代表人物阮籍，〈詠懷〉詩也說：「昔年十四五，志尚在詩書」；嵇康則在太學寫石經，又著《左氏傳音》三卷。誰說他們不講經學？

各位還可以去查一查《隋書．經籍志》，查了你就會發現六朝人寫的禮學著作多得不得了，遠遠超過玄學。過去大家總是覺得兩漢是禮教社會，魏晉是自由、玄學、狂放的，其實六朝貴族最重視的就是禮教，其重視程度甚至超過漢代，故章太炎先生論「五朝學」，就最推崇當時的說禮文字，謂其精到深入，無論數量跟品質都勝於漢。這樣的時代，近人卻說它是破除禮教、任性而動，真不知從何談起？

四

以上講了這麼多，無非要提醒各位：切莫輕信現代人對儒家、中國歷史、中國文學的任何論述，那往往是在特殊時代情境和視野中形成的偏曲之見。要明白文學與儒家的關係，還得重新來看歷史。

從歷史上考察，孔子藝術修養甚高，大約是沒什麼疑義的。徐復觀也說孔子開啟的藝術精神十分可貴。孔子的藝術素養主要是詩。不過當時詩只是音樂，並非後世所謂的文學。像後人常說《詩經》裡面有六首是佚詩，詩句亡失了。實際上這六首並不是佚詩，而是六首樂曲，本來就沒有配歌詞，只演奏，不唱的。後世把《詩經》看成文學作品，沒注意它本是樂章，故理解上才有這樣的落差。但也因為如此，孔子的詩教，後來也就完全開啟了文學家論詩的傳統。所有論詩的基本原則都從孔子來，如「不學詩，無以言」、「溫柔敦厚，詩之教」、「興、觀、群、怨」、「繪事後素」等，都反覆被詩論家發揮著。

孟子也很重要，孟子一樣重視詩書，且孟子有幾個觀點對於後來的文學批評有極大的影響，一叫知言養氣，像《文心雕龍》有〈養氣篇〉，韓愈說文章要怎麼樣才能寫的好呢？不是去雕琢字句，而是要養氣，「氣盛則言宜」，這就是孟子養氣說的發揮。中國論文學重氣，講文氣，文章要有文氣，作者就要養氣，孟子說我善養吾浩然之氣。其知言之法也很重要。如《尚書》記載武王伐紂，決戰很慘烈，血都可以把搗米的杵浮起來了。孟子就說讀書不能把這類文字看死，盡信書不如無書。還有，書該怎麼讀？他說須知人論世、以意逆志。這都是極重要且被後世奉為圭臬的。《孟子》的文章，宋代以後也成了重要的文學典範。像桐城派，到近代吳闓生還在寫《孟子讀本》教人怎麼從文學角度來閱讀《孟子》呢！

荀子也一樣對文學影響深鉅。剛剛我們曾提到孔子與音樂，但儒家音樂理論最完整的表述，其實是荀子。其樂論也是《史記》、《禮記》的依據，後世相關論述可說亦是由此發展下來的。其次，荀子的文學表現與孟子不同。孟子的文學表現，是宋代以後從文學角度去看孟子而獲得的理解，荀子不然，他是賦這個文體的創造者。《漢書・藝文志》說賦有三個源頭，第一就是荀子，第二是陸賈，第三是屈原。這是賦的三種類型，但陸賈影響甚小，屈賦或另立為「騷」，所以荀子獨為賦之祖，各位去看《昭明文選》的分類就可以看到這層道理。除賦之外，他還有〈成相篇〉。這一篇，有人說當是如少數民族一邊擣杵一邊踏腳唱歌的歌詞；也有人認為是我們現在說相聲之「相」，所以它跟說唱史是有關的。

這些皆可以看出荀子在文學上的重要性。我講這些，各位可能還不覺得他有什麼特別，聽來尋常。但若與先秦其他各家略作比較，你就會發現，這是個非常特別的角度、很特別的傳統。為什麼？

因為跟墨家比，墨家就是完全反對這一套的。墨家不只非攻，它還非樂，強調音樂對社會的危害。樂，指所有的藝術，譬如文繡、雕刻都叫樂，用音樂來概括所有人類的藝術行為、藝術活動。而這些都是不必要的。為什麼？墨子是個實用主義者。我們常說中國人受儒家影響，是實用主義，其實墨家才真是實用主義，故它只要質不要文。例如買一張桌子，它最重視的是材質好不好，耐不耐用、堅不堅固，能不能達成放東西的用途，這就是「質」。如果反而去講究桌子的造型、雕花、上漆、樣式等文飾之美，它就覺得是買櫝還珠，不實用了。如若天下人都去追求這些文飾虛華，則必危害國家。

儒家不然。材質當然很重要，但文飾也很重要，且跟質是不能分開的。墨子卻因強調質，反文非樂。墨家如此，法家也是如此，它批評「儒者以文亂法」，說儒者的缺點就是文太多了，是國家五種蛀蟲之一。其說很像柏拉圖講詩人應該逐出理想國，因為他們會蠱惑人心、危害城邦。

這兩家是明確反文的，兵家、農家、名家、陰陽家這些則都跟文藝沒關係。最後僅剩道家。道家與墨家一樣，是反文的，故曰「信言不美，美言不信」，強調反樸歸真，僅重視質、樸而不貴文。道家當然仍可如徐復觀所說，發展為藝術精神，但那是以道家詭譎的方式（如無為而無不為、不言之教、淵默而雷聲等等）開展出來，它本身卻是質樸無文的。

所以先秦諸子，真正跟文學有關、提倡文的，其實只有儒家。中國文學若要講思想源頭，就只有這個源頭，由其他家談不下來。

五

這是源頭，其後則有流變。就像孔門有四科十哲，孔子死後，儒分為八，德行、政事、言語、文學，四科也漸漸分化了。後來的儒者，有一派重視德行實踐，如宋明理學家即是。漢代選拔人才，有一科叫孝廉，也就是由孝順、廉潔等道德的角度來選拔。孔門四科中還有個「文學」，是指做學問。漢代以後，在史書《儒林傳》的儒者，大抵皆屬於這些人。其學問主要在經學，故又稱為經生。政事這一類則是從事政治的，在漢代稱為文吏，他有儒家的知識素養，但從事政治活動，主要表現在官場而非書齋。最後便是言語，這就是追求詞藻之美的人了，也即是文人。

文人、經生、文吏、道德家，雖皆出於儒，但這幾類人在漢代就已經分化了，頗有競爭關係。例如王充《論衡》就認為文人最好。因為文吏沒什麼學問，不如經生。但經生研究經典，註來註去，跟我們現在的學者差不多，抄來抄去，沒什麼自己的見解，故不能講自己的話，不會寫文章。只有文人能讀了書以後，化作自己的語言說出來，所以最高明。

不管誰比較高明，儒者分化的問題其實貫穿了整個中國學術史、思想史、文學史，後代很多現象都跟這種分化有關。如宋明理學家跟漢代經學家的不同，就是德行與文學之分。宋儒批評經生都是口耳記誦之學，在身心性命上沒有實踐性。程伊川曾說：讀《論語》，若未讀時是這樣一個人，讀了之後還是這樣一個人，便與未讀相似。我們讀書，確實常是如此，書中言語如「學而時習之」啦、「吾日三省吾身」啦、「非禮勿言」啦，雖讀得爛熟，卻一句也未實踐。道學家如此批評經生，經生也不服氣，說道學家講的那一套，文獻上沒有支撐，都是自己的想法。所以戴震說我們做學問應通過文獻考證來得到它的義理，不是你自己杜撰一套義理。文人當然也看不起經生，從王充以來就看不起，嘲笑學者不會寫文章。經生更討厭文人，覺得文人浮華，學問不紮實。道德家亦批評「文人無行」，文人則寫了無數譏嘲道學家拘執迂腐的文章來毀謗他們。

不只是意見交鋒，現實也是有競爭的。例如孝廉本是考校德行的，但後來孝廉這一科消失了，併入秀才科，考文章。因為德行很難判斷，只能靠推舉。但世家大族掌握了輿論話語權，所以推舉出來的都是世族。不得已只好考試。考來考去，孝廉就都變成了言語詞章。大家都追求辭華，遂又有經學家出來主張科舉禁止詩賦、唯試經義。

文學中，嚴滄浪說「詩有別才，非關學也」，認為詩跟學問是兩回事；袁枚也嘲笑翁方綱「錯把抄書當作詩」，他們都是想把詩人與學人分開的。

文人跟道德家也不和睦。從道德的角度看，文人有很多毛病，感性生命太活躍，缺乏理性的約束，不能斂才就範，張揚著才性，不受法度、道德的約束。可是文人就偏偏要以打破道德自喜。由於社會推崇文人、喜歡文人，所以歷來默許或容忍了文人在道德上的失格。文人的許多行為，如果一般人這樣的話，大家都會嫌厭，文人則沒問題，或許反成了佳話。這似乎是文人的特權。但道學家討厭文人，說文人光會耍嘴皮子，文章寫得漂亮，才性機鋒很好，但道德往往不敢恭維。所以道學家和文人處不好，最典型的例子是程伊川跟蘇東坡。

我們都覺得東坡是好人，有趣、可愛，讀文學的沒有人不喜歡他。但是東坡在他活著時，敵人多的不得了。當中有一些小人，但也有像程伊川這種，也是好人，卻與東坡合不來。東坡一黨，稱為蜀黨；伊川一黨，叫洛黨。讀宋史，很多人只注意到新舊黨爭，不曉得新舊黨鬥完以後，舊黨之間鬥起來才厲害呢。你不能說程伊川是壞人，可是伊川不喜歡東坡，東坡也討厭伊川。為什麼？這就是道學家跟文人脾性不合啦。東坡喜歡開玩笑，不拘小節，伊川卻最討厭他這樣。

而這樣的不喜歡不是一個人的問題，乃是一個傳統。所以小說笑話裡嘲笑道學家、罵道學家多的不得了。我們感覺道學家迂腐、呆板，這些印象都是哪兒來的？真正讀過《宋元學案》、《明儒學案》的人，會覺得理學家是迂腐嗎？當然不是，這個印象是文學家給你的，你真正去讀，便知不然。

顧頡剛曾舉了個例子。抗戰時他避居昆明，沒書看，架上還有伊川的集子，但他從小就不喜歡伊川，印像中道學家就是迂腐的，故根本不想看。後因實在沒啥書可讀，只好拿下來看，看了大吃一驚，說挺好的呀，講的道理都很好，我們從前搞錯了（**浪口村隨筆，卷五**）。

理學家對文人也是不滿的。剛剛講《宋元學案》，書中每個人都有學案，包括一些小學者都有。但蘇洵、蘇軾、蘇轍三個人有很多著作，影響也很大，卻沒有學案。他們的學案在哪兒？在全書最後，和王安石新學皆屬附錄，認為是雜學。理學家跟文學家之不合，可見一斑。

也就是說，儒者的分化，形成了後來複雜的動態關係。分化、競爭、對立，皆不罕見。然而，正因儒者分化，文人只是其中之一類，已不能得到儒學整體精神，所以中國文學史又有一個動態關係，要在天地已分、四科剖判之後，重新尋求整合。

六

像剛剛我們介紹過嚴羽說詩不關學，可是就有另外一種思路，是要把詩和學合在一起的。杜甫就講過：「讀書破萬卷，下筆如有神」。性靈派笑人家把抄書當成詩，可是桐城詩家以迄晚清同光體卻正是強調詩人跟學人合一的。

這樣整合的努力，首先可以見諸於《文心雕龍》。整個漢魏六朝以來，順著文人這條路子的發展，到齊梁已出現種種弊端，因此劉勰主張讓它回到正道上，要宗經、徵聖，回到孔子。《文心雕龍》是繼承孔子，向孔子致敬的書，劉勰夢到孔子才寫的。不是只有劉勰一個人這樣想，其後北朝蘇綽這些人模仿《尚書》、隋朝宣布文章浮豔要處罰，也都走這個路子，回到經典，文質相合。因整個六朝文太多了，質不夠，所以要文質彬彬，重新回到儒家。接下來就是中唐古文運動，講的是文與道俱、文以載道，文章要跟道結合。這個道，是孔孟之道，重新回到孔孟即古文運動之宗旨。宋代以後，盛行科舉經義，也就是俗稱的八股文，要用文學去表彰、闡述聖賢的道理。可見儒家分化以後，又不斷重新整合，是構成中國文學史的一個長期動態線索，最後希望達到文質彬彬的理想。我們治文學史，不能忽視這個線索。

七

最後，我還要從文學理論上說明文學與儒家的關係。

近代人批評儒家，老愛說儒家是封建禮教，以禮殺人或以理殺人，因而歌頌講「詩者，緣情而綺靡」的魏晉和「大倡情教」的晚明。認為儒家就是要壓抑情（欲）的。這真是寃哉枉也！

儒家最重情了，怎麼會壓抑情呢？禮是什麼？就是「因人情而為之節文也」！禮的本質或內涵正是情，例如喪禮所以盡哀、婚禮所以致樂，哀樂之情若消失了，禮還有什麼意義？徒為節文而已。故孔子曰：「禮，與其奢也，寧儉；與其易也，寧戚」（論語．為政篇）。

易，是指喪禮辦得井井有條，看起來彷彿很合理，但心中無臨喪者那種凝重感，一點兒都不沉重，如此倒還不如儀節儉略而自心哀戚呢！此說最能顯示儒家之精神。禮以情為質，其節文只是用來表現哀樂之情的。

但儒家也不會說只要有情就好，禮文儘可以不要。孔子剛才說的話，是一種抉擇語，與其如何，不如如何，顯示所重在情，但節文亦不能不要，否則就將如墨家，只要內質，不要禮樂了。子貢欲去告朔之餼羊，孔子說：「賜也，爾愛其羊，我愛其禮」，即是這個道理。文也要，質也要。所以說：「文質彬彬，而後君子」！

文質彬彬，也是孔子論史的意見。古史多夸飾，故孔子說：「文勝質則史」。此語後人常不能理解，其實只要看小說家之出於稗官野史就可以明白了。古史大約頗多此類小說家言，巷議街談，固不免於添油加醋。就是邦國大事，也未必就能盡屬實錄。後人說「左氏浮誇」或說「左氏之失也巫」，以《左氏春秋》這樣的良史，尚且不能洗盡浮誇之習，還保留了若干近於巫祝鬼神之談。則其他古史的情況也就大體可以想見了。孔子對此風氣，是意主改革的。自作《春秋》，筆法謹嚴，就是明證。但孔子並不會因為反對文飾太過就反文趨質。他非常明白：「言而不文，行之不遠」。因此他說：「質勝文則野」，野即粗鄙無文之意，此亦非儒家所喜。故綜合起來，仍是如禮那樣，要求情禮得中，文質得中。

中，就是不偏不倚。光有情不行，光講禮也不行，須既有情又有禮，能發乎情而止乎禮，才是儒家所推崇的。《詩經》以〈關雎〉開篇，提示的就是人倫造端於夫婦，而夫婦之成要發乎情止乎禮的。

孔子說「詩，可以興，可以觀，可以群，可以怨」。詩可以怨是沒錯的，但怨毀傷人，便非儒家所許。所以說要「怨而不怒，哀而不傷」。孔門弟子子夏老年喪子，傷心到哭瞎了，曾子就大不以為然，跑去責備他。為什麼？因為過了「度」。儒家講哀而不傷、怨而不怒，就是說喜怒哀樂七情皆須發而合度，合度才是中道。

一個人，如果能夠如此從容中道，文質彬彬，發情止禮，那他就是儒家所謂的君子了。君子的氣象是什麼呢？「溫潤如玉」！性格呢？「溫柔敦厚」！有光，但非刺眼眩目之光，是曖曖內含光型的，所以溫良可親；厚重有內涵，但又非木實土厚型的，所以潤澤可愛。這樣的美，才是中和之美。

儒家在文學藝術上影響國人最大之處，就在於它開展了這樣一套中和美學，完全主宰了中國人的審美觀。

所以你看傳統中國人喜歡的藝術品為什麼是玉、是瓷，而不是玻璃、水晶、鑽石。中國早就有玻璃器、玻璃藝術了，但玻璃光太浮、太亮，玻璃又太透，品位遂遠不能跟玉相比。若做藝術品，一定將它做成琉璃，半透不透的，仿類玉器，這樣才能值錢。瓷也一樣，追求玉的質感，所以陸羽《茶經》論茶碗說：「或者以邢州處越州上，殊為不然。若邢瓷類銀，越瓷類玉，邢不如越一也；若邢瓷類雪，則越瓷類冰，邢不如越二也」。邢瓷不如越瓷，比較的標準明顯就是以玉為式的。

器物如此，飲食亦然。珍貴之品，如燕窩、銀耳、魚肚、熊掌，都是半糊半透的，視之如一團玉漿。外國人對此皆絕不能欣賞、也不覺得有什麼營養價值，不知為何國人如此珍貴它。可是中國人就是喜歡。凡說好吃的，都說是錦衣玉食；說好喝的，都說是瓊漿玉液。

其他物事，則處處講究陰陽平衡、水火既濟。這個原則，用在文學理論上，就是才與學、情與理、法與自由，一切都須中和。用在書法上，就是用筆之剛柔相濟，「端莊雜流麗，剛健含婀娜」（東坡詩）。用在詩上，就是含蓄。……總之，你可以無限推衍下去，直到你不得不相信整個中國人的美感世界、審美標準就是中和為止。看人、看衣服、看妝扮、看山水、看畫、喝茶、飲酒、品物、論文、談藝，什麼都是這樣的。

如此觀人觀物，起源甚早，孔子以前，老早就已如此了。被孔子用來作為教科書的《尚書‧皋陶謨》曾記載大禹問皋陶什麼是「德」，皋陶回答德有九種，曰：「寬而栗，柔而立，愿而恭，亂而敬，擾而毅，直而溫，簡而廉，剛而塞，彊而義」。你看，不管這九德之具體解釋為何，你可注意它的表述方式，都是「A而B」的，而那A與B其實正好矛盾或相反。例如寬而栗，寬是寬厚、寬仁、寬容，栗卻是嚴厲。亂而敬、擾而毅等等也都是如此。既寬又栗，既亂又敬，這不就是水火既濟、文質彬彬嗎？孔子選此篇以教，自然有他的用意，而其影響深遠矣！

第二講　文學與道家

一

文學與道家的關係，有許多人強調過。可是我這一講卻不是還要講那些陳腔濫調，而是要著重介紹文學與道教。

一般人不懂，可能會說：既然談道教，為什麼題目不叫文學與道教呢？「道家」是指老莊思想，不是指道教呀！

這是一知半解的假內行。古代並沒這樣分，老莊固然被稱為道家，道教各派也同樣被稱為道家，《隋書・經籍志》所載《道學傳》就不是老莊而是神仙家言。所以現在人用道家指老莊、用道教指神仙方士，乃是分其所不當分。

可是另一方面，我們又往往該分而未分。例如過去講文學史說某某人受了道家之影響時，常沒搞清楚有許多根本不是老莊思想而是道教。像人們一談到魏晉，就說是老莊玄學，舉嵇康〈養生論〉、葛洪《抱朴子》等等為證，而不知他們都不是老莊，乃是道教的。

再看我們熟悉的〈蘭亭集序〉。其內容主要是說聚會非常好、非常快樂，但這麼美好聚會卻令人樂極生悲，想到人生苦短。現在聚會很快樂，可是轉眼就過去了，生命也就要消失了。因此〈蘭亭集序〉是個悲傷的文獻，講人面對時間的哀傷。而在哀傷中，王羲之還有個重要的體悟，發現莊子所說的「齊物等觀」、「齊彭殤、一死生」等等都是騙人的。莊子教人不要執著於大小長短，大小是相對比較來的，人陷在這些比較之中就不能見到天地之大美了；假如從大宇宙的觀點來看，一年、十年、一百年有多少差別呢，一個出生就死掉的嬰兒和活了八百歲的彭祖又差多少呢？莊子常常拿死亡開玩笑，是想去除我們對死亡恐懼。王羲之卻認為這只是個理論上的空話，故：「知一死生為虛誕、齊彭殤為妄作」。

王羲之他們是個道教家族，他根本不信老莊思想，所以有一雜帖還說：「省示，知足下奉法轉道，勝理極此。此故盪滌塵垢，研遣滯慮，可謂盡矣，無以復加。漆園比之，殊誕謾如不言也。吾所奉設，教意正同，但為行跡小異耳」（全晉文，卷二五）。他如此瞧不起莊子，可見當時許多人和事並不能只從「莊老玄風」去理解。

一般談思想史，又皆只談道家，以致大家對道教都不太瞭解，也不知道它對中國歷史有多大影響。所以我這一講會偏重從道教說。

二

《老子》，在戰國時期已經被經典化了，書已開始有人為它做注解。把它看成經，替它作解釋的這些書就叫做傳，跟《詩經》底下有毛詩、韓詩、齊詩、魯詩，或《春秋》之後有公羊、穀梁諸傳相似。當時有傳氏、鄰氏的傳，現在我們能看到最早的傳則是韓非子書的〈解老篇〉、〈喻老篇〉，喻是說明的意思。

老子本來是一個我們不太瞭解的人物，有高度傳奇性。即使是《史記》的記載也撲朔迷離。裡面說了幾個故事。重點之一說，老子是周朝的守藏史，等於國家圖書館館長，所以孔子專程從山東到洛陽來拜訪、問禮。老子對他有很多勸勉，後來孔子走了，對老子甚為讚歎，說老子像龍一般難以形容。其二說老子覺得沒人能瞭解他，就騎著青牛出函谷關，要去隱居了。在關口，碰到守關的關令尹，說隱居後您的思想沒人知道太可惜了，還是把著作寫下來吧。寫完以後，老子始飄然出關而去，這才有我們現在看到的《老子》五千言。這是老子生平的大要。

近代人不相信這些記載，認為老子恐怕不是孔子見過的那個人，或者孔子根本沒見老子，只是一個傳說；《老子》那本書的年代更晚，可能還晚到秦。錢穆先生就曾寫過一本《莊老通辨》，認為莊子在前、老子在後。

馬王堆帛書出現後，我們才漸漸覺得老子這本書具體成形，且和現代差不了太多，恐怕在孔子略晚時就如此了。我在讀大一時，突然得到消息，說大陸湖南長沙馬王堆挖出帛書老子，有一萬字，把我們都嚇壞了。因為我們讀的只有五千字。後來才搞清楚原來挖出來了兩本，稱為甲本跟乙本。現在版本《老子》是分上下經的，一般稱為道經和德經，帛書本卻是德經在前、道經在後，正相反。還有，現在《老子》分成八十一章，帛書本則是沒有分章的。這是漢代初年的版本，若再加上近年出土的戰國楚簡，益發可以証明《老子》在戰國前期就非常流行了，傳統的說法並沒有錯。

《莊子》遠沒有《老子》這麼流行，他是名不見經傳的人，同時代也沒有其他人談論過莊子。他跟孟子是同時代人，他們有共同交集的人是惠施，惠施曾經在魏當過宰相。孟子也在魏國待過，而且孟子是這麼愛評論的人，批評過的學者很多，可是並沒提到過莊子，主要只是攻擊楊墨之學。今天楊朱之學我們是看不到的。哲學史裡講楊朱，只能根據孟子批評的那兩句話，說楊朱之學為我，然後再根據一本有疑問的書《列子・楊朱篇》來揣摩楊朱到底講了些什麼，此外沒啥文獻。因此有人就懷疑楊朱可能就是莊周。另外，莊子書原有五十多篇，不是現在的三十三篇，現在這個本子，怕是後來經過魏晉郭象等人處理的（許多學者只相信內七篇，說外篇雜篇不可靠，乃莊子門人後學所作。為此考來考去，辯來辯去。其實多是妄見。內篇中的〈齊物論〉原先就在雜篇裡。故我們不能以現在看到的篇次來談問題）。

再者，老莊鏈結起來成為一個詞，大概也要到漢末才形成，早先老子主要和黃帝並稱為黃老之學。那到底是個什麼樣的學問，我們其實也不清楚，現在只能根據馬王堆挖出來的一些文獻，如《黃帝十大經》等等來談，從前談黃老更多只是臆測。

戰國到漢初，這段時間的人喜歡談黃帝，當時是個熱門人物，故事傳說很多，司馬遷寫《史記》曾說：「百家之言黃帝，其文不雅馴」，可見依託胡扯的很不少。而把老子跟黃帝合在一起講，或許強調的是清靜無為、與民休息，這是符合漢代初年政治環境的。漢初幾個皇帝都講黃老之學，武帝時的竇太后也還是。

另外就是延續著韓非子解老的路數，跟我們現在讀老莊時強調的清靜退讓等等全然不同。這是法家的讀法，認為老子是權謀之術。例如：無為，就是君無為而讓臣子去有為。做君主的人要明白：一個人的本事是有限的，愛表現的結果就一定會出紕漏，你有幾斤幾兩讓人看得一清二楚，所以做君王要垂拱而治，事情都讓底下臣子去幹。臺灣學者薩孟武先生寫過一本《西遊記與中國政治》，說：你看玉皇大帝有什麼本事嗎？他又不像如來佛本事那麼大，可為什麼天兵天將服他，聽他管，連如來佛也稱讚他？其實這就是做皇帝的訣竅所在。他不必自己出手，先用太上老君的招安之計，後用二郎神楊戩的武力鎮壓，再拉佛祖助陣，自然就平亂了。他不是沒本事，而是根本不必顯自己的本事，這就是治術。只有明武宗那樣的笨蛋，才會王陽明都已經把寧王宸濠擒了，亂事底定，他還叫陽明把人放回去，好讓他來個「御駕親征」，顯顯自己的手段。幸虧陽明不糊塗，早把寧王殺了，這才避免了一場鬧劇。

這叫君人南面之術。顯本事的，只能做先鋒，到前線去打仗，主帥都是靜坐後方調兵遣將的。政治史上最被大家嘲笑就是崇禎，他精明幹練，勵精圖治，最後國家卻亡了。所以他憤憤不已，罵臣子說我不是亡國之君，你們卻都是亡國之臣。後來史家評論道：光聽這話就知道他果然是亡國之君了。因為他最大的毛病就是不會用人也不能用人，在位時居然換了五十位宰相，這樣國家能不亡嗎？

韓非講的就是這一類「治術」，把老子解釋得像是個陰謀家。老子講「將欲取之，必故予之」等等都變成了人生的權謀。這是漢代老子讀法的另一路。

三

後來黃老之學慢慢又產生了變化，黃老神格化，變成一個神了。

漢人是講五行的，東西南北中，配金木水火土，又配顏色青白紅黑黃，中央是黃色。中央的位置，以君來代表。若以老少男女來分，則中央是老位，所以合起來就叫中央黃老君。中央黃老君，是在五行思想格局裡說的，但不久就被神格化，把中央黃老君看成是一位人格性的神，當一個神來祭祀他。

因而到東漢就出現了一個奉太上老君的道派，叫天師道。創教者是張道陵，他們的書叫做《老子想爾注》，這是我們現在可以看到最早的道教注解本。以前其實還有一本《河上公注老子》。河上公是隱君子，傳說是漢文帝時人，但此書未必那麼早，可能也要到漢末。

總之漢末把老子跟修道結合在一起，是一個宗教觀點，是以修煉的方法來解釋的。例如老子講專氣致柔，是教人要謙卑、處下、柔軟的，但這種謙卑的態度到宗教中就變成一種養氣的修養功夫，教人呼吸吐納。老子書也因此變成了道派所運用的典籍。《老子》向來有道教本跟文人版之不同，道教版本主要在道觀裡傳承，有的刻在道觀石碑上。他們的文字，跟我們一般看到的不一樣，也會刪掉一些虛字以符合「五千文」之數。

不過要提醒大家：天師道是政教合一的，其講法並沒有脫離那個從政治法術觀點來解釋老子的老傳統。

因為從河上公開始即講「治身如治國」，修身的方法和治國的原則是一致的，所以不能想像道士即如隱士一般。天師道更是政教合一之體制。它把所管理的地區分為二十四治，治就是教區。每個教區有傳教士負責教民，稱為師，有男師女師。同時起事要推翻漢朝的黃巾太平道，也是政教合一的。這樣的政權後來因為失敗了，所以道教後期才都避免談治國，只強調治身。

這時候，他們只講到老子，還沒有談老莊。把老莊和道教合在一起談，大概要到了隋唐。

道教也不都信奉老子。如太平道，理論和天師道差不多，說天地生病了，我要像醫師一樣來治理它，而且將來會降生一位真正的太平帝君，帝君出現以後就天下太平了。它就不奉老子或太上老君。

魏晉以後，從天師道又分化出來一個上清道。是一位天師道女師魏華存另創的，在南北朝期間很盛。它有自己的經典《上清大洞真經》、《黃庭經》等，道法主要是呼吸吐納加內觀，觀察我們身體內部的變化。

在漢末還有另一個靈寶道，宗旨不是教人修煉成仙，而是要普度眾生，主要經典叫《靈寶度人經》。因此上清道士見到死人是不能去超度的，他們須涵養生氣來克制死氣才能長生，碰到死人是晦氣的事，將大大折損修煉的功力，故遠遠看到人家抬棺材出殯就要趕快躲起來，最好是藏到水底，回家後還要沐浴更衣。靈寶則相反，要普度一切天人。到現在，道士還是分成兩類，像臺灣就有紅頭道士和黑頭道士之分，一種是做喪事的，一種則絕對不做。但道士若不做超度法事，收入就會減少很多，所以後來很多道派都吸收了靈寶濟度之法。

此外還有丹鼎道士，也稱為外丹或餌食。他們不只吃草木之藥。草木本易於衰朽，所以要吃不朽的東西，例如吃礦石吃金子，慢慢身體變成金子那樣就不朽了。可是一下吃那麼多也不行，會變成「吞金自盡」。吃這些金屬是有方法的，不能直接吃，而是要用鼎爐燒煉成丹藥吃，故稱為丹鼎道士。

這是中國最早的一批化學家。研究中國科技史的人對道教最感興趣了，因為早期的科技都是這些道士發明的，包括鑄劍做藥的技術等等。南朝大道士陶宏景就寫過《刀劍錄》，各位也應當讀過唐人傳奇《古鏡記》。而現今之所謂中醫其實也就是道醫：陶宏景另有一本《養性延命錄》，中醫聖典《黃帝內經》也是道書。因為該書古代的版本早失傳了，今天我們看到的，乃是唐代道士王冰的傳本，其中思想部分均是王冰用他老師所傳道書補進去的。唐代道教科舉就要考這本書。所以今天中醫這個體系基本上即是道醫。道士講養生修煉，發展出了很多醫學知識。

其中丹鼎道士主要是拿硫磺、丹砂、銅、鉛等等去燒煉，吃了大補。過去魯迅講魏晉的文人與藥跟酒，講的就是這類事。酒是行藥的，藥是五石散之類，吃了以後大熱。所謂「魏晉風度」，多與他們吃了藥有關。可是各位當注意：這不是魏晉之特色，唐宋皆然。光唐朝就有五個皇帝是吃藥吃死的。文人當然也吃藥，韓愈、白居易都服食，宋代的東坡兄弟、陳後山等人也還在吃。

北方奉道也很盛。北魏寇謙之，創了新天師道，自稱在嵩山發現了幾部經典。太武帝很相信他，把自己的年號改為太平真君，自命為救世道君。

後來唐代也如此。大家都以為唐朝王室因姓李所以以老子為本家，信奉道教，其實不只是如此。

唐代得天下，還同樣利用了太平道的啟示，宣傳太上老君要降臨。

且不是只有魏太武唐高祖這些人想到用這個思想來支持自己的政權，所有造反的人也都利用它，所以在南北朝期間打著太平真君旗號起來造反的就有幾十起。太平金闕帝君住在天上的黃金屋裡，姓李名弘，所以起事的人都自稱李弘，唐高宗還有一兒子叫李宏呢。

唐代推崇道教，所以在科舉考試中也專門開了道舉，其經典就是老子《道德經》、莊子《南華真經》、列子《沖虛真經》，道教正式成了國教。科舉取士，稱為「道舉」。同時，又設立了「崇玄學」、「崇玄館」，博士稱「崇玄博士」，已大致與「五經博士」相仿。這期間，老子被尊為大聖祖玄元皇帝，莊子、文子、列子、庚桑子隨後也分別被尊為南華真人、通玄真人、沖虛真人、洞虛真人。全國各州郡都依詔令設立玄元廟和崇玄館。道舉的官秩、蔭第都與國子學相同，舉送、考試也同科舉的最大科——明經一樣。由此可見崇玄學的位置。

宋代因外患很多，對內要建立權威，所以宣傳得到了天書，國號也有一段稱為太平興國，編了《太平廣記》、《太平御覽》等書，因而其國教仍是道教。對道家經典的重視更甚於唐代，從宋真宗詔國子監刊印御注《沖虛至德真經》開始，科舉考試即已超出儒學範圍，常從《老子》、《莊子》、《列子》中命題。到宋神宗元豐年間，開設了正式的「道職」科考，考試的內容除了道學經典，還要考齋醮科儀祝讀。《宋史·選舉志》稱：「宋徽宗時，詔太學、辟雍各置《內經》《道德經》、《莊子》、《列子》博士二員。」又稱：「（徽宗）政和間，即州、縣學別置齋授道徒。蔡攸上《諸州選試道職法》，其業以《黃帝內經》、《道德經》為大經，《莊子》、《列子》為小經。提學司訪求精通道經者，不問已命、未仕，皆審驗以聞。……道徒升貢，悉如文士。初入官，補志士道職，賜褐服，藝能高出其徒者，得推恩」。此舉甚至導致很多儒生士子換籍為道徒。

宋徽宗本人更是個狂熱的道教徒。他詩書畫俱擅，又學神霄派道法，這一派能引雷電來鎮伏妖魔鬼怪。由於道教是國教，所以道觀即是政府衙門，很多文人，如東坡、朱熹、陸游都當過道觀住持。東坡的啟蒙老師就是道士，最後一個官職則是玉局觀住持。歐陽修的父母亦葬在道觀裡。許多學者說中國歷代皆以儒家為國教，真是無知呀！

到了金元之間，就是各位所熟悉的全真教了。在元朝，全真教還扮演著漢文化傳承者的角色，包括孔廟的祭祀、儒家經典的研讀，全真教都起很大的作用。因全真教本身是三教合一的。它講《中庸》、《金剛經》，也講道經，跟儒家關係非常親近。

但不幸全真教到了忽必烈時期卻受到嚴重的打擊。因為西藏喇嘛在朝廷裡很多，蒙古國師就是創造蒙古文字的喇嘛巴思八，很受皇室信任，佛教勢力很盛。最後佛道教大論辯，辯來辯去沒有結果，佛教遂說：乾脆把兩家的經典拿出來燒吧，誰沒燒掉就代表誰勝利。道士沒有料到佛教可能預先做了準備，所以佛經沒燒著，道經就燒掉了。道教失敗，道士當場被剃了頭，勒令去當和尚。

雖然如此，道教在社會上還是影響不衰，對漢文化傳承方面的作用還是很大的。道派也很多，有全真教、玄教、太一教、真大道教及傳統的正一、靈寶、茅山等。

朱元璋取了天下以後仍以道教為國教。清廷雖然自己信喇嘛，但對於漢人所信奉的儒家、道教等等，一樣也支持，張天師被封為真人，爵位與衍聖公相仿。諸位翻看《閱微草堂筆記》，看紀曉嵐對張天師道法的敘述就知道當時士大夫跟朝廷對道教還是很支持的。這是道教大體的發展。

宋代以後，道士煉丹與從前不同處，是增加了內丹說。其理論是說真正藥物不是外在的金石草木或豬腦羊肝等，真正的藥物就在我們身體內部，只要予以烹煉即能長生。因此「鼎」不是化學反應爐，乃是我們身體本身。身體內部有陰陽、水火兩種不同的性質，修煉以後，慢慢就可以成丹。情形類似女子懷胎，十月丹成，可以如小孩生出來一般，跳出竅來，如此便能身外化身，長生不死啦！

這個理論形成於唐代後期，最具影響力的人是呂洞賓。內丹各派都奉呂洞賓為祖師。他與其師鍾離權留有《鍾呂傳道集》，其後發展出北、南、東、西、中五大派。北派就是全真，南派也跟全真七子一樣有七位宗師，性命雙修。命功是道教的方法，性功則採禪宗之教。東派是明朝末年陸西星所創，他也可能是《封神演義》的作者。還有中派李道純、西派李潛虛。西派成立時間較晚，清咸豐以後勢力才漸盛，這一派除宗呂祖外還拜張三丰。《張三丰全集》即李涵虛所編。所編文章，很多是扶乩扶來的。

扶乩是什麼呢？通常是用一根棍子，兩邊分叉，兩個人抓著它兩邊，棍子底下懸著一枝筆。筆下放個沙盤。把筆點在沙盤上，然後旁邊的人念咒請神。神下降後，筆就開始動，在沙上畫來畫去。抄起來，就是一首詩或一篇文章：這是神下降所寫的東西。康熙修《全唐詩》時曾主張乩詩不要收入，但實際上乩詩在古代十分普遍，民國初年陳衍《石遺室詩話》就還記錄了不少當時士大夫扶乩作詩的情況。這是傳統的一種人神溝通方式。

四

道教是極複雜的，詳情可去看我的《道教新論》。但各位聽了我以上介紹的概況，應該就能體會出它跟文學的關係很不一般。

從剛才的敘述中，各位可發現很多文人其實是道教徒，如天師道的王羲之、煉丹的葛洪、唐初學陶淵明的王績等。王績是王勃的叔叔，寫過〈醉鄉記〉。其中，李白最重要了。過去李長之先生寫過

《道教徒李白及其痛苦》，現在讀李白詩的人卻很少注意他道教徒的身分。李白是正式道士，不只有道教思想而已，他奉道籙、煉丹，詩中大量典故是跟道教有關的。李商隱同樣也學仙，且與李白同屬上清道。凡此，均可見道士或道教徒是文學創作的重要群體，更不要說明朝滅亡後出家做了黃冠，著有《霜紅龕集》的傅青主等人了。

注意這一點很重要，讓我舉個例。

現在我們講詞，無非從《花間集》的傳統上講下來，分婉約派、豪放派。這是明人的詞史觀，被我們發揚光大的。其實詞原本是流行歌曲，什麼題材都有，敦煌俗曲《雲謠集》就是明證。其中一大部分就是道佛教用歌曲宣教的曲詞。現在各類選本都很少選這類內容。可是各位知道嗎？道士多擅作詞，如全真七子就都有詞作，其中丘處機詞集名《磻溪集》，寫得尤其好。他們是個龐大的詞創作群。呂洞賓就寫有《西江月》等詞。一直到張三手的《無根樹》等，都是用詞來表達修道的體會、境界、方法。《全唐詩》裡神仙、高道之詩亦不少，也值得注意。至於跟道士來往的文人就更多了，如王維，我們只知他是「詩佛」，但他與道士來往的文獻也是極多的。

道士煉丹、吃藥，同時也是文人生活的一部分。韓愈、白居易、東坡兄弟都是如此。另外，我寫過〈乾嘉年間的鬼狐精怪〉。我們只注意到乾嘉年間的經學，但是沒有注意到鬼狐仙怪在整個文人中的狀態：前有《聊齋》，後有《閱微草堂筆記》、《子不語》。道教浸潤到了整個文人生活裡面。

所謂文人生活，包括對文房四寶的欣賞、對文物的品玩、對茶酒的鑒賞、對書齋住屋的要求、人在四時的調攝等。其經典文獻如高濂的《遵生八箋》是從人的角度講，文震亨的《長物志》是從物的角度談。教人怎樣過一種文人雅士、有文化品味的生活。而「遵生」是什麼呢？那就是道教的思維了。書分十九卷，凡八目：清修妙論箋、四時調攝箋、起居安樂箋、延年卻病箋、飲饌服食箋、燕閑清賞箋、靈秘丹藥箋、塵外遐舉箋。看目錄就不難明白它與道教的關係。四時調攝，該怎麼樣吃、該怎麼動。遵生就是循著生命自然的規律，不逆生，才能讓生命得以調理順暢，才能長生。《遵生八箋》所顯露出的文人生活其實也是道教徒的生活。因此，不能忽略道教徒生活方式對文人的影響。四庫提要說高濂之書乃「陳繼儒、李漁等濫觴」，確乎不錯。

還有許多文體跟道教是有關係的。譬如「招隱」。雖早見於《楚辭》，但《楚辭》的〈招隱〉是召隱士出山；到了《文選》的〈招隱〉則相反，是教大家回山裡去隱。「反招隱」才是楚辭的〈招隱〉。南北朝有大量的隱居文學，比如〈北山移文〉等等，都是對隱居的討論。隱居不仕，例如嵇康的〈與山巨源絕交書〉，一般以為是受老莊影響，實則並非如此，乃是道教的。嵇康習慣了道士的生活方式，不洗頭不洗澡，所以認為若去做官就不能修道了。

再者是遊仙，其中最著名的是郭璞的《遊仙詩》。漢代樂府中就有〈飛龍引〉、〈升天引〉；到曹植、曹丕，更是大作特作，至郭璞而大昌。唐王勃有〈忽夢遊仙〉，王延齡有〈夢遊仙庭賦〉，沈亞之有〈夢遊仙賦〉，張鷟有〈遊仙窟〉小說，亦均堪注意。

另外就是山水詩。所謂山水詩，一般人以為就是遊山玩水、描摹風景，其實不然，它有一定之內涵。其典範，如謝靈運的寫法就是固定的：開頭說原因，如心中鬱悶，所以出去玩；接著寫路上所見；最後發議論，說明見此山水後對人生有何體會，故須發玄言、講道理。因而玄言詩與山水詩是相生的。

唐宋以後，詞裡有全真教道士的創作；曲裡也有道情，講道家式的體悟，而且整個元曲都彌漫著漁樵問答式的精神狀態，「青山依舊在，幾度夕陽紅」，是看盡風波，置身物外的閑觀。以致元代詩文共同顯示出了濃重的山林氣。

此外，從小說的淵源上看，六朝志怪最主要的來源就是道教。在原先《山海經》的傳統上加進了一個更恢闊的道教的世界觀，如《十洲記》、《洞冥記》、《搜神記》、《博物志》等等。像干寶原本是個儒者，寫過《晉書》。但他父親有個妾，父親死時，以妾陪葬。封墓以後若干年，重修的時候發現這個女人仍活著，述陰間之事甚詳。回陽後，飲食如常，又活了很多年。干寶經由這段經歷以後才開始說鬼搜神的。張華的《博物志》，更是上追《山海經》，下與當時整個道教環境都有關聯。這些神仙、志怪、博物，衍生到後來就是鬼狐仙怪。

六朝人的詩文小說還有一種特別的體裁，叫「仙鄉傳說」，像《桃花源記》這樣「別有洞天」的文章是很多的。其來源就是道教的「洞天福地」說，有三十六洞天、有七十二福地。因此各位若去查考歷代對《桃花源記》的評論與桃源詩，就會發現很多人都說桃源中人是神仙、桃花源是神仙所住的地方。如王維、歐陽修的〈桃源行〉都是如此。劉晨、阮肇入天台山的故事也是這個傳統：講某個人在特別的情況底下忘機誤入仙鄉世界，再回頭已百年身，如「爛柯山記」等。

另外，上清道有一部重要的經典是扶乩扶出來的，叫作《真誥》：天上的仙真來告訴我們。這本書是大道士、大書法家陶弘景所編。他的筆跡，尚存焦山《瘞鶴銘》，曾被推崇為大字之祖。他收集前輩們扶乩降真下來的記錄，整理而成此書。當時那些書跡也都是非常精美的。

為什麼這些道士的書法這麼好呢？因為道士最主要的本領就是寫奏摺給上帝看，祈禱赦免我們的罪，故要上章、拜表。那就是《文心雕龍》所講的章表書奏，只是給老天爺看而不是給人間帝王看的罷了。唐代以後，又叫作青詞或綠章。一般為駢體，用紅色顏料寫在青藤紙上。李肇《翰林志》：「凡太清宮道觀薦告詞文用青藤紙，朱字，謂之青詞」即指此。明朝嘉靖時，由於皇帝愛好青詞，善寫青詞的往往能得重用。《明史·宰輔年表》統計顯示，嘉靖十七年後，內閣十四個輔臣中，有九人是通過撰寫青詞起家的，著名的有夏言、嚴嵩及其子嚴世蕃、徐階等人。道教文書寫作的傳統如此，道士們的文采書法當然就都非常之好了。

上清道的創教祖師是原來天師道的女師魏華存。所以上清道的女仙很多。我國女仙有幾個系統。一是王母娘娘一系，唐代杜光庭《墉城集仙錄》總其大成；第二就是上清道的體系。上清的女仙很多，而且常和人談戀愛。所以六朝唐宋文人常用此類典故，李商隱〈重過聖女祠〉有云：「白石巖扉碧蘚滋，上清淪謫得歸遲。一春夢雨常飄瓦，盡日靈風不滿旗。萼綠華來無定所，杜蘭香去未移時。玉郎會此通仙籍，憶向天階覓紫芝」。萼綠華、杜蘭香就是六朝時代著名的女仙真。萼綠華來無定所，杜蘭香走了還不久，即是說她們經常降臨人間。《真誥》開頭亦是如此，女仙跟著魏華存南岳夫人出來與人對話。

所以《真誥》一打開就是漂亮的詩篇，後面則是敘事：南岳夫人告訴乩手不必緊張，稱他與女仙有夫妻之份，並解釋人與神的匹配乃是陰陽兩氣相合，非皮膚濫淫。後面再補充洞天福地說等等。這些文字本身就是文學作品，而且也充分影響了後世的文學家。雖然我們現在講六朝文學的人都不知道這本書，但其實蠻重要的。

後期的小說跟道教的關係也很密切。《封神榜》固然如此，《水滸傳》也是放在一個道教的框架裡講的。第一回楔子就是「洪太尉誤走妖魔」。說洪太尉被派去江西龍虎山找張天師，卻作威作福，趁天師不在，撕開了一口井的封條。以致一股黑氣沖上來，把井口沖倒一半，竄上天去，散到各地去了，一百零八妖魔以此因緣而降生。中間還有很多故事也跟道教有關。宋江的兩大軍師，一叫吳用，另一是入雲龍公孫勝。公孫勝就是個道人，會灑豆成兵。而鬥法情節在書的後半部分談得很多。前面講宋江被人追捕時躲到九天玄女廟，九天玄女送了他三卷天書，也是道教的成分。雖然《水滸傳》曾被金聖歎腰斬了一半，但還是看得出這樣一個道教的框架。

再談《西遊記》。《西遊記》表面是個佛教的故事，講玄奘取經，實則與道教關係匪淺。當然這個故事本身有很多傳承，早期是《大唐三藏取經詩話》，元朝有好多本雜劇涉及。小說西遊記則最早的世德堂本，現代人相信是由明朝嘉靖年間的一個名叫吳承恩的人寫的。吳承恩成為作者，是胡適的考證，可是那已經是民國二十一年的事了。明清間幾乎就沒有人說《西遊記》是吳承恩寫的，反而有九成九的人相信是丘處機所作。且早在元朝，虞集有篇序——當然現在考證的人也說這篇是偽託的——就說作者是丘處機。

為何如此？明清人讀《西遊記》與現代讀法不大一樣。作品是一個文本，讀法不同，讀出來是完全不一樣的。明清讀西遊，主要將其讀成《西遊證道書》，認為唐僧取經只是個寓言，其間每個故事是有寓意的，這些寓意告訴我們的修煉的方法與歷程。所以孫悟空、豬八戒、沙悟淨、唐僧跟龍馬，這五個人就是金木水火土的關係。悟空是金、八戒是木、沙悟淨是土、唐僧是水、白龍馬是火；他們的這種五聖關係，是相生相剋的。而書裡面的很多情節跟內丹的修煉有關：白龍馬叫作意馬，孫悟空叫作心猿；孫悟空找須菩提祖師學道的地方叫做靈台方寸山、斜月三星洞，即是心字。路上唐僧在路上問靈山什麼時候才到，這麼多挫折。孫悟空答說靈山不遠的，「若問靈山莫遠求，靈山只在汝心頭」。讀西遊記的時候，中間的回目也都是另有寓意的。所以明清刊刻都將其稱作《西遊釋厄傳》或是《西遊證道書》。道教裡面，尤其是內丹西派，裡面有一個旁支更幾乎以《西遊記》作為唯一的修道經典，每天讀一回以供參悟。

因此，無論作者是具有道教思想，還是文體係由於道教思想才有，或是讀者從道教角度去解讀作品，文學跟道教的關係，從不同的角度來看，裡面都充滿了太多過去所無法想像之處，值得格外留意。

第三講　文學與佛家

一

佛教在中國傳播已有兩千年左右了，所以中國人對它的熟悉，甚至還在道教之上。當年，據說是漢明帝夢一金人，問大臣主何吉凶，大臣說聽說西方有神，身上發著金光的，叫做佛。於是派人去西域尋訪，找到摩騰、竺法護兩位和尚，用白馬馱經來華，所以才開始在洛陽建了白馬寺。馱來的經就是《四十二章經》。這是佛教傳進中國的開端。

先傳來的主要是小乘佛教，漸漸大乘佛教亦盛，接著就是禪宗。禪宗的故事最具傳奇性。說是達摩祖師浮海來華，在南京見了梁武帝，兩人話不投機。達摩乃一葦渡江，在嵩山少林寺面壁九年，成為禪宗初祖。二祖慧可，斷臂求法，十分壯烈。傳到五祖弘忍時，首座大弟子神秀曾作一偈，云：「身是菩提樹，心如明鏡臺，時時勤拂拭，勿使惹塵埃」。嶺南人慧能當時在寺院裡幹雜役，他不識字，聽人誦念，便另做一偈，請人寫在壁上，曰：「菩提本無樹，明鏡亦非臺。本來無一物，何處染塵埃？」弘忍非常欣賞，認為他的境界比神秀高，所以夜半傳了衣缽給他，然後叫他趕快離開往南走。後來果然有人來追殺他。慧能還在獵人堆裡呆了很多年，才出來在廣州宏法，是為六祖。目前他的肉身仍在韶關南華寺。

以上這些中國佛教的故事多得不得了，都很有趣，也都成了文學典故，不但文人詩文常使用這類典故，相關小說戲曲更不知有多少。但考諸史實，卻大半是假的。佛教傳進來的時間不至於那麼晚，金人入夢、白馬西來，是六朝劉宋以後才造出來的故事。達摩的故事則更晚，要晚到北宋《景德傳燈錄》，這批故事才體系化。

這類故事，跟印度都沒關係，是在中國獨立形成的。提醒各位這一點很重要。因為中國佛教在佛教中是一個很特別的，甚至是個獨立的體系。

它來中國很久，有幾千年了，而它老家的佛教，卻老早就被伊斯蘭教滅了。現在的印度，主要是伊斯蘭教、印度教，還有一部分錫克教。但是，並不能說印度沒佛教了，佛教的傳承就在咱們中國。佛教是世界性的宗教。中國佛教跟其他地方的佛教有諸多不同，如我們一談到佛教就說是出家、吃素，其實全世界和尚都吃肉，只有我們中原漢傳佛教這一小塊區域不吃，日本的和尚還是結婚的呢！漢地佛教原來也吃肉，後來戒律漸嚴，梁武帝頒布〈斷酒肉文〉，唐代又開始每個月有幾天市場上不賣肉，形成斷屠戒殺的風氣。到了明朝末年，不殺生思想大盛，甚至居士都被要求吃素，這才成為佛教徒特殊的倫理態度，慢慢發展成為漢傳佛教的特點。戒殺、勸善、放生、護生的詩文多至不可勝數，到豐子愷還有《護生畫集》。

不是只有吃；出家，本來也是中國人不能接受的。第一，身體髮膚受之父母，不可毀傷，很多人寧願殺頭不願剃頭。第二，斷子絕孫。中國人常說不孝有三無後為大，所以出家跟中國人的倫理態度有巨大衝突。那怎麼辦呢？先是容許娶妻。六朝和尚就有不少是有老婆的，現在日本僧人結婚生子或韓國的「帶妻僧」，其實就是中國早期的狀況。後來中國佛教更是發展了一個特別的策略：提倡孝道。它告訴人：出家是大孝，如有一個人出家，他的祖先七代都會受到保佑，即使在地獄裡面也可以超度。中國寺廟最大的生意來源就是辦超度法會，替孝子賢孫來為祖先做超度。敦煌出土的文獻中，《父母恩重難報經》等等亦多達五六十種。唐朝開始，還宣傳目蓮救母的故事。說目蓮母親作惡多端所以落入餓鬼道，吃什麼都沒法進咽喉，永遠饑餓。後來目蓮拿著一根錫杖打入地獄去救母親。所以佛教有個特別大的法會，叫盂蘭盆會，要做一個月。這是中國社會很大的節日，叫中元節。從七月初一，鬼門關打開，鬼都回到人間，享受子孫給他的供奉；孤魂野鬼也一樣回到人間，每家每戶除了祭祀自己的祖先，還要給孤魂野鬼吃。一直布施到七月底鬼門關了才結束。農曆七月因此又被稱為感恩或孝親的月分。這是中國佛教的特點，佛教為了說明它不是不孝，所以要比中國人更強調孝道。目連救母故事，更成了中國戲曲之大源。敦煌所存目連變文即有十六種之多，宋代，據《東京孟華錄》記載，已有連演七天的目連雜劇，可說是我國完整戲劇演出最早的記錄。元明間，目連戲長演不衰，萬曆中更出現了一種一百零四折的鄭之珍〈目連救母勸善戲文〉。到清乾隆間張照編《勸善金科》，竟多達十本二百四十齣，是我國戲曲史上最宏偉的鉅製，吸收了各種民間小戲、小曲、彈唱、雜耍。其他皮黃、梆子、四川、湖北、安徽、福建、山東、江蘇各地方戲中還有數不盡的目連戲呢！

二

這是中國佛教特殊倫理觀以及它影響下的文學。底下再談談它的宗派。

中國人平常自稱是大乘佛教。大小乘，彷佛是大車小車。小乘佛教車子小，是自了漢，載不了許多人。我們大乘的精神卻是要普渡眾生。所以大乘顯然要高於小乘。

這套說法，只能在中國境內講講，到了泰國、緬甸、斯里蘭卡，如此說，別人會生氣的，因為那些地方都信仰小乘佛教，人家可不認為小就不如大。為什麼？佛陀入滅後，過了幾年，弟子聚集在王舍城，舉行大會懷念老師，每人回憶並背誦出當時佛陀怎樣說法的情況。所以佛經的體例都叫「如是我聞一時佛在什麼什麼地方、如何說」。中國是個文字體系，印度卻是個語言體系，故一切都靠背誦。這是佛經的第一次結集，後來還有第二第三次。

但是孔子死後，儒尚且分為八。老師講一段話，學生領會總有不同；老師在不同的情境中也會有不同的講法，聽的人更可有不同的領會，這些都會形成分歧。所以佛弟子的結集背誦不但沒有調和分歧，反而擴大了，佛教分裂成很多派，史稱部派佛教。後來漸漸統一，是為小乘時期，然後再發展到大乘。

小乘有點類似天主教（姑且如此譬況）。在馬丁路德改革之後，天主教分化出了新教。舊教以神父為主，神父不結婚，人要懺悔時，由神父替你祈禱。新教改革舊教，人可以自己跟上帝溝通，不需通過神父，人也可以直接讀聖經，不需要龐大的教士階層。宣教的牧師更可以結婚。大乘在印度叫做大眾部，小乘叫上座部。上座就像長老一樣，高於一般人，要供養這些僧人。在緬甸、泰國，僧人的地位很高，一家生二、三個小孩，有一個要出家，有點類似天主教有龐大的僧侶階層。大眾部是向大眾說法的，屬於平民化的宗教。在中國，早期流行的也是小乘，到了南北朝的中期，才開始流行大乘（後漢支婁迦讖已經翻譯過《道行般若經》，這是大乘經典譯來之開端。但其十部譯經皆歲久無錄，也就是流傳不廣、傳承不明，是道安以為可能是支讖所譯而已，可詳《出三藏記集》。其次，道安《道行經》序也說得很清楚，早期譯本很差，朱士行以後的本子才有用。道安自己亦是到東晉太元元年才讀到《光讚般若經》。其得力處在此經而不在支讖譯本。故綜合言之，只能說早期也有傳入大乘之跡象或傳說，但大舉傳來畢竟在南北朝中期，大乘宗派也要到此時才開始有）。後來更是越來越強調自己是大乘，現在大概只有雲南的一部分有小乘了。

在大乘裡面，中國又獨立發展出了一些新教派，是其他地區沒有的，如天台宗、華嚴宗是中國人自己創的。禪宗也是。在佛教裡，宗和教是不同的，教指其他各派，禪宗卻獨立叫做宗，故又稱教外別傳，是獨立的系統。禪法是普遍的，各宗派都講禪法，但是禪宗之禪卻是中國特有的。

三

這些宗派問題乃至禪法非禪宗等等，一般人不注意，也搞不清楚，但其實非常重要，弄不明白是要鬧笑話的。我舉幾個例子。

一是王維。王維是文人與佛教關係最密切的代表人物。他自號維摩詰居士，後世則稱他為詩佛。研究他的人多得不得了，但因不懂佛教宗派關係，所以常是亂扯一通，說他是南宗禪。

王維其實與南北宗禪師均有交往。〈為舜闍黎謝御題大通大照和尚塔額表〉，寫的是神秀與其弟子普寂；〈謁璿上人並序〉，寫的道璿，亦出於普寂門下。道璿弟子元崇，則於安史亂後，在王維輞川別業遊處。〈過福禪師蘭若〉，寫的也是普寂同門的義福或惠福。這些都是北宗禪師。王維所寫的南宗禪師，如給慧能的碑、給馬祖道一的詩或〈送衡岳瑗公南歸詩序〉說：「濵陽有曹溪學者，為我謝之」等，數量上絕不比寫給北宗禪師的多，關係也不特別顯得親密。因此，說王維是南宗禪，純是論者主觀的想像。

而且，論王維的思想，也不能僅由他與誰交往，或替誰寫過碑銘來判斷。為舜闍黎寫謝表，其實只是應酬文書；〈能禪師碑〉也明說該文乃是受神會之託而作。這些應酬文字與另一些自我表白的文字，如〈大薦福寺大德道光禪師塔銘〉，是迥然不同的。談古人思想，應檢別資料的性質，不能只因王維替慧能寫過碑、去住過馬祖道一的寺院，就斷言他思想已歸入南宗禪。

如此斷言，也顯示了大家對禪宗史之陌生。把王維歸入南宗頓教，其實是受了南宗禪在後代宣傳成功之影響。

據《宋高僧傳》卷八載，開元二十二年，神會在滑臺大雲寺設無遮大會，主南宗頓教宗旨，攻擊北宗，「南北二宗，時始判焉」。可見南北宗之分，乃神會時的事。六祖慧能的故事，大抵也出自神會之傳述，故貶低神秀，自詡傳宗。後世講禪宗史，受此影響，不自覺地都以南宗為正宗，北宗則被汙名化。把王維勉強納入南宗思想譜系中，即是此一思想作祟。

不知此等認識是大有問題的。親近某些大德、與某派人士有交往，跟他自己的思想並不必然相等。王維本人對禪法的證會，更是恰好不在頓而在漸。

王維〈過盧員外宅看飯僧共題〉曾形容自己：「趺坐簷前日，焚香竹下烟，寒空法雲地，秋色浮居天。身逐因緣法，心過次第禪，不須愁日暮，自有一燈燃」。次第禪，正與頓悟禪法相反，是北宗所提倡的。故〈大唐大安國寺故大德淨覺禪師碑銘〉說禪師：「九次第定，乘風雲而不留」，〈為舜闍黎謝御題大通大照和尚塔額表〉說神秀：「登滿足地，超究竟天，入三解脫門，過九次第定。」這是王維所理解的北宗禪法，也是他形容自己境界的用語。所以說王維的思想絕非南宗頓教。

何況，南宗禪號稱祖師禪，王維所欣賞的卻更是如來禪。在為淨覺禪師寫的碑銘中，他說：「無量義處，如來之禪，皆同目論，誰契心傳」，固然是對淨覺的描述，但證之以〈過香積寺〉所云：「薄暮空潭曲，安禪制毒龍」，即可知王維所修禪法必非南宗禪。

如來禪，是小乘的數息觀和大乘的三昧禪法。達摩的禪法雖有人認為已是祖師禪，但其壁觀之法，「外止諸緣，內心無喘，心如牆壁，可以入道」（宗密，禪源諸詮集都序，卷三），實與慧能以後禪法差距甚大。達摩之後，道信講「五事」、弘忍講「念佛」，也都是漸修的。因此王維才會將之稱為如來禪。

第二個例子是白居易。白居易也是著名佛教徒，所以他自號香山居士。研究他跟佛教關係的也很多。其中日人平野顯照《唐代的文學與佛教》第一章〈白居易與唐代文學〉即認為：白居易對佛教確有真摯的求道熱情，也具有高度識見，但最重南宗禪。不過，他透過對白居易所撰釋教碑的注釋，說：「我們在釋教碑上看到有關禪的教理，與今天禪給我們的印象不同，是具有相當廣義融通性的東西」。意謂當時禪師「心行禪，身持律」，又有淨土思想，非常融通，白居易也具此性格。

可惜他全講錯了！白居易不是禪宗。平野自己注釋過的白居易釋教碑中，如〈唐撫州景雲寺律大德上弘和尚石塔碑銘並序〉明明講廬山東林寺僧來請序，而此僧乃是律宗，闡南山宗，說四分律，入滅於東林寺。〈唐江州興縣寺律大德湊公塔碑銘並序〉也明言興果為律師，志在首楞嚴經，行在四分毗尼藏。只有〈如信大師功德記〉說如信「禪與律交修，定與慧相養」。此外，〈華嚴經社石記〉載杭州沙門南操等結社，則是華嚴社。〈修香山寺記〉，又為淨土。唯一論及「討論心要，振起禪風」的，僅有〈沃州山禪院記〉一篇。如此，怎能說白居易與佛教交往最多或自己的思想最近的是禪呢？

平野未必不知此理，但是為了說白居易是禪宗，竟說當時禪宗非常融通，所以禪家也可以融通律與淨土等，這是曲說。禪宗可兼淨土、可兼律，是一回事；白居易來往的，許多乃是華嚴宗律宗之人而非禪宗，是另一回事；白居易是否曾想或實際上用禪去匯通律宗、華嚴宗、淨土宗等等，又是一回事。論文學史不能如此亂扯。

姚南強《禪與唐宋作家》另出一解，謂：「白居易在教理上有一種統一論的傾向。雖然他接觸最多的是南宗禪，但也不排斥北宗禪，以至華嚴、楞伽、淨土、律宗都有參悟」（一九九八，江西人民出版社，九章二節）。這仍然坐實白居易為南禪。且不說南禪會通（甚至統一）其他，甚為困難，南禪與北宗禪又如何統一？「統一」或「融通」的基礎又是什麼？白居易又是如何融通的？

佛教各宗之不同，是佛陀再世也融通不了的。白居易之依違來往於各宗之間，正顯示了他對宗派之分不甚了了，對佛理亦無深究。

不但如此，要更進一步說明的是：白居易對佛理的掌握，也不是南宗禪。如元和六年作〈自覺詩〉云：「我聞浮屠教，中有解脫門，置心為止水，視身如浮雲」；九年〈渭村退居寄禮部崔郎翰林錢舍人詩一百韻〉說：「息亂歸禪定，存神入坐亡」；寶曆二年〈途中有感悟妄緣題如上人壁〉云：「有營非了義，無著是真宗」，大和九年〈因夢有悟〉云：「我粗知此理，聞於竺乾師，識行妄分別，知隱迷是非，若轉識為智，普提其庶幾」，……這些詩，哪一點可證明他是南宗禪，更不用說他以讀經持齋為修行了。

論者於佛理禪法矇無所知，只見白居易自己說：「近歲將心地，迴向南宗禪」（贈杓直），就以此判斷其宗派歸屬。殊不知白居易雖自認為他歸向南宗禪，可是其所得，僅在「外順世間法，內脫區中緣」而已。其禪亦僅為禪定息亂而已。何況詩多因機應緣而作，逢禪客即說禪、見律師則說律，此處自稱迴向南宗禪，用來論證其思想的證據力不會高於同年所作〈重讀莊子〉：「為尋莊子知歸處，認得無何是本鄉」，不足以定其平生祈嚮。而縱使此時傾向南宗禪，長慶以後也以持齋受戒、「日尋倡普濟寺律師」為事了，怎能說他就只是南宗禪？

白居易不唯無固定宗派信仰，對佛理之認識亦無統緒，頗為隨意，頗為膚淺。這點，古人亦已指出，如宋阮閱《詩話總龜後集》卷四五即謂：「世稱白樂天學佛，得佛光如滿時趣，觀其『吾學空門不學仙，歸即須歸兜率天』之句，則豈解脫語耶？」

許多人又不懂禪，不知白居易詩中雖提到不少禪師，卻並不是禪宗。如〈呈智滿禪師詩〉：「新年三五東林夕，……松房是我坐禪時」。東林非禪宗寺院，在其中坐禪的，當然不是禪門中人。何況，南宗禪亦不以坐為主。早期禪法，不論各派都均強調坐，道信〈入道安心要方便門〉就以坐禪為入門；弘忍〈修心要論〉也說：「端坐正身，閉目合口，心平觀，隨意遠近，做一日想守之」。慧能則起來革命，他一方面把坐禪解釋為：「外於一切境界上念不起為坐，見本性不亂為禪」，另一方面說「一行三昧者，於一切時中行住坐臥常直心是」，謂禪悟不是靠坐出來的，行住坐臥都是禪。此僧松房兀坐，顯非南禪宗趣。又如〈晚春登大雲寺南樓贈常禪師〉云：「求師治此病，唯勤讀楞伽」。《楞伽經》是達摩至五祖所宗法的。南北分宗後，北宗仍奉此經，南宗則以《金剛經》為主。故此處所稱之禪師也必非南宗禪。

四

以上所說，是佛教宗派的問題。大概十世紀前後，印度又出現了密教。這是佛教發展的最後階段，因為後來佛教就被滅了。密教回頭受了印度教的影響，也受中國道教的影響，還吸收了不少印度地方信仰。

現在大家一想到密宗，就想到西藏，其實密教最早不是傳進西藏的。西藏是很特別的地方，有它自己的宗教，叫做本教。本教可能有波斯的影響，而且根基牢固，佛教傳了很多次總沒有傳進去。所以密教原先的大本營是在洛陽、長安，稱為唐密。我們中原寺院屬密宗的本來就不少，你到寺廟裡去看，有千手千眼觀音或十一面觀音的，就有密宗淵源。唐代密宗並曾東傳到日本，由空海大師創立了真言宗，號稱東密。空海是創造日本文字的高僧，書法、文學造詣也甚高，還編了一本《文鏡秘府論》。此書在文學批評史上非常重要，若無此書，唐人詩格之學就難以稽考了。

後來密宗傳入西藏，北是文成公主入藏，南邊又有從尼泊爾進去的蓮花生大師，一南一北影響都很大，因此西藏密教很複雜，既有尼泊爾的傳統又有唐密傳統，還有本教的一些東西，以致於跟中原地區不太相同。

這是宗派。另外，中國人拜的佛也跟其他地方很不一樣。例如現在我們拜的觀世音，是一位中年婦女坐在蓮花座上，其道場在普陀山，她的樣子既有媽媽的慈祥也有少女的美麗，穿的是觀音兜。在龍門石窟或者雲岡石窟裡面其實也很多觀音像，但是你一定不認得，因為沒有我們拜的一樣的這種觀音。為什麼？因為在佛教中，女人是不能成佛的，所以菩薩和佛都沒有女人，女人要成佛，唯一的辦法是修煉到妳變成男人。女性化的觀音乃是中國獨創的。這樣的觀音還常以註生娘娘、送子婆婆、魚藍觀音、水月觀音的形像出現在小說戲曲繪畫雕塑中。

還有彌勒。同樣，在龍門你也找不到這樣的胖大肚子笑呵呵的彌勒。他其實是五代時期的布袋和尚，中國人相信他是彌勒化身，所以就以他的形像做為彌勒佛的像。

這是佛。再說理論。中國佛教的理論與原來的印度佛教有很大的差距，例如一說到佛教，大家都說：我佛慈悲，眾生平等。可是我剛剛說了，佛教本來是不認為女人可以成佛的。男女都不平等了，還怎麼眾生平等？印度是個種姓社會，佛教雖然反對婆羅門教，但是仍然受到了它那個社會的制約，還是有這種思想，所以沒辦法真正講眾生平等。像佛陀的姨媽想加入僧團，求了很多次，佛陀都始終不答應。後來連身邊很多弟子皆看不下去了，佛陀才不得已讓她參加。可是此例一開，佛陀歎氣說從此佛法要倒退五百年了。不但如此，女人出家後在僧團中仍是不平等的，地位低於男性比丘。比丘尼所受的戒律，亦遠較比丘更加嚴格。另外還規定女性出家的人要由比丘授戒。而這樣禁制重重的比丘尼戒律，在十一世紀以後終究還是失傳了，本來開了個小門，最後連這個小門也關了，可見佛教根本不喜歡女人出家。一九九七年我隨臺灣佛光山僧團到印度去，才把比丘尼戒重新傳回印度。大家常罵中國社會男女不平等，殊不知相較於西方和印度，中國男女關係最是平等，所以只有在中國才有比丘尼的傳統戒法，理論也強調眾生平等，人人都有佛性，都可以成佛。

人人都有佛性，都可以成佛，也只有在中國是這樣講的。最早提倡這一講法的人叫道生法師，當時他講這個道理，沒人理他，都認為他是異端，胡說八道。因為沒人要聽，他只好對著石頭講。今天你去蘇州的虎丘，還可以看到一塊大石頭，那就是生公說法石。道生對著石頭講，可能累了，眼睛也花了，覺得石頭都在晃，這就叫「生公說法，頑石點頭」。哈哈，這個典故即充分說明了眾生皆有佛性並不是佛教本來的講法。

晉朝道生以後，此說在中國漸漸流行，到唐代，卻引起了另一法師的懷疑，他就是玄奘法師。以玄奘的聰明，他當已經覺察到中國人講的佛理跟印度不一樣，所以他才決心冒死出關，求取真的佛學。到了印度之後，他很了不起，學得比人家印度人還好，名動五天竺，把印度佛學吃透了。

可是以他這麼高的名望、這麼大的成就，帶回來那麼多經典，還大開譯場，翻譯佛經，卻只傳了兩代就斷了。為什麼？就因為他是原汁原味的，所以才斷了。他的弟子窺基大師，曾問哪些講法可以對外宣傳，他說五種姓說可以。意思是說：種姓，不只是社會階級制度，它還涉及人的品種問題。你要成佛，得有佛性，也就是佛種子。種絲瓜，能長出葡萄嗎？所以成佛要有佛性，有些人成佛慢，因為佛種子不純粹，有些則根本沒條件成佛，例如一闡提就是不能成佛的。中國人不吃這一套，喜歡說眾生皆有佛性。這其實是儒家的說法，孟子、荀子都講過：人皆可以為堯舜、途之人皆可為禹。因此這是儒家思想的佛教語言版。

也因在中國講佛性是受到儒學的影響，或為適應中國社會而生，故佛教在中國說的佛性，與印度頗有不同。在印度佛教中，佛性主要是指真如、實相、法性，謂一切諸法均為佛性之顯現，具有本體論的意含；在中國，則佛性主要是指人的心性。天台、華嚴、禪宗俱是如此。而其所以如此，無疑與儒家哲學傳統有關。故不僅與小乘佛教否認眾生皆有佛性不同、與大乘空宗依空無我得解脫不同、與大乘有宗五種種性說不同，也與般若學由實相說佛性不同，更與印度佛教所說之「心」不同。

要了解這些，才不會像現在許多談唐代佛教與文學，或論唐代古文運動的先生們那樣，胡掰一氣，顛倒著說梁肅、權德輿、柳宗元、韓愈、李翱等人是陽儒陰釋啦，受佛教影響，用佛教心性論改造儒學啦等等，令人見之，哭笑不得。

還有，我們說的因果報應，善有善報、惡有惡報，從劉義慶《幽冥錄》以來，不知有多少文學作品在闡釋這個道理。這是佛教的因果觀嗎？答：術語是，但理論不是。

佛教是說：任何事物都是有因緣相生的，世界正因為有此果報，故我們都在因果循環之中不能解脫，所以我們現在的人間叫做穢土，是個痛苦的世界，我們要渡到彼岸淨土清涼世界去，才不再受到干擾。到了彼岸，就可以解脫，脫離因果，進入涅槃。所以佛教重在斷因果，我們則宣揚因果報應不能逃脫，善有善報、惡有惡報。其實這是什麼？這就是儒家的觀點啊！《易經》上講：「積善之家必有餘慶，積不善之家必有餘殃」。

五

中國佛教還有許多特點，但我想我不用再介紹了，各位有興趣可以去看我的《佛學新解》。我現在並不是要講佛學，所以重點還要放在這種佛教形態如何表現在文學上，或形成了什麼內容、對中國文學有什麼影響等問題上。

首先，佛教在弘法過程中，講道理的方法和語言，就形成為佛經文學，本身即具有文學性。例如佛的本生故事。

印度人的生命觀與中國人不一樣，中國人的一生指我自出生到死亡，沒有來世與前世，只有這一生。在印度，人生則可理解成一條不斷流的河，這一生只是河的一段。或譬喻學生們在這一個教室裡聽課，下課了，就去另個教室演繹另外的人生。在不同的場景中，經歷不同的角色，但你還是你。這就是印度人的生命觀。本生故事，即依這個觀念，講佛的很多前世的事，利用這些故事解釋道理。這類故事，現在留存有幾百個，因為都是故事，所以頗具文學性。傳入中國後，也大大豐富了文學題材。

佛教說理，又善於使用譬喻。中國也重視譬喻，《禮記》講：「不學博依不能安詩」，詩主要靠譬喻，六義中之「比」也。所以佛經之譬喻傳來後立刻被文人大量吸收，直到魯迅還重印《百喻經》呢！

另外就是詩偈。這是短的韻語。因為理論很難記憶，中國人要記東西的時候常把它編成歌訣（如記文字時的千字文，急就章，記中藥的湯頭歌訣等），佛教也是如此。主要是說理，像我前面提到的神秀慧能二偈那樣，但寫得好時，也充滿詩意，如宋代和尚的詩：「終日尋春不見春，芒鞋踏破隴頭雲；歸來卻把梅花嗅，春在枝頭已十分」之類。

此外就是佛經本身的文學性，對後來影響很大的，譬如《維摩詰經》。維摩詰是個大居士，王維自號維摩詰居士，就是效法他。經中較為人所熟知的是維摩示疾，假裝生病了，佛陀派了他門下智慧最高的文殊菩薩去探病。諸天菩薩聽說文殊要去看維摩詰，都很興奮，因為這兩大智者，一定有精彩的對答，所以通通趕去看熱鬧。這時又有天女來散花，心清淨的人，花就不會沾到他身上。如此如此，它的文詞也很優雅。六朝人就喜歡畫維摩詰經故事，唐代俗講的維摩經變，現在留下來的也還有一大堆，是俗講中很重要的主題。

另外如《法華經》是天台宗的根本經典，講如來佛的信仰，但〈觀世音普門品〉影響也很深遠。《華嚴經》，則是華嚴宗的根本經典，據說是龍樹菩薩到龍宮取出來的，本身就帶有神秘色彩。其中有一個大家熟悉的東西：善財童子五十三參。善財童子遍訪善知識，是少年成長小說的雛形，猶如《射鵰英雄傳》中的郭靖，是少年經歷了很多思想上的啟發，慢慢成長的故事。

這些經典影響中國很大。你想：為什麼魯迅會重新去印《百喻經》呢？因為他研究六朝小說，覺得六朝志怪裡奇怪的想法，陽羨鵝籠，幻中出幻，恐怕曾受到印度的影響。

六朝隋唐還有轉生故事。三世因果，是中國小說很重要的思想，但是我們原先沒有的。《唐傳奇》裡講「三生石上舊精魂，賞風吟月不要論；慚愧情人遠相訪，此身雖異性常存」，即是這類故事。

佛教傳進中國後影響深遠的還有地獄觀。中國古代沒這種觀念，只說人死了以後歸於塵土，人間的世界有一個帝王在管，地下的幽冥世界則歸泰山府君管。鄉間常可看到一顆石頭，上面刻有「泰山石敢當」字樣，是用來辟邪鎮妖的。因為泰山山神管一切鬼，人死以後魂魄都歸於泰山之下。泰山是華北平原最高的山，往上通天、往下通地的。但這不是地獄，地獄是指人死後都要進地底下的監牢，接受十殿閻王的審判；由於人多半都有點罪，所以審判的結果，大抵都得服刑。好一點的，罪輕些；重一點的，像我這樣的人就不免上刀山、下油鍋。為什麼人死以後，佛教徒鼓勵家屬要做超度法事呢？超度猶如去監牢裡打點，好讓親人少受一點刑罰，早去轉世投胎。這種地獄觀念在六朝以後深入人心，相關的戲曲小說筆記也不可勝數。像施耐庵曹雪芹，就有筆記說他們在地獄中受苦，永世不得超生哩！

剛剛我還講了龍樹菩薩去龍宮取得《華嚴經》的故事。中國很早就有龍，《易經》中就用龍來形容陽氣，但我們沒有龍王、龍女、龍宮這些觀念。印度人也沒有龍，他們只有大蛇。可是我們用龍字去翻譯佛經裡面講的大蛇。這大蛇，是佛的護法。在東南亞，你可以經常看到佛陀後面有一個背光，是大蛇盤起來的樣子，有時候是九條蛇。所謂龍宮，其實就是蛇窟，故裡面有龍王、龍女、龍王幾太子等一大窩。但說蛇，感覺就跟龍宮龍女等等差很多。六朝以後龍王龍女大量出現於文學作品中，唐傳奇〈柳毅傳書〉就屬於這類故事，到了《西遊記》講東海龍王、南海龍王、龍王三太子等等也是屬於這類。還有一隻大鵬金翅雕，也是佛的護法，是蛇的剋星，很多佛龕上都會畫上這隻大鳥。牠在小說裡也經常出現，比如岳飛據《說岳全傳》說就是大鵬金翅雕轉世的。至於金剛、羅漢，如來、觀音，這些都算是佛教人物影響中國文學的題材。

佛教影響下還出現很多文學的類型，如鬥法這類題材就不是中國的，來自佛跟外道的鬥法，後來在小說戲劇中經常出現。又如說因緣，就是解釋一件事情的因緣關係，比如《三國平話》用劉邦、韓信、彭越等人的關係去解釋為什麼有曹操、孫權、劉備。還有人生如夢的主題，對後來也影響深遠。佛教講的是萬法皆空，最早傳入時，中國人不瞭解，就用道家的「無」去解釋，其實空不是無，空是有，而且是解釋有之所以為有的。如現在我前面有桌子、有杯子，但仔細想想，桌子杯子不是本來就有，而是許多因緣條件湊合成的。一成即不變嗎？不，這些條件都會改變，「成、住、壞、空」，最後條件改變，因緣散了，就壞了、消失了。因此《中論》說緣起性空：「因緣所生法，我說即是空」。沒有一個桌子的固定不變之本質，人也一樣，沒有固定不變的我，萬物皆因緣生成，所以萬法皆空。這個講法很迂曲，中國人不太善於這樣思考問題，是以就理解為：原來我們以為是真的、有的，仔細一想才發現並不能真的掌握，就跟做夢一樣，醒來才知道是一場空，所以說人生如夢。這是一個跟道家思想結合的解釋。六朝以後即有很多講人生如夢這類的想法的文學作品，佛道兼通。此外還有捨身求法、化身下凡、二婦爭兒、出家求道等等主題，也都很值得注意。

人生如夢，一種是自己領悟到的，如〈南柯太守記〉；一種是由神仙或和尚來點化你的，如〈枕中記〉的黃粱一夢。戲劇中的度脫劇，就是講度化的，如惠禪師三度小桃紅、月明和尚度柳翠，桃紅柳翠都是妓女。又如元雜劇吳昌齡《東坡夢》，講東坡教白牡丹去引誘佛印，佛印又教柳、桃、竹、梅四女去引誘東坡，故曰「雲門一派老婆禪，花間四友東坡夢」。這類又稱為禪宗戲。

談戲曲，還不能只看這類戲劇類型，應注意整體戲曲跟佛教的關係。現在講中國戲曲史，大體都如王國維的《宋明戲曲考》，說中國戲劇是宋元朝才發展出來的，時間特別晚。其前身是唐朝的參軍戲，或是古代的俳優，是說笑話的，型態都非常簡單。但是近一些年的研究卻不採王國維這個觀點，因為我們民間演戲最常用的舞臺都在寺廟宗祠中。寺廟對面就有戲臺，中國傳統戲臺很高，原因是給廟裡的神看，演戲是拜神的。在中國演戲最主要的場所是寺廟，演的內容是忠孝節義。所以中國戲的功能不能單從文學審美的角度來看。

假如這樣，我們往上推，就知道中國早期的巫儀可能就算戲了，《詩經》中的《頌》即是歌舞大事的，《楚辭》裡也是巫祝歌舞，這個傳統發展到南北朝之後，則有佛教因素的加入。佛教法事，如放燄口，招請、結界、施食、施水、超度，唱八十四曲，本來就像一場大戲。戲劇中，勾欄、切末等術語，據考證也跟佛教有關。佛教寺院作為劇場，僧人在裡面扮演角色，也影響了中國戲劇演出，這個淵源是我們不能忽視的。

六

除此之外，還應該講幾個重點，比如中國人對於聲音的理解，可能有來自佛教對我們的啟發。沈約講四聲八病時，曾說：「自靈均以來，此密未睹」，從屈原以來，中國人都沒有發現這個奧秘，到沈約才發現。他之所以能發現，許多人認為有個非常重要的助緣：印度和尚來華傳道。我曾講過，印度是個語言系統，和中國是個文字體系不一樣，印度和尚必須從語音上掌握中國文字，因此他們開始替中國文字造字母，今傳守溫三十六字母即屬此類。他們對聲韻的辨析，幫助我們理解聲音，也就是後來格律詩、對聯等等的基礎。隋唐以來的中國文學，脫離了平仄、押韻、四聲，簡直就沒辦法講了，所以這是影響很大的一部分。

在民間中，則有俗講、變文和宣卷（寶卷），皆生於佛教之傳播。寶卷主要是講佛經，後來普遍到一切民間宗教及傳說故事，包括孟姜女、七仙女、白蛇傳等都是寶卷唱出來的。中國人相信的觀世音，也不是佛經裡的觀世音，而是宋朝《香山寶卷》以後的觀世音。

另外就是佛教本身的文學化。以上講的都是佛教影響到文學的，這裡說的則是佛教本身的文學化。佛教是外來宗教，中國社會的主體是個文人社會，佛教傳進中國後便不斷文學化，最早是找文人寫碑記，如寫《文心雕龍》的劉勰，就替僧人寫了不少碑記；然後是翻譯佛經時講究文采，梁啟超〈翻譯文學與佛典〉對此已有說明；慢慢則出現了詩僧。詩僧六朝就有了，像支遁；唐代以後更多，《全唐詩》裡即有大量和尚詩。最後，整個佛教，特別是禪宗理論需要詩文來表達，所謂《石門文字禪》。宋代很多詩人說「學詩如參禪」，講詩禪合一，過去的研究者都解釋說這是禪宗對文學的影響，其實是倒過來，是文學對佛教的影響。要知道，禪宗是反對文字的，故說不立文字、直指人心。慧能甚至根本不識字。早期禪宗對文字或經典的態度即是如此。但到了宋代卻倒轉過來，由不立文字變成了文字禪。所以詩禪合一是整個佛教的文學化，佛教的意義通過偈語來表達，其境界須用詩歌來表現。因為開悟不是邏輯性的，開悟是有一個特別的領會，所以須用詩歌來說。禪宗的語錄裡充滿了文學性，很多機鋒都類似詩，這就叫做佛教本身的文學化。

第四講　文學與經學

一

經學與文學這個題目本來不需要單講，因為我們在談文學與儒家的關係時，已大致跟各位介紹過。不過，今天是從另外一個角度來談，接下去我還準備向各位介紹文學跟史學、文學跟子學。這幾個系列，不是我們以前講文學跟儒家、佛家、道家那樣一個思想體系的關係。現在是從圖書分類學的角度來看。

中國的圖書分類，當然最主要的是四部分類，即經、史、子、集。我們從這樣的區分來看文學和其他部分的關係。

那為什麼經史子集四部，我們只談文學跟經學、史學、子學呢？因為文學和集部是二而一的。所謂集部，集這個字，聽起是集合，把不是經、不是史、也不是子的，通通歸到集部。所以集部好像是雜七雜八的東西群集在一起。其實不是的。在中國，打從開始有集部以來，就是文集的意思。因此集部實際上等於古人所做的文學分類，有關文學這類作品合起來，就叫做集部。

各位如打開《四庫總目》看看集部的書，馬上就會發現，集部下分兩大類，一是總集，即好多人的東西集在一起；還有就是別集，個別人的集子叫別集。故集部乃文章之淵藪，它有點類似我們現在文學的概念。

在四部分類中，集部的書最多，遠遠超過經部、史部、子部，幾乎是它們的總和。這表示什麼呢？一，中國文學的概念其實非常大，文學作品的數量也非常多，所以在中國，文學性質的界定比較雜。雖說集部只收文集，可是文集裡面有談經學的，有談史學的，也有談子學的，本來就什麼都有，像個大雜燴。不過無論如何，集部仍然是以文章為主的。所以，現在我們要談的是文學和經部、史部、子部的關係，跟集部的關係可另外再處理。

文學跟經學，在分類時，我們將其分開。同樣一本書，比如說《葉適集》，當然後來歸入了集部。但是在古人歸類時可能會想，這書不該是子部的嗎？因為這本書頗有思想性。像《莊子》，不是也是一個人的集子嗎？性質應該跟《葉適集》一樣啊，爲什麼《莊子》列入子部，而《葉適集》在集部？這裡就有個性質上的分類，我們認為《莊子》這部書成一家之言，故歸入子部。假如某人的集子主要不是成一家之言，而是表達了他的文采，我們就會把它放入集部。

像這樣，一本書拿到手上，認為它是經學著作還是文學辭章，把它分成兩大類，這樣的區分，從漢代就開始了。表現在班固的《漢書·藝文志》，或更早的劉歆《七略》中。

各位應該都上過目錄學的課，知道秦始皇焚書坑儒以後，漢朝經過很長時間才把古書收集起來；收集以後，由劉向、劉歆等人在皇宮裡整理。整理後把圖書分了類，發展出了中國最早的文獻整理法，也就是我們現在所說的目錄學或廣義的校讎學。整理的成果就是《七略》，由劉向開其端，劉歆集其成。他們兩父子在學術史上非常非常重要，我們現在讀到的先秦文獻，大概都是經過他們整理的；而且他們的整理定出了一個中國學術的框架或規範，這就是七部的區分。比如經學書，歸為〈六藝略〉，文學則在〈詩賦略〉。〈詩賦略〉這批文獻都屬於我們現在概念中的文學性的著作。他這樣的區分，影響深遠。

經與文分，並不是說經學文獻中就沒有文學成分。例如《詩經》，現在都說是文學作品，但古人並不把《詩經》當文學來讀。把《詩》拿來當詩讀，是宋朝人才有的主張，說我們讀《詩經》，為何不將其看做唐宋人寫的詩一樣地去讀呢？「把《詩》當詩讀」，注重的就是它的文學性。在此之前，《詩經》皆屬於經學著作，讀詩，「溫柔敦厚，詩之教也」，重在倫理的涵養而非辭章之學習。

當然，所有經典都是後來文學作品的淵源。但歷史的淵源是一回事，我們在閱讀時，採取一種文學審美的讀法來讀它，又是一回事。在〈詩賦略〉裡的文獻，我們都會從審美的角度去閱讀它。比如〈登徒子好色賦〉或〈風賦〉，我們主要就不會想從這些賦裡得到道德倫理上教誨，跟讀經典不一樣，所以將這兩類分開。

經書中具有文學性的表達，不但《詩經》有，其他經典也有。如《孝經》，現代人很少讀了，我猜各位也沒讀過，其實《孝經》蠻有趣。古代，《孝經》是必讀的，家家都以《孝經》、《論語》為入門書。《孝經》的緣起，是孔子閒坐，曾子來請教有關孝的道理，孔子回答後，被記錄下來而成了《孝經》。

這一段，《十三經注疏》所收邢昺的注十分好玩。他說，這段是寓言，假的，沒這事兒，只是假設問答，猶如莊子之說鯤鵬、屈原之賦漁父。假設問答，乃是漢賦大力發展的一種寫法。比如東方朔的〈答客難〉，敘述有客人來看我，說：你這個人讀了很多書，道德也不錯，也很有才華，怎麼現在弄得如此潦倒？莫非是道德或學問上有什麼虧欠吧？東方朔針對這樣的來客質難，作了回答，所以叫做〈答客難〉。〈答客難〉這種文體，就是假設問答。《孝經》的注解者認為，這一段是中國寓言文學的濫觴，《莊子》、楚辭、漢賦裡的假設問答，都出於《孝經》這種寫法。

諸如此類，經典中有很多的寫法可能啟發了後來的文學作品，本身也具有一定的文學性。不過大體上說，父母教子弟讀《孝經》，基本上是要讓他明白孝的道理而不是教他去寫寓言，卻是無疑的。經與文之分，也即是站在這個立場上做的區分。

二

劉向當時把文學和經學分開。這一分，在文學史上十分重要。

從魯迅那時起，近代講文學史的朋友都說文學獨立於魏晉。有些人還講得更晚，說應該到劉宋設文、史、玄、儒四館，把文人跟史學家、經生、修玄之士分開來，文學才獨立了。其實不是的。他們的記性都不太好，忘了漢人在做圖書分類時，早已有明確的文學概念。在分書時，哪些屬於文學，哪些不屬於，已十分清楚，不是到魏晉南北朝才獨立的。

文學獨立，還不僅表現在劉向編書這件事上。班固《漢書》所記載的人物，就有一種叫文章之士。如〈公孫弘傳〉說武帝時的人才：「漢之得人，於茲為盛。儒雅則公孫弘、董仲舒、倪寬。篤行則石建、石慶。質直則汲黯、卜式。……文章則司馬遷、相如」。

前面講是目錄分類，即書的分類，現在所講是人的分類。後來劉邵《人物志》，將人分為十二類，其中有一類就叫文章家；范曄的《後漢書》，在《儒林傳》之外，又另列了《文苑傳》，亦都是繼承班固的。

也就是說，在東西漢之交，書已經獨立出文學一類；人的分類，東漢以後，也獨立出了一類，叫做文士。

所以文學和經學之分，在書與人兩方面都越來越明確，王充《論衡》裡面也做了這樣的區分。他說，有一種人是經生，是研究經學的人。這類人比較笨，死讀書，不會寫文章，只是把書抄來抄去。要能夠寫出自己的一番見解，表達自己的看法，只能期待文人。這也是把文人和經生分開的。

晉代以後逐漸出現四部分類，就是經、史、子、集的甲乙丙丁四部。集部出現以後，書即越來越多。裡面收的多是詩文，所以集部的出現，跟史部脫離經學具有同樣的意義。史部書在沒有獨立出來之前，多屬於經學裡的春秋類。獨立出來，便蔚為大國，慢慢和經學不一樣了。後來講史學的人讀《春秋》，和講經學的人讀《春秋》，完全是兩回事。猶如剛才所講，從經學角度讀《詩經》和從文學角度讀，讀法是不一樣的。

這是六朝時期學術發展的重要指標，即史部獨立，文學的發展也越來越盛。所以到了晉朝摯虞有《文章志》，後來宋明帝又編了《江左文章志》，專論東晉以後的文章。可見經和文學自漢代以後，逐漸分疆別域，慢慢地形成了兩大塊，人不同，書不一樣，讀的方式也不一樣，形成了兩個體系。

但天下大勢，合久必分，分久必合。文學與經學分，是從漢代到晉宋齊梁五六百年的趨勢動態。分開以後，文學和經學卻又慢慢產生了希望重新結合的傾向。

最明顯的例子是《文心雕龍》。它不但是提倡者，還顯示了當時有這樣一種風氣。可見文學和經學分流，發展到一定程度的時候，即越來越有人覺得文學應該重新和經學結合起來。唯有文學和經學結合了，文學才有生命力。《文心雕龍・宗經篇》就是提倡這種想法的。

《文心雕龍》是齊梁之間的作品，在他前後，有類似想法的大有人在。同時代最有名的是裴子野，代表作是〈雕蟲論〉。

「雕蟲」兩字出自於揚雄。揚雄曾經說「雕蟲篆刻，壯夫不為也。」雕蟲小技，人年輕的時候玩玩尚可，長大了還玩這些，不怕被嘲笑嗎？裴子野說，寫文章，就如同雕蟲篆刻一樣，不登大雅之堂。

文人寫文章，都是賣弄辭藻。但文章不應這樣，而應該回歸經典。所以蕭綱給湘東王的信中談到，當時京城中有一票人寫文章，專門模仿經典，用《尚書》、《禮記》的句子。

不僅在南朝如此，北朝也有此風。如蘇綽提倡一種模仿《尚書・大誥》的文風，這種文風得到北周宇文泰的支持。

北朝爲什麼會支持這種文風？因為當時北朝和南朝之間競爭越來越激烈，除了在政治、軍事上對抗外，彼此還要競爭文化上的正統。像北魏爲什麼要從平城遷到洛陽呢？就因洛陽是中原中心，遷到這裡代表了站在中原正朔之地，而且便於南下進攻。南朝的兵力當時足以對抗，所以北朝並未得逞。可是在這種緊張的對抗關係中，北方開始華化。北魏是鮮卑族，但開始立宗廟、建雅樂、到曲阜祭孔、興國學等等了。他強調的是自己可代表中華文化，雖然是胡人，但是胡姓都改了，拓跋改姓元。元在中國是有固定含義的，元是頭、大、一、元亨利貞的意思。所有人還要穿漢服，說漢語，要祭孔、建宗廟五禮，來說明自己能代表中華文化。他們常批評南朝蕭家父子並沒有什麼了不得，只是他們整天弄些禮樂，讓士大夫都認為他們是中華正朔，所以自己也要搞這一套。

當時南朝文章華豔，北朝是比不上的。派到北方出使的人回來，別人問他北方如何，有沒有什麼好的作品或者優秀文士？說沒有，「惟有韓陵山一片石堪共語，……自餘驢鳴犬吠，聒耳而已」，表示輕視，認為北方沒有文采。北方要跟南朝競爭，追求文采是爭不過的，所以提倡學經典，以建立一種古樸的新文風，這樣反而可顯示自己能代表傳統文化。

從北朝到隋，都是如此。隋文帝時曾經下詔，禁止文體浮豔。文章寫得太過漂亮的人還要被逮捕起來治罪。

唐代，這個問題又被提出來，說文章應該和經學結合。太宗、高宗時期，大規模修了十多部史書，這些史官的文學觀念基本是一致的。認為六朝衰亡都是文風太過於浮豔綺麗之故，所以應該矯正。唐太宗有次寫了一篇文章，很得意，拿給虞世南看，結果虞世南「正色」告訴他說：陛下，你忘了陳後主嗎？當時史家爲什麼將北朝的文章抬高，壓低南朝的文學，就因為有這種心理，認為文學不該像南朝那樣，而應「去華就質」，要質樸且能和經典結合。

但這種想法後來並沒繼續下去，因為武則天時期，宮廷內寵無所事事，特別是張易之兄弟。武則天很喜歡他們，因為他們非常漂亮。但他們在朝中做官，總得給他們一點兒事做，於是讓他們去編書。

大家知道，中國的類書向來是文學性的，不同於西方知識性的百科全書。自有類書以來，由曹丕的《皇覽》開始，都是文學性的。如唐太宗時期有《藝文類聚》，一聽書名就可明白那是藝文的類聚。例如講到桃花，什麼書或詩裡面有描寫到桃花的，都集在一起，所以叫做《藝文類聚》。其他的，可能書名不叫這個，但整個類書的性質其實都是「藝文類聚」，是漂亮詞采的集合，讓作家進行文學創作的時候有豐富的材料。傳統文人引經據典，看來真是讀破萬卷、下筆有神，實則由於他們有很豐富的類書可供獺祭。唐代杜佑《通典》以後，才慢慢出現了具有知識性的類書。《通典》是講制度的，和馬端臨的《文獻通考》一樣，偏於知識性。雖然如此，類書之大宗還是文學的。生活性的類書更晚，大概到元明以後才有，如《萬寶全書》之類，猶如我們現在的生活小百科。

類書因為是文學性的，所以武則天就讓張易之他們編《瑤山玉彩》。瑤山是崑崙山，出玉的地方。一聽書名便知那是漂亮辭藻的大彙集，所以這個是文藻繁盛的時代。包括了沈佺期、宋之問這些人，近體詩格律的確定，都在這個時代。他們在這個時代所作的詩文，辭藻、技術都是不錯的，但是沒什麼深刻的思想。

唐代中期之後，獨孤及、蕭穎士這些人才又開始提倡結合經學的寫作方式，後來便是各位熟知的古文運動了。

古文運動是再一次讓文學和經學結合的努力。但它並沒有完全改變當時的風氣，它在當時的影響力絕不如我們現在文學史上寫的那樣大。我們不能夠相信如東坡講韓文公那樣，一出來就「障百川而東之，挽狂瀾於既倒」。事實上，古文運動後，文風還是偏於華麗。文學是辭采的編織，中國傳統上講文學的本質最明確的就是「文」，指交錯的花紋。所以文本身即是有華采的，怎麼能要求它樸實呢？韓愈他們的作法是文以載道，讓文采跟孔孟之道結合，以經典作為文章的典範，學《春秋》、《左傳》、《論語》、《孟子》。

三

但當時古文運動並沒有改變時尚，亦未影響到國家考試制度。科舉是考策問與經義，外加詩賦雜文。考試所考的詩賦當然未必左右文學的發展，最典型的例子是詩。今人常說唐詩之盛是由於科舉考詩賦的緣故。其實考的是排律，稱為試帖詩，不是我們現在熟悉的五言八句、七言八句的律詩，更不是絕句。排律是後人最不熟悉也不看重的詩體。所以科舉與文學的發展關係不能直接看。但是古文運動畢竟沒有改變考詩賦的制度。只要是考詩賦，而且是鋪張排比的排律和那排比鋪張的賦，當然就繼續推動著文學朝華麗的方向發展。

到了宋代，宋人想要進一步改革，因此出現了兩種型態，一是歐陽修、蘇東坡推崇韓愈，希望文學應該和聖賢的道理相結合，文與道俱、文以載道，延續著古文運動的思路，改革文風。二是王安石的做法，直接改革了科舉制度，廢除詩賦取士。認為做官需有經世濟民的本領，不是選擇一批文人來吟詩作對。所以採用經義取士，主張只有掌握了經典的義理才能做官。

可是經義取士，如何測驗呢？仍然是看文章。

這就像漢朝有一種選拔人才的科目，叫做孝廉。孝廉是指這個人的德行。政府選擇這樣的人做官，當然是著眼於他的道德。但孝廉如何分辨呢？主要靠鄉舉里選和地方推薦。然而這是有漏洞的，地方上有勢力者往往就推薦自己人。為了杜絕私人關係，還是只能考試。考試就要寫文章。很多人德行很好，但文章不行就考不上。最後孝廉這一科到晉朝以後就廢掉了。因為孝廉沒辦法測驗，最後還是變成作文比賽，導致這科名存實亡，還不如廢掉算了。

考經義也一樣，對於經典的認知程度該怎麼來瞭解呢？寫篇文章來看看！這種文章就叫經義文。王安石曾作《三經新義》，自己替經典做注，提供給考生參考。

王安石的改革引起很多的批評，歐陽修也一樣。我們現在看歐陽修非常了不得，是唐宋八大家之一，王安石、蘇東坡、曾鞏又都是他的門生。可是歐陽修最初改革文體的時候，一放榜，文人士子暴動，街上貼滿大字報大罵歐陽修，是引起了公憤的。到王安石，則不是改文體，而是詩賦取士整個不要了，改成經義文，當然更要被罵得慘。但體制一旦確立後，整個文學就慢慢朝著這路子發展，文學與經學漸漸結合。考試時寫經義文，不考試時也寫著文道合一的文章。

北宋的政治鬥爭十分激烈。有車蓋亭詩案、烏臺詩案等，一度還禁止元祐學術。因元祐年間東坡當過宰相，蘇東坡、黃庭堅的詩文在天下大盛。所以不准作詩，因為詩是元祐在學術上最鮮明的表現；東坡和山谷的詩、文、書法更不准抄印流傳。

後來無法禁止，是因皇帝自己就喜歡作詩，也喜歡東坡、黃山谷的字，所以慢慢才開禁，文學風氣逐漸又朝當年歐蘇王他們開拓的方向走。再加上理學盛行，理學家朱熹、真德秀、魏了翁、呂祖謙等人，論文章都強調文與道俱，在整個大環境下，經義文這種制度與文體自然越加鞏固。雖然他們在政治上反對王安石，但經義文無論考試或自己寫文章，都堪稱文章正宗，文采須和經義結合。真德秀就編了一本《文章正宗》來宣示這一點。

所以由漢到魏晉的趨勢是分，從經學中分出文學。齊梁以後漸漸求合，到南宋，文學和經學重新整合已然完成。以後元朝明朝都以經義取士，所以大家照樣寫這樣的文章。我們現在所批評的八股文，只是俗稱，它的正式名稱就叫經義文，或四書文，又叫制義。

經義文稱為四書文，是因元明以後，考試以四書為主。很多人知道這一點，但又常因此而誤以為元明清是不考經學的。其實經學還是照考，明代還編了一套教科書：《五經大全》。考試時，四書以朱熹《四書集注》為主，五經除了原文以外，就還得讀《五經大全》。而整個文章取士的文章，則都是和經學結合的。從南宋到清末廢科舉、立學堂，這麼長的一段時期，文學都是在和經學高度結合的體系裡發展的。

合久當然又會分，清末就開始分了。現代人的文學觀，受文學革命之洗禮，越來越強調分。談文學史時，動輒痛斥漢代經學家扭曲了文學、謾罵八股制義。

這種強調分的主張，乃時代思潮，自應尊重；但以此論史，就荒唐了。明朝的八股文有幾次變遷，有哪些名家、哪些文學評論，我們知道多少？文學史上這一塊完全被隱蔽了。但實際上影響中國文人數量最多、時間最長、參與度最高的，就屬於這一文體與思路。這個思路以及呈現的相關文學現象都值得我們重新注意。

四

以上是從文學史上談經跟文的分合。底下要說明經學與文學如何合。

由漢到魏晉，經學已經漸和文學分開了，變成兩個體系，各有各的規律和發展。特別是六朝隋唐，很多文學家不是經學家，跟經學沒有關係。要重新讓經學和文學結合，使經學對文學寫作有幫助，這裡面就有幾種思路和做法。

一是類似《文心雕龍》的想法，認為各種文體的源頭都是經典，這是從源頭上講。

中國人的思維有一種傾向，我們現在也常常講這類話，如說做事談事要提綱挈領，不要在細目上糾纏，或者說注意一件事要有本有末，不在枝末上浪費時間，強調掌握本、掌握綱。掌握了本，末自然也掌握了，所以一切都該回到這個本、綱、源上來。劉勰的這種想法就是返本式的，一切文體出自於經，所以從末流回到本源上，才能回歸到有真理、有生命力的地方。

另外一種做法，是尋找經學中的條例。我們現在聽人家講話常說第一條如何、第二條又如何。這個條，即是從經學上來的，叫做條例。例，是發凡起例的意思。漢朝人注經有好幾種體例，一叫章句，一叫訓詁、一叫條例。章句是根據經文逐字逐句闡述。條例是歸納書中談到的問題，找出原理原則。經典本身是有條理的，比如「孔子作《春秋》，而亂臣賊子懼」。懼什麼？懼其書法。書法，指書寫的方法。孔子記事，褒貶即在其書法中。故我們讀書時，就要揣想：孔子為什麼這樣寫？例如「鄭伯克段於鄢」。克是「克敵制勝」的克。鄭伯和段是兩兄弟，竟用「克敵制勝」的克，豈不表示不把他們當兄弟了嗎？可是明明是兄弟，卻成了敵人，這豈不是又表示他們在道德上是有問題的嗎？一個克字就有這許多道理可說，其他如攻、伐、討、戰等，每個字詞都不一樣，都應深究，所以說「屬辭比事，《春秋》之教」。

怎麼能夠瞭解《春秋》裡面的微言大義、如何通過文字進行褒貶呢？經過整理後知道，所謂凡例，凡是什麼什麼樣子的時候，它代表什麼意思，這叫凡。例，是例如。條，形成一條規則。後來條例講得很複雜，杜預專門寫過《春秋條例》，認為例有周公舊例、有孔子新例等等。這些都是研究怎麼遣詞用字的規則，這些規則就是我們後來所謂文法的「法」。

《春秋》的書法就是從這些條例上看。《隋志》所收有晉杜預《春秋釋例》十五卷、晉劉寔《春秋條例》十一卷、晉方範《春秋經例》十二卷、齊杜乾元《春秋釋例引序》一卷、梁吳略《春秋經傳說例疑隱》一卷及《春秋左氏傳條例》二五卷、《春秋義例》十卷、《春秋左傳例苑》十九卷、《春秋文苑》六卷、《春秋五十凡義疏》二卷等。公羊穀梁專門之學則有刁氏《春秋公羊例序》五卷、何休《春秋公羊諡例》一卷、范寧《春秋穀梁傳例》一卷等。

後來我們講文章的文法或者詩法，也是這樣看。各位回想一下文學批評史，從六朝到唐代，有大量的詩格詩例，六朝唐代人講詩法的書就叫詩格，格就是格法的意思。詩格詩例這個名稱是從經學上來的，方法也是從經學上來的。我們中國第一本文話是陳騤的《文則》，全部模仿經書的條例，舉的例子也都是經學的例子。所以《春秋》的書法、條例，提供給我們後來人論文無窮的啟發，這就叫做「屬辭比事，春秋教也」。這是第二種。

經學對文學可以有什麼樣的作用呢？第一是從文章的源頭上來看，文學應回歸本源，重新出發。第二是從討論經學的方法中，尋找到建立文學的方法，這叫做條例之學。劉勰自己就說現在的文壇太混亂，「自非圓鑒區域，大判條例」，沒有辦法真的找到一個方向。劉勰所談的文術，就是從經學條例中發展出來的。

第三是以經典作為文學的材料，這屬於對經典的改造。不把經典和文學看成兩回事，經學裡的文字本身也可以拿來作為文學的材料。這是魏晉以後編類書的做法。類書的編輯主要功能是文學的，讓寫文章的人有豐富的辭藻、典故可以用。類書中本來收集材料大部分是藝文性的，但是專門編入四書五經文字，讓寫文章的人便於採集也很多，像蔡清的《四書蒙引》、陳許廷的《春秋左傳典略》，或者江永的《四書典林》。都是模仿唐朝《北堂書鈔》，讓寫作文章的人從經書上得到更多的材料，讓文學跟經學可以得到更多的結合。

四、還有一個辦法，從經學中不僅是得材料，而是從經典裡面找到它本身就有的漂亮字句，這些字句本身就可以拿來用。這類似於經書中做詩詞的摘句批評。中國人評論詩詞有一種摘句批評，就是整首詩只選擇一兩句來贊賞，例如謝靈運的詩，我們常常只記得一句「池塘生春草」，這句好像就代表了謝靈運。「天然去雕飾」，李白評論謝靈運這句話可能只是就這一句來說。或者如李白評論謝朓說「澄江靜如練，令人長憶謝玄暉」，指的就是謝朓那一句。甚至於有人拿詩集給別人看，看了之後，問怎麼樣，人家說只有一句「楓落吳江冷」還不錯，其餘的可以丟掉入水中，這就叫摘句批評。這種批評方式，後來發展為句圖，也叫摘句圖。讀經典時，古人亦常有此法，如蘇易簡的《文選雙字類要》，胡元質的《左氏摘齊》、《西漢字類》都是這樣，把經書中比較古雅，或辭藻較美的句子摘出來便於寫文章的人使用。

處理規模更大的，就不是一句兩句，而是整本書。像徐晉卿寫過《春秋左傳類對賦》。《左傳》總括十幾個公的故事，一共兩百四十多年的歷史。裡面人物複雜，事件很多，不便記憶。但其中人物跟事蹟，有些是可以兩兩相對的，於是他全部做對仗寫成賦。這賦本身是一篇文章，通過這文章就可以瞭解很多事蹟、人物之間的關係。凡一百五十多韻，共一萬五千多字，既可以給學童誦讀，也可以看成是用文學體裁來改寫《左傳》的濃縮本。

後來的《四書典略賦》、《詩傳蒙求分韻》等等這些書大概都是這樣。把原先用於集字集聯的方法擴及到經典上，即從經典中摘出句子再重新組織成一篇文章，很像集句詩。古人集詩功夫很厲害，甚至後來有人出詞集，整本詞集每個句子都是集古人的。他們跟這種做法類似。

還有一種是連珠體，也是把經書中的東西用連珠體來改寫，例如北大的俞平伯先生曾祖父俞樾，就曾做過五六十篇，把經典的東西用連珠體來重寫，以教子弟。這些方法大概都是用文學式性的方式改寫或者處理經典，讓經典更具有文學性。

另外，五，還有一種辦法叫做以文說經，以文學的角度來解讀經典。譬如《孟子》，現在諸位打開文學史書，在講先秦的時候，總會有很多篇幅講先秦諸子的散文，其中一大重點就是孟子莊子。讀時確實可感受到孟子滔滔雄辯，文章波瀾起伏、開合動盪，文采很好；莊子則汪洋恣肆，揮霍萬端。他們的文學性確實很值得我們效仿，感覺先秦散文確實很重要。可是你不妨仔細想想：先秦諸子的散文到底是它本身寫得好，本身就是一部文學作品，還是被我們讀出來的？

這有點像蘇東坡曾經問過的一個問題：我們彈琴的時候，琴聲是在弦上嗎？可是琴掛在那裡，弦分明沒有聲音。琴聲是在指頭上嗎？指頭平常也沒有聲音呀。是的，只有當指頭撥在琴弦上，聲音才會出來。琴聲在哪裡？既不在琴弦上，也不在指頭上。

我們剛才講的例子也是如此。孟子的文章如此之好，但是回頭看一下，人們什麼時候才開始注意到孟子的文章呢？漢代孟子曾經列為國子學，設博士。漢人讀《孟子》，有誰談過孟子的文章嗎？六朝有誰欣賞過嗎？莊子，漢魏六朝，乃至唐代前期，有人談到莊子的文章如何之好嗎？什麼時候才有人談到寫文章應該學孟子學莊子？要到韓愈、柳宗元以後，甚或宋明以後，孟子莊子的文章之美才被大力闡揚。

目前可以看到明代戴君恩《繪孟》十四卷，是從文學角度來評論《孟子》的。其體例學自另一本宋人的書，即東坡之父蘇洵的《孟子》評點。後人考證都不相信這部書是蘇洵作的，認為是偽書。不過，偽造爲什麼不假託別人，比如李白呢？因為說李白評點《孟子》是不可能的，那時沒有人會注意到孟子的文章。孟子的文章是宋代以後才被大家廣泛認可的。所以我們將它推源到蘇洵，也沒有大錯。

過去的讀法是義理的，正因為從義理上看，所以六朝時期沒有人把《孟子》當做文學。昭明太子編《文選》，講得非常清楚：老子、孟子、莊子等等都是「以立意為宗，不以能文為本」，不是寫文章，只是表達思想。這跟宋代以後從文學角度去瞭解它，完全是兩回事。

說《孟子》文章很精妙，在蘇老泉之前，很少人這樣看。蘇老泉之後，顯然就有很多了，包括金聖嘆就寫過《釋孟子》。金聖嘆怎麼評《孟子》，各位可想而知。一直到民國，還有一位桐城派大家吳汝綸的兒子吳北江，出過一本書叫《孟子文法讀本》。其文法不是現在所謂的文法。現在所講的文法是《馬氏文通》的概念，指語法。他所講的則是《孟子》的寫作方法。

《孟子》、《莊子》是這樣，《詩經》也是如此。沒有人否認後來詩的源頭即是《詩經》，但是《詩經》這本書在宋代以前到底有多少人是從文學角度來看它的呢？他們認為《詩經》基本上也是「以立意為宗，不是以能文為本」。

我們現在講一段話，同樣的道理同樣的話，兩個人來講卻是不一樣的。一是說什麼，一是怎麼說。怎麼說才是文學的，不是說什麼。說什麼不重要。會說就是修辭，是敘事本領和修辭的功夫。文學要談的就是這個。文學性的讀法，是說這首詩為什麼這樣講起，中間部分怎麼處理等等。《詩經》是經過一種文學性的解讀之後，才變成了文學典籍。這種文學的典籍，到了朱熹、呂祖謙、嚴粲他們的書裡面，才被不斷提起。

這是《詩經》，接下來是《左傳》。《左傳》是一部史書，也是講史例、講方法的。但是把它看做是聖人要表達褒貶的這樣一部書。對於《左傳》如何敘事，敘事的方法等這部分則很少闡釋。到了韓愈，才談「《春秋》謹嚴，《左氏》浮誇」。《左氏》裡面敘事的部分有很多是誇張的，誇張本身是文學敘事的方法之一，就是劉勰《文心雕龍》講的誇飾。逐漸發展到宋代，出現了歐陽修的一本《左氏節文》，這本書也不是歐陽修寫的，是別人偽託的。偽託也有道理，因為到宋代以後，《左傳》慢慢變成了文章寫作的典範，目前最流行的一部選本《古文觀止》，打開第一篇就是〈鄭伯克段於鄢〉，第一卷全部是《左傳》，第二卷還是《左傳》。

《古文觀止》以前就是這樣，從真德秀的《文章正宗》開始，收了很多《左傳》的文章。《左傳》是編年體，不是一篇一篇文章。比如〈鄭伯克段於鄢〉，其實並沒有這篇文章，編年體像一個長卷，我們把它切一段下來，給它一個標題，說這一篇叫做〈鄭伯克段於鄢〉，然後講如何破題，中間怎麼樣呼應，總而言之，這是一篇文章，文章應該這樣寫。這其實原本不是一篇文章，是從《左傳》的整個敘事裡面，摘選個段落出來，成了一篇文章，最後收入各種文集裡面去，成為了文章最高的典範，這叫做文學性的解讀。就是用文學性的方法去閱讀經典，開發出它的文學性質。

有人認為那是因為《左傳》本來就有文學性。其實每本書都是這樣。《左傳》是這樣，《公羊傳》、《穀梁傳》也是這樣，《禮記》的〈檀弓篇〉也被選到文選裡，把它們的文學性讀出來。就像後來的《韓非子》等，將這種方法擴展到諸子，其他如《管子》、《荀子》等等。連墨子這麼討厭寫文章的人，肯定不會想到後人也將他的文章視為文章的典範。這便是以文學性的方法來閱讀經典，從真德秀發展下來，一直到林紓，都是這樣，建構成一個新的文學傳統。

五

最後談一個問題。各位回想一下，像劉勰、蘇綽、韓愈、歐陽修等這些人，他們在文學上強調文學與經學重新結合，用一句話來表述他們的做法，他們是不是復古的呢？

凡是有這些主張的人，他們的傾向，基本主張就是復古。剛才我們描述了文學史的動態，從文學和經學分開之後，就一直在尋求重新結合。所以不斷出現復古的思潮，復古就是回到沒有分的階段。這個復古思潮可以說貫穿了整個中國文學史的脈絡。

現代人談到復古，幾乎都要大罵一通。但是我們要知道，所有復古的人，他們的目的當然都是爲了要創新，不革新爲什麼要復古呢？劉勰、蘇綽、韓愈等這些人，他們之所以談文章與經學重新結合，追復古道，爲什麼？因為是對當代的文風不滿。

所以復古論並不是像我們過去以為的那樣，是迂腐的。相反，復古是對當代有批判力的。它一定是批判當代，提出新的標準，想糾正當代。所以復古反而是強有力的當代文風的革新力量，即通過復古而達到革新的目的與功能。

而且，在中國凡是講復古論的人，大體傾向都是希望文學與經學重新合一的。這是中國文學和經學複雜的動態關係。這個動態關係希望能提供給各位一個線索，大家可以找我《六經皆文》一書及其他資料慢慢看，看出更多的風景。

第五講　文學與史學

一

現代人常笑話一些學者，說某些人寫的是小說而不是歷史。因為我們認為歷史是真實的，小說是虛構的，所以若說史家寫史竟成了小說，那可就是極大的羞恥了。

確實，對歷史真實性的信仰，正是近代史學的特徵。現代人研究歷史的目的，就是要重建、重新體會和瞭解過去發生的事蹟——過去這段事蹟雖然已然消失；但是根據史料、訪談、各種各樣考證的方法，仍可以讓現代人瞭解當初到底發生了什麼事。

這種現代的歷史觀，在中西方都很晚才出現。在中國，認為歷史是真實的，歷史的書寫需要附帶考證、辨析不同記載間的異同，大概要到宋代以後才真正成為史學傳統。司馬光在《資治通鑒》之後就加上了《考異》。而西方則是要到十八世紀以後。在十八世紀以前，西方其實也可以說是沒有史學。我們現在所講的西方的史學，都是後來推源溯本「建構」成而的。

歷史學，在現代學術史上，亦曾是有重大爭論的學科。因為歷史所研究的，都是已消失的東西，已經消失的東西怎麼能研究呢？

我在臺灣曾創辦過一個學科，叫未來學。辦佛光大學時，開辦了臺灣第一家未來學研究所。當時很多人懷疑：未來還沒有發生呢，怎麼研究？不是跟算命差不多嗎？歷史學建立為一個學科時，在西方就碰到同樣的質疑。因為歷史學所要討論的，是消失的東西；它與未來還沒有發生的事一樣，看來都是不能研究的。正是因為面臨這種質疑，史學界才開始大談史學方法，想盡各種方法把消失的東西重建出來，讓人覺得過去好像真的就是這樣的。這是西方十九世紀以來史學上的重要的發展，史學也因此才從一種不受承認的學問，逐漸被承認是一個由明確方法得出來可信知識的學科。

但也正是因為如此，近代人的史學觀和文學觀是分開的：歷史強調真實，文學則有誇飾有虛構。用這樣的觀念來看中國古代的史書，卻又甚不相應，必然會產生各種誤解。例如最早孔子就說：「文勝質則史」，意謂寫作時文采太甚，超過事物的實情，就近乎寫史了。這豈不是說史書向來就多誇飾、史的特徵就是文勝嗎？我們現在覺得誇張是文學的特徵而不是史學的，跟孔子所說恰好相反。

歷史寫作本來就多誇飾、以文采見長。這個道理，在現代史學中是被嗤之以鼻或激烈反對的。但風水輪流轉，後現代史學界對此卻大有會心，因此有懷特等人申明：歷史本來就只是寫出來的故事；沒有被書寫出來的，都已經不可知了。歷史存在在哪裡？不存在於在赤壁真正打的那一仗，而是存在於對赤壁的書寫。所以歷史的本質即是文學。

後現代史學家所談，是要瓦解十九、二十世紀所講的去除主觀以逼近客觀的科學史學、實證史學。事實上，客觀與主觀的界線又在哪裡呢？作為判斷標準的當時所發生之事件業已消失，故我們判斷真假，常只是看書寫是否合情合理罷了。我們相信的「真」，是文字上給我們的「真」，而不是事實是否為「真」。因為事件之真實不可知。

雖然受過二十世紀史學訓練的人會對以上所述不以為然；但可能這才是真理：歷史是寫下來的故事，故其本質上即是文學，其寫作手法也是文學的，裡面充滿了各種誇飾、想像和虛構。

虛構與誇飾的例子，一點也不罕見。例如紀曉嵐曾經追問過幾個故事，其中之一是《左傳》所記趙盾之事。此事，後人曾作《趙氏孤兒》雜劇，乃最早介紹到歐洲的戲曲，在西方影響極大，現在也還常被拍成電影電視片。

在《趙氏孤兒》所述故事之前，還有這麼件事：屠岸賈派人去殺趙盾。刺客四更天翻牆進去，沒想到趙盾已經起床了，穿戴整齊準備上朝。不過由於太早，還沒到出門的時刻，所以坐在客廳上打盹。刺客很受感動，心想他忠公體國，是個好官，殺了他，對國家不利。可是，不殺他，自己又無法回去復命，也對不起主人。天人交戰，左思右想，最後只好一頭撞死在庭院前的槐樹下。

這個故事本身很動人，而且它揭示了一個倫理學上的難題，亦即「道德理分的衝突」。什麼叫道德理分的衝突？我們在談道德，例如忠孝仁愛信義和平時，可以頭頭是道，有條不紊。但在實際的道德實踐上，卻會碰到理分上的衝突。所謂「分」就是指現在的分際、身分、位置。人是有限的，道理是普遍的，人不可能同時實踐一切道德，常會有「忠孝不能兩全」的時候。又如孔子說管仲不忠信，可是他的不忠信，比某些忠信的人更了不起。我們都知道這並不是在否定忠信的原則，但是人在什麼時候應該忠信，什麼時候又可不忠信呢？很多地方都存在這類問題。後人，如呂祖謙《東萊博議》這些書裡面，經常就這一類的問題深入討論：人如何在道德實踐中具體處理道德理分的衝突。剛剛這個故事就是好材料。

但紀曉嵐說，這故事明顯是捏造的：刺客竄進去時沒有人看見，趙盾又在打瞌睡，那麼他臨終被我們視為道德倫理教材的那一段心靈自剖，又有誰目視耳聞？誰聽他說過？

類似的情況，史書中不可勝數。試問：楚霸王垓下被圍、四面楚歌，歎息「時不利兮騅不逝，虞兮虞兮奈若何」以後，虞美人是自刎的。接著項羽帶了二十八騎沖出重圍，最後也在烏江自刎了。那麼這一段哀感纏綿的英雄美人事蹟，令我們到至今仍在上演的「霸王別姬」劇情，又有誰得而錄之？

細讀《項羽本紀》，幾乎每一個細節都是這樣的。韓信來使請封為假齊王，劉邦大罵；張良踩他的腳，又附耳勸他，劉邦才改口說封假王幹什麼，要封就封為真齊王。故事很精彩，但難道使者是呆子，看不到前面的那一段嗎？這種敘述，分明是一種舞臺效果，是利用類似舞臺時間切割的處理方法來寫的。史書的寫作，靠的就是諸如此類想像與寫作技巧，才能將有限的材料組織起來。

並不是《左傳》、《史記》才如此浮誇，古史本來就是這樣。像《春秋事語》講褒姒的由來，說被滅掉的古代褒族的祖先化為兩條龍見於王庭，後來如何如何而有了美人褒姒。所以褒人被滅亡後的報復就應在了這個女人身上。寒浞背叛后羿的種種，故事也非常複雜。《文心雕龍》討論楚辭，說它有合於也有不合於六經之處，裡面就專門討論了各種有關后羿的記載，整個故事跟小說似的。

而像《竹書紀年》這類的書就更奇特了：裡面記載皇帝登仙、苗人將亡、天雨雪、青龍生於廟、九尾狐、十日並出等等。我們現在所講的堯舜禪讓，是道德上的典範。可是根據《竹書紀年》的記載卻不是這樣的。李白有首詩叫〈遠別離〉，說：「遠別離，古有皇英之二女，乃在洞庭之南，瀟湘之浦。海水直下萬里深，誰人不言此離苦？日慘慘兮雲冥冥，猩猩啼煙兮鬼嘯雨。我縱言之將何補？皇穹竊恐不照余之忠誠，雷憑憑兮欲吼怒。堯舜當之亦禪禹。君失臣兮龍為魚，權歸臣兮鼠變虎。或云：堯幽囚，舜野死。九疑聯綿皆相似，重瞳孤墳竟何是？帝子泣兮綠雲間，隨風波兮去無還。慟哭兮遠望，見蒼梧之深山。蒼梧山崩湘水絕，竹上之淚乃可滅。」舜死了，不知道葬在哪裡，「九疑聯綿皆相似」。而舜是怎麼死的呢？「舜野死」。不能壽終正寢，死在湖南九疑山附近的荒郊野外。堯呢？「堯幽囚」。堯是被軟禁的，舜是被流放的。他用的就是《竹書記年》的講法。把古代聖王都講成攻伐鬥爭之士。

這就是古代的史書。我們或許會說這些只是野史，但是什麼是野史，什麼又是正史呢？正史野史之分要到六朝才出現，那時才有「國史」的觀念。早期的歷史敘述裡本來就混雜著各種這一類的記載。所以孔子說才會「文勝質則史」，歷史本來跟文學的關係就很緊密。

二

不過孔子並不贊成這樣。所以孔子以後，史學與文學的關係開始被拉開。當時史述文彩太盛，孔子認為要節制一下，故說要「文質彬彬」，又說「吾猶及史之闕文也」。凡不知道、沒材料、或不能確信之處，就應該空下來，「闕文」，不要自己瞎編。這種「闕文」的態度也表現在《春秋》上。王安石曾經批評《春秋》是「斷爛朝報」，說它有點像我們現在的報紙，不過往往只有一個標題而沒有內文，連標題有時還不太完整。有些時日又沒有紀錄；有些事蹟也很簡略。《春秋》行文如此，恐怕與孔子的史學書寫觀念相關，韓愈不是說了嗎：「春秋謹嚴」。

孔子之後，歷史的書寫講究直筆，不虛飾、不增美。慢慢脫離了文勝質則史的階段。

到了漢代，這種發展越來越明確，首先體現在史部獨立於經部的過程中。史部本來附於《春秋》類中，慢慢附庸蔚成為大國，獨立成為史部。南北朝期間，史部越來越龐大。

宋王儉《七志》裡的經典志，還包括了《史記》；但是到了梁阮孝緒作《七錄》時，經典錄跟記傳錄就已經分開了——所謂記傳類，包括了國史部、注曆部、舊事部、職官部、儀典部、法制部、偽史部、雜傳部、鬼神部、土地部、譜狀部、簿錄部。後來我們列為史部的書，放在阮孝緒的《七錄》裡面就是記傳錄。

在四部分類法的傳統裡，晉朝荀勖在《中經新簿》中就已經將典籍分為甲乙丙丁了。不過當時的甲部是六藝、小學，乙部是古代的諸子、當代的諸子和術數，丙部是史記、舊事，丁部是詩賦。也就是說，當時所分甲乙丙丁，史部是分放在丙部，而不是放在乙部的。李充的《晉元帝四部書目》才開始把史部放到乙部。《隋書經籍志》延續這個分法，分為經、史、子、集。我們現在講的經史子集四部分類，史部是乙部，即是在這時期確定的。

這充分說明了六朝時期是中國史學大發展的時期。《隋志》所收，凡八七四部，一六五五八卷，於四部中為獨大。史書非常多，正史、古史、霸史等等不一而足。所謂國史著作——寫一個國家或者朝代的歷史——在魏晉南北朝期間就多達一百種。光是寫晉書的就有二十幾家，至於那些作起居注、故史、雜史類的，大概有一百二十多種。整個史部在六朝期間非常興盛。劉宋時期成立的「文、史、儒、玄」四館，我們可以看成是文史正式分開的一個標誌性的動作。除了這些史之外，我們現在講小說史時所謂的六朝志人小說，如《世說新語》、《高僧傳》、《高士傳》等，都應該算是史部的旁支。

從孔子反對文勝開始，慢慢強調實錄，最後與經學分開，成為史部。這個過程，也同時是史學與文學分開的過程。但是此後文學與史學的關係，仍然有很多爭論。

第一個可談的例子，就是唐朝的劉知幾。他是武則天時期人，曾被安排到史館裡去修史，但是並不滿意：他的史學觀念與其時代風氣頗有衝突。中國好講史學，但是專門講史學理論的書極少。劉的《史通》就類似於中文系所講的《文心雕龍》，是早期史學理論中體系最完整、專門討論史書該怎麼寫的書。而裡面最重要的觀點就是強調文學跟歷史應進一步分開。

六朝時期文史雖然已分，但是「文勝則為史」——歷史寫作的本質既是文學，當然也就很難要求它不要寫成文學作品。我們近代的史學只是考證史學，他們可以輕易跟文學分開的一個關鍵點，就在於現代史學家都不能寫史。他只考史、論史，而不寫史。不會寫，也不能寫。可是中國傳統史學向來與史書寫作是結合起來的。史，這個字就是書寫的意思，拿著筆寫東西（這大概是解「史」字中最簡單的解法。民國初年，各家釋「史」是一個大題目，就跟解釋「儒」一樣，幾十家討論，越講越玄）。

史既是書寫的，就當然會碰到有沒有文采的問題。太質樸了，「質勝文則野」，則「言之不文，行之不遠」，寫出來的東西沒人看。太精采了，又讓人懷疑那是真的嗎，因此歷史寫作與文學的關係向來糾纏不清。

漢孝宣帝時，蕭望之、梁丘賀，以儒術進；劉向、王褒以文章顯。劉向是個史學家，卻被稱讚是以文章顯。班固《漢書·公孫弘傳》中記載，武帝時候「漢之得人，於茲為盛，儒雅則公孫弘、董仲舒、兒寬，篤行則石建、石慶，質直則汲黯、卜式，推賢則韓安國、鄭當時……文章則司馬遷、相如。」司馬遷也與相如相提並論，推為文章家的代表。後人認為《史記》、《漢書》、《後漢書》、《三國志》四史是二十五史裡最好的，只因為它們史事考證明確，記錄不訛？不是！在史實方面糾正它們的人可多啦，《漢書志疑》這類考證的書不勝枚舉。它們的重要，恰好就在於「文辭可觀」。

《史記》不僅文采斐然，更重要的，還是他對文人的態度。譬如屈原。屈原本來是名不見經傳的人，在所有先秦文獻裡，都沒有任何人談到過他。我們現在所知道的屈原生平，是後人逐漸考證出來的。那些考證，分別看都似乎很有道理，合起來看卻矛盾重重。根據他們的考證，屈原的生平大概有五十幾種。我並不是要否定有屈原這個人，而是要提醒大家，對於一個在先秦名不見經傳的人，司馬遷會用無限同情與崇敬的心情去寫他的傳，只不過是表達了他閱讀了〈天問〉、〈離騷〉的那種感動而已。這樣動情的文章，在《史記》的列傳裡亦不多見。

如果屈原是因其特殊身世讓司馬遷有這樣的感受——他本人也是忠而見謗，那我們還可以看看他如何評價他記司馬相如。司馬相如一生沒有什麼功業，行為又有頗多可議之處。他情挑卓文君，不但是想得到美人，更可能還看上了她家的財富；後來又靠一位狗監晉身成為武帝的文學侍從之臣，被皇帝「俳優蓄之」，與雜耍、唱曲子，皇帝身邊耍嘴皮子、開玩笑逗趣的人差不多。生平不過如此，但是在《史記》中，司馬遷幾乎把司馬相如所有重要的文章都抄進去了：〈子虛賦〉、〈上林賦〉、〈大人賦〉、〈哀秦二世賦〉、〈上書諫獵〉、〈諭巴蜀檄〉、〈難蜀父老〉、〈封禪文〉等等。這些文章都很長，所以通篇多達九千多字，比《項羽本紀》都長，是整個《史記》中最長的一篇。

要知道，史書篇幅有限，什麼人該列傳、什麼人的傳該長什麼人該短，都是很講究的。如漢武帝的大臣桑弘羊，權傾一時，武帝很多政策是靠桑弘羊來推行的。因此也積怨很多。有一次天大旱，武帝求雨，有人就說不必了，把桑弘羊丟進鍋裡烹了，天自然就會下雨。當時這麼重要的一個人，《史記》裡卻是沒有傳的，可是對司馬相如這樣一個小人物，卻寫那麼長。整個〈司馬相如傳〉，所記事蹟亦甚簡，重點只在於抄錄這些文章。此舉豈不具體說明了什麼叫「文章者，不朽之盛事」；一個會寫文章的人，要比當時權傾一時的大臣，在史書裡佔了更重要的分量。

《史記》重視文學價值的不只這一篇，還包括其他，像〈李斯傳〉收了李斯的〈諫逐客書〉、〈論督責書〉，〈樂毅傳〉錄了〈報燕惠王書〉；〈賈誼傳〉裡，沒有收賈誼論政的〈論積貯疏〉跟〈治安策〉，卻錄了〈弔屈原賦〉和〈鵩鳥賦〉。義山詩曾云：「可憐夜半虛前席，不問蒼生問鬼神」，賈誼當時其實是有治國平天下的手段與主張的。若從經世、社會政治的角度來講，〈治安策〉〈論積貯〉這些文章當然遠比〈鵩鳥賦〉更重要。可是《史記》沒有選，卻選擇了後者，選擇的標準當是文章本身的文學性，遂使賈誼看起來更像是個文人而非政治家。

再如〈鄒陽魯仲連傳〉收了魯仲連的〈遺燕將書〉、鄒陽的〈獄中上梁王書〉。明朝茅坤曾評論說，鄒陽本不足傳，太史公只不過是因為特別喜歡他那幾篇文章，所以采入為傳。

這完全說明了太史公的編撰態度。人本身沒有什麼可說的，但是這些文章不錯，所以實際上是因文而把人列了傳。太史公〈自序〉自己亦說過：「三子之王，文辭可觀」，因此才作了〈三王世家〉。〈三王世家〉結尾這樣道：「燕齊之事，無足采者。然封立三王，天子恭讓，群臣守義，文辭爛然，甚可觀也，是以附之世家。」因為文章太好了，所以把他們的事蹟附在世家裡面。司馬遷的態度，正是因文而立傳。

班固也是如此。班固自己就是個了不起文學家。他也寫〈鄒陽傳〉，但是鄒陽本身的事蹟不太多，單獨收一篇文章有點單調，所以又補收了〈上吳王書〉。同時增作了〈東方朔傳〉，收了〈答客難〉、〈非有先生論〉；另外在〈揚雄傳〉裡把他的主要文章〈反離騷〉、〈甘泉賦〉、〈河東賦〉、〈長楊賦〉、〈校獵賦〉、〈解嘲〉、〈解難〉等全部抄進去，使得〈揚雄傳〉成為《漢書》當中最長的一篇，比〈司馬相如傳〉還要長，竟有一萬兩千多字。

這些重要的史學著作，本身就文采動人；寫史的人對於文學作品的敏感與對於文人的態度，更充分影響到了歷史的書寫。所以史部雖然獨立，但是仔細勘察，《史記》以下，史書跟文學的關係仍然是非常緊密的。漢代如此，更不用論說六朝了，六朝本就是文采大盛的時代。

三

劉知幾的重要性也就在此。他對文學與歷史緊密結合的態度嚴重不滿。他說，六朝時的史書「非復史書，更成文集」；而且更討厭的，是敘述方式運用了很多類似小說的手法，「似小說家言」。六朝的史書寫作，比漢人更講究文采，記錄的很多事蹟，又類似《竹書紀年》，多有誇飾和小故事。寫這些小故事本是古代史書的傳統，韓愈就說過「春秋謹嚴，左氏浮誇」。《左傳》就有很多小故事。如講趙公明之鬼，或晉公出殯時棺材抬不動，裡面發出牛鳴之類。所以古人說「左氏之失也巫」——左傳的缺點是涉於神怪，太過誇誕。

對於這樣的風氣，劉知幾的《史通》明確反對，主張文史分開。分開的方法有幾種：一，反對《史記》以來傳記中大量收錄文學作品的辦法，認為這樣使得史書有點像文選了。事實上，《史記》、《漢書》確實很像文選。後來我們讀的名文，基本上都是史書裡選的。《史記》、《漢書》以下，史書一直保留了這個傳統。劉知幾最反對這種風尚。

但是後代也沒有什麼人聽他的。實際上，劉知幾《史通》的接受史也很有趣，跟《文心雕龍》可相比觀。於劉知幾所談史法和史例，乃至史學理論，大家都是很推崇的，他的地位很高；但實際寫作時，聆聽照做的人卻很少。他反對史書收錄文章，後人幾乎沒有誰遵循。

僅有另作折衷之語者，為章學誠。章學誠不是現在大家所說的史學家，他的書叫作《文史通義》，是一本文史學著作，想要文史通貫，不只是史學而已，特別不是考證性的史學。所以《文史通義》談古文的文章很多。他認為劉知幾的講法也有道理，講述一件事情時，大段引文會阻礙敘事，故解決之法就是兩者並行。《孟子》說：「王者之跡熄而《詩》亡，《詩》亡然後《春秋》作」，詩和春秋的關係本就是並行的。所以在述史之外，可以另立「文徵」，把所有文學作品錄到《文徵》中。也就是把原來收錄在史書中的文章獨立出來，跟史書並行。一是從文章來看這個時代，一從事情的發展來看這個時代。這就是劉知幾的主張和後來的反響。

第二，史書體例上，劉知幾反對正文後面的論曰和贊曰。論曰和贊曰完全是文章。事情記錄完畢，後面卻又附了「太史公曰」，到了班固更變成了論贊，論贊是四言詩。一件事情前面已經講過了，後面又用韻文總貫起來再述一遍，他覺得實在沒必要。

第三，敘述部分應該黜華就實。他認為六朝以來都是「苟炫文采」，他主張的，是一種簡約樸素的寫法。所以《史通》有個〈點繁篇〉，以古代的史傳為例，說明哪些部分該刪除該簡化等。

但即便如此，他的《史通》本身還是用駢文寫的。這是時代的風氣，所以他是一個很特別的史學家。當然他也並非孤儔寡匹，唐朝初年已經有這樣的一個議論，比如王通《文中子》論史也是如此。但此後文史想完全分開，還是沒有辦法，基本上總是不斷地融合的。

四

我們可以從這麼幾個方面來考察這種融合現象：

如史書裡面的史法史例，後來成為我們文章的寫作方法和文例。為何如此？這些例法都是從《春秋》來的，春秋之教，屬辭比事，而這一部分即被我們運用在文學創作之中。

再者，我們的正史，主體是什麼？是列傳！所以史書與文人文集有一個最大的交集，我們打開任何一本文人的文集就知道，其中數量最大的，即是碑、誌、銘、誄、行狀和傳記（像韓愈集，文章總共才四十卷，碑誌就有十二卷，加上行狀四卷、哀祭三卷，竟佔了一半，遠勝其他諸體）。而這些作品，也是史官敘傳的參考資料。而文人在寫這些傳記時，根據的也是史家寫史傳的方法，結果其成品反過來又成為史家撰述時的基本材料，有時更就是直接照抄進去的。所以這兩大部分基本一致。如潘昂霄《金石例》、黃宗羲《金石要例》等書講的就是文人應該如何寫墓誌銘和碑刻。而這些寫作體例，在中國的散文，特別是古文家的寫作中，是至為講究的。古文家為什麼說寫文章要學司馬遷？主要學的，就是史的寫法。

還有是詩與史的關係。詩的傳統是言志。但是孟子講過「王者之跡熄，詩亡而後春秋作」。所以文中子王通說《詩》跟《春秋》同出於史。也就是說《春秋》未作以前，詩就是當時的國史，故詩與春秋同源、同性質。

後來，詩跟史也仍有非常複雜的關係。如班固、左思有詠史詩。詠史，指歷史中的人物和事件都是歌詠的素材。到唐代，尤其到了晚唐，又出現像胡曾那一類的詠史詩，篇幅越來越大，從一個朝代開國一段一段談下來，慢慢發展出一種通過詩歌來敘史的方法，像楊慎《二十一史彈詞》等。這就是完全在用詩歌來敘史了。不只文人這樣作，民間的說唱彈詞，也大量以詩歌的形式來敘史。這是詩跟史的關係之一種。

以詩歌敘史，與左思等早期的詠史詩有點不太一樣：早期的詠史詩會把它向抒情言志這個方向去靠。如看到某人詠屈原，我們就知道這個人是因不得志、不遇所以才去弔屈原的。像杜甫〈長沙過賈誼宅〉一樣，哀賈誼以自哀。詠史很重要的就是表達自我。但是敘述史詩不如此，往往從開國往下敘述，其寫作旨趣就不一樣了。不是借人借事來感慨興歎，而用這樣一種方式來敘說史事。因此寫作的目的，是外指的，不是內向的。指向一個外在的時空：當時的事件。所以它的史的成分也就更重。詠史詩在唐朝以前更傾向於詩；晚唐以後則更傾向於史，也就更體現出了「詩亡然後春秋作」，即詩作為歷史的那一種特質。

另外，還有幾個特別的人物和現象值得我們注意。

像詠史詩這種外指而不是內在傾向的表述方式。晚唐以後還有些其他題材，如宮詞。宮詞講的是宮中女子的事，「白頭宮女在，閑坐說玄宗」這一類的。借女人，慨歎經過的安史之亂與過去經歷之繁華，像個小型的《紅樓夢》，描述一種歷史滄桑感。而借女人和老人來說則用得最多，逐漸成了套路。詠懷、弔古，也都是這樣的寫法。弔古如〈石頭城〉，過去富麗堂皇，現在只剩下了「潮打空城寂寞回」；或者像月亮，「夜深還過女牆來」，過去看過繁華，現在看著衰微。再如李白寫當年「越王勾踐破吳歸」，越王勾踐破吳國歸來，如此繁盛，「宮女如花滿春殿」，但是「只今只有鷓鴣飛」。這樣的寫法表達的都是歷史的哀感，宮詞也是如此。但是，從王建宮詞以後，慢慢就不如此了。慢慢開始寫宮中女人，她們的動作、生活，她們生活的情趣成為了詩作的主體。因此變成外指的了。這些宮詞一作就是五十首、一百首，就如同胡曾的詠史詩一樣，成為敘史與記事。

除了詠史、宮詞以外，這種敘史、記事之詩，還值得注意的是竹枝詞。早期竹枝詞，主要講情感，如劉禹錫到了長江中游，即現代巴蜀武漢之間，覺得這些地方土俗有趣，因此采風而模仿巴渝歌唱作了竹枝詞。那都是些「東邊日出西邊雨，道是無晴卻有晴」之類，有些像吳歌西曲發展下來的男女情愛之辭，不過可以從中看出當地的風俗罷了。後期的竹枝詞則完全不一樣，重點不在男女的情思，而在於借竹枝詞來敘風土。

所以從宋代之後，竹枝詞就有各種各樣的變形。一個詩人跑到一個地方去玩，覺得風俗很特別，就會作竹枝詞。比如新疆竹枝詞、真州竹枝詞、海南竹枝詞等等。清朝朱彝尊《鴛鴦湖棹歌》等等也屬竹枝。它們都很長，一作大概就是一、兩百首。

本來這種風土詩是在唐代中期以後慢慢開始興起的。早期文人都是貴族，基本上跟政治中樞是一起的，後來才開始出來遊歷。早期出遊只是散心式的，作的是山水詩；後來或是因貶謫，或是遊幕，所行之處也更為廣闊。貶到偏遠的地區也就開始出現了對偏遠地方的描寫，《永州八記》即是這一型的。

當然也有些是被貶謫之後心懷不甘，又沒心情體會地方風土民情的，像白居易被貶到九江，「潯陽江頭夜送客，楓葉荻花秋瑟瑟」。這樣的〈琵琶行〉，是一首悲傷的詩。聽見琵琶女彈琵琶而感慨萬千，「座中泣下誰最多？江州司馬青衫濕。」哭的關鍵，其實不是這個女人的琵琶彈得有多好，而是對比：所貶之九江，「潯陽地僻無音樂」。一個地方怎麼會連音樂都沒有呢？「豈無山歌與村笛」？但終究「嘔啞嘈哳難為聽」，故聞得曾是京城女之琵琶而淚下矣。

文人游幕，則是因在京城為官不得意，就選擇跟一個大官做幕僚，到各地去任職，以致有了些外人看地方風土民俗的記錄。

這些風土記，從六朝就有了。當時北方人因永嘉之亂而南下，到了南方，看到南方的風土民情甚感奇異，就作有《荊楚歲時記》、《南方草木狀》等等。這些風土記，後來又在詩文方面慢慢拓展開來。文人的流寓——包括貶謫、遊幕，以及短期派任到某地做官，擴大了他們的生活面，此類作品即越來越多。

像李商隱，在京城做官不得意，就跟著鄭亞、柳仲郢等人，到廣西、四川等地做事，因而留下了「巴山夜雨漲秋池」等寫桂林、四川的詩。宋以後，此風越來越盛。如陸放翁，跟著朋友范成大到四川為官。因此才有「此身合是詩人未？細雨騎驢入劍門」這樣的詩。他作有《入蜀記》，范成大則有《吳船錄》。這些風土記的文章都非常好，但你通常不會在中國圖書分類的文學類裡找到它，它們都放在史部的地理類。也就是說，文學作品，其實有不少是被歸到史部裡的。

同樣，作為風土文字中的一支，竹枝詞從原先講男女情思轉移到講風土、講祭祀、講社會的各種情狀，是研究中國社會民俗、地方民情非常好的材料，因此它既是文學的，又是社會史的。

這樣的作品後來越來越多。如宋朝開始，《西湖百詠》即有一百八十三目，後來被編成《西湖古跡事實》。《嘉禾百詠》則是寫嘉禾地區的，也是一百首。這種寫法，它的源頭是一本奇書，叫《洛陽伽藍記》。

《洛陽伽藍記》借佛塔、寺廟來講歷史社會。因北魏興盛時，佛教亦大盛，寺塔很多，伽藍精美，無與倫比；等到爾朱榮之亂以後，竟成一片廢墟。作者記錄了寺塔的興衰，也就同時寫下了洛陽的盛衰，哀感溢於言表。

唐朝段成式曾仿它另寫了一本《長安寺塔記》。不過《洛陽伽藍記》是散體，《長安寺塔記》裡則錄有詩篇。它講當年大家在長安一起玩賞，曾經去過哪些寺塔，亂後這些寺院都不見了，盛衰之感同樣動人。

後來從這裡又發展出很多寫法。例如針對每個地方寫一首詩，每首詩後面再附上對當時史事的說明與考證。詩跟文章、史事開始結合起來。以詩為主，以事蹟考證當注解。這是後來竹枝詞常見的寫法，也被稱為「雜事詩」。作品極多，清朝厲鶚、錢擇石、萬柘坡、汪厚石等人，都寫過這一類東西。黃遵憲到日本去以後，還寫了《日本雜事詩》，又作了一本《日本國志》，與相輔貳。剛剛我曾介紹章學誠說編方志要另外編一本文徵；黃遵憲就是既作了史志，又寫了雜事詩。又如藏書，中國並沒有圖書文獻史，要瞭解中國印刷、刊刻、藏書、文獻集散的歷史，讀的就只能是《藏書紀事詩》。好多人寫過《藏書紀事詩》，還有專就江浙、廣東寫的，集起來就是一部中國圖書文獻發展史。詩即史也。

這其中還有一個規模最大的，是雍正元年，西湖間的詩人約在了一起，寫成了《南宋雜事詩》七卷。作者是厲鶚等七人，一人寫一百首，合起來七百首。詳細記述了南宋一百五十年的事蹟；空間則以杭州為中心，記錄相關史事。南宋史是很複雜的，因最後亡國很慘。臨安城被攻下後，皇帝逃走，從浙江逃到福建、廣州，還有一個皇帝在路上不斷驚病死去。最後決戰於崖山，現在的深圳珠海之間。

宋軍在海上結了一個城堡，與元軍決戰。最終還是不幸失敗，據說海上浮屍幾十萬人。整個朝廷滅亡，所有的文獻也都沒有了。特別是南宋最後幾位皇帝的紀年、事蹟等等都不完整。我們現在讀元朝人編的《宋史》，又特別的蕪亂，是二十五史裡比較差的一部。所以讀宋史很難，做宋史研究，也比做其他朝代史困難，特別宋末這一段。我通常會先讀《南宋雜事詩》，因為裡面有詩，一段一段史事又幾乎含括了南宋所有事蹟。讀起來提綱挈領，文學感又很好。這些作者，又都是史學家，對南宋史很有研究，因此其詩與註對理解宋史非常有益。

另外一個研究南宋史必讀的東西，就是文天祥的〈集杜詩〉。這是很特別的一組詩。集詩是王安石開始做的文字遊戲，把詩從古人的原作中摘出來，重新組織，百衲成衣、集腋成裘。這本來是一種文字的技術功夫，後來則越做越多，文天祥所作尤具特色。他集杜，集了兩百首，用來敘個人之史，講自我的生平與遭遇。而他的個人史跟國家史又是結合的。所以黃宗羲就講過：景炎諸朝的歷史，沒有文天祥集杜詩，就根本無法瞭解。詩，在這裡完全發揮了歷史功能，是詩史涵意的極致表現。

因此，一部分史體與文體是完全疊合的，就像是紀傳；一部分就是文學作品，無論是寫風土，還是集杜，它的功能就是紀錄一代史事，而本身又是不折不扣的文學。如果我們現在講文學、講詩，只知道「詩言志」、「詩者，緣情而綺靡」，就不清楚詩同樣也被用來紀事了。

紀事之詩在中國源遠流長、數量龐大，而且都具有史的意思，是史學上非常重要的東西，而不是旁枝細流。其中杜甫最是複雜的。杜甫很早就被稱作是「詩史」，認為它表現了當時安史之亂的歷史。後來詩史觀念被談得更複雜，清朝錢牧齋、黃宗羲等人講詩可以當史、詩可以代史、詩可以補史（在沒有史書時，如宋朝將亡的時候，沒有歷史記錄，靠的恰好就只能是文天祥、謝皋羽、鄭所南等一類文人的詩歌來說明當時的歷史），其意涵越來越深刻。

此外，小說本來也出於史。大說是詔誥，小說呢？左史記言，右史記事。小說也者，亦既言亦記事。言有大言，有小言；事有大事，有小事。記大者為大史，記小者為稗官、為野史。故中國的小說向來就是史的支流，出於稗官野史，是史的一部分。所以自班固以下都說小說是「稗官野史，巷議街談」。魯迅以後，才為中國小說另外找了源頭，說它一部分源於神話，一部分來自六朝志怪，意圖切開文學跟史的關係。

可實際上這個關係切得開嗎？不要說六朝，就拿唐人來說好了。唐傳奇被形容成是「作意好奇，語多幻設」，魯迅說它才是中國小說正式的開端。但別忘記，唐人傳奇，是要能見詩才、史筆與議論的。其寫法，正是史傳的寫法。被我們視為傳奇的作品，很多都收在新舊《唐書》中，比如〈吳保安傳〉、〈謝小娥傳〉，並不像現在人所以為的只是虛構故事。

宋元以後，說話人四大家數裡，最重要的就是講史。講史最早是講三國，說三分；後來章回長篇小說中，數量最多、最成體系的，也仍是演義類小說。

這些演義類講史小說有個特點：按鑒——根據《資治通鑒》。按照編年史述的體例，即《通鑒》的體例來講故事。像明朝的演義，標題幾乎全是「按鑒」如何如何，絕少例外，以此來強調它的根據即是《資治通鑒》。

但其實他們也根據朱子《通鑒綱目》。朱子《通鑒綱目》的價值判斷跟司馬光並不一樣。比如三國。正史的《三國志》，是以魏為正統的。所以敘述諸葛亮六出祁山，一定講諸葛亮是「入寇」。到了《三國演義》，變成了以蜀為正。而實際上，司馬光《資治通鑒》仍然是以魏為正統的，是從漢到魏到晉這樣敘述下來。《三國演義》的價值、道德判斷，都以朱子的《通鑒綱目》為準，故相對於《三國志》、《資治通鑒》，來了個大翻轉，一切人物情節之刻畫遂隨之而變了。

這講的是演義的第一個特點：據史而作。不是天馬行空，拿著歷史材料來瞎掰。其次該注意的是它的性質。這類演義，正確的描述應該是什麼？應該是種古史的通俗寫作，即通俗版本的史書。因此它們會大量收錄引證古代史書中的章表奏摺。

這類演義，是中國小說中數量最多的，且從盤古開天地一直寫到民國。近代人評價中國小說史時卻最不重視它，無論胡適魯迅都覺得演義比較差，演義中也沒有什麼偉大的作品。這跟古人的態度極為不同。

以上是就詩和小說等文體說，在文學理論方面，文學和史學結合也是很多的。如明清朝人常認為史書是文章的最高典範，《古文觀止》中第一、二卷就都是《左傳》之文，所以那不但是史書的文學性解讀，也把史書篇章當成了文學的最高典範。這種觀念在明清間到達高峰。

總之，文學與史學由原來交融在一起，到後來分開，後來再結合，這種動態關係是迷人而複雜的。我這一講不過粗發其凡而已，詳細的，還請各位慢慢探索之。

第六講　文學與子學

一

子學，主要說先秦諸子。在《漢書・藝文志》中〈六藝略〉收的是經學著作，〈諸子略〉收的是諸子，分為十家九流。九流，指儒、道、墨、法、兵、農、陰陽、雜，這些都是能自成一家之言的，如太史公所說：「通古今之變，成一家之言」。

每一家，各有各的門道，方法與宗旨皆不一樣，這就稱為家數，嚴羽《滄浪詩話》說：「辨家數如分蒼白」，即指此言。古人稱為：辨彰學術，考鏡源流。在學術上，我們要弄清楚各家學術之異同、明白每一家的源流變化；作詩也一樣，得分辨每一位詩家的風格路數，辨家數如分蒼白，如分辨黑跟白那樣。這是古代治學方法的訣竅所在。

諸子百家是泛稱，總括則為九流十家。各家都是自成體系的，只有小說家被認為是不入流之學。爲啥不入流？因小說凌雜，出自稗官野史、巷議街談，雜錄見聞，罕有宗旨統緒，亦少心得語。但我們現在認為小說是文學之一。這是文學與諸子學有關係的第一個部分。

《漢書・藝文志・諸子略》之後，歷代文獻學家所分的子部書都不一樣，到《四庫全書》時，它所分的子部書有哪些呢？嘿，除了上述儒道名法兵農等諸子學以外，還包括了：藝術類（書、畫、琴、譜、篆刻、雜記）、譜錄類（器物、食譜、草木鳥獸蟲魚）、雜家（雜學、雜考、雜說、雜品、雜纂）、類書、小說家（雜事、異聞、瑣語）、釋道等。

平時我們查文學資料，很少人會去查史部，更少人去看子部書。可是實際上史部書跟文學的關係十分密切，子部也一樣。我們看《四庫全書》子部的目錄，除了傳統九流十家外，還收了上面列舉的各種書，就可知這個道理。

如藝術類書，並不放在集部，可能很多人就沒想到。藝術類中囊括了書、畫、琴譜、篆刻、雜記。其中雕蟲篆刻向來就是與文學一起說的。

其實，整個子部都充滿了文人的意識與文學觀點。像藝術，雕塑、調漆、刻石、捏陶、燒瓷、斲木、蒔花等等算藝術嗎？該算吧！從現在人觀點說，那當然都該算。但為什麼《四庫全書》的藝術類只有書畫琴譜篆刻這些呢？

所以，我要提醒大家想一想：在中國，什麼才叫做藝術？是唯有文學和跟文學有關的東西才能叫藝術啊！雕塑燒陶建築等等都只是工技，工技不是藝術。

藝術這個詞，是比較晚才有的。古代只說藝，如禮樂射御書數六藝。藝指技能。它最早是指植栽，我們現在還保留著這種藝字的古義，如園藝。「小園藝菊」，美人在小花園裡種菊花，就是很雅的畫面，這兒的「藝」字就是藝的本義：植栽。

後來擴大來說，把所有跟動手有關的技術活動都叫做藝。禮、樂、射、御、書、數，射箭、騎馬、駕車等等皆稱為藝，就是這個道理。

術的含義則跟我們現在不同。我們現在把藝看得比較高，其實藝在古代是比較低的，指動手的技術。古代的術，則不是技術，是通於「道」的。跟道字一樣，指人可以走的路。道術也常合在一起成為一個詞，如莊子說：「古之道術」。這術就不是技術，而是指古代的大學問，古之道術，後來儒道名法各家都僅能得到其中之一端。

把藝跟術合成一個新詞，是很晚的事。在這個詞形成時，中國的文人階層以及文人意識已經高度膨脹了，所以藝術竟專指文學及其相關技藝而言。我們看清朝末年劉熙載（字融齋）的《藝概》，它是介紹中國藝術的專著，《藝概》即藝術概論之意，但是它只介紹了文、詩、詞、曲、賦、書法、經義（八股文）等等，可見一斑。

古人看待文學與現在是不一樣的。唐朝皇甫湜曾說：文章有多了不起、多偉大、多重要呢？「文於一氣間，無物莫與大」，即文學比什麼都大，雕塑、調漆、刻石、捏陶、燒瓷、斲木、蒔花等等，都只是工匠技能，哪能跟文學相比？

文學之外，如果還要談藝術，第一當然是書法，因為書法和文學皆是文字藝術。其次是古琴。古琴是春秋以來孔子就重視的樂器，君子之器，不是表演給人家聽的。此外，下棋也還勉強，孔子曾說：「不有博弈乎？」就是說下棋也還可以，不失為清品，是個清雅的活動。除此以外，都是雜藝，都是工匠的才技，不入品裁。像繪畫，一直到唐代均是畫工之作，是工匠的東西，不入流品。宋以後轉為文人畫，地位才慢慢抬高，才具有文學性。具有文學性，才可以列到藝術類。為什麼書法、繪畫、琴譜會被列入《四庫全書・子部・藝術類》就是這個道理。

至於篆刻，古人本不重視。現在篆刻藝術的典範是漢印，篆刻家都學漢印，但是漢印乃至於唐宋之印，原本卻都不是刻的，皆工匠所鑄。文人什麼時候開始刻章呢？文人刻章很晚。因古代都是銅印，太硬；石頭也一樣太硬，沒法奏刀，只能讓工匠去處理。到了文徵明的兒子文彭時，也就是明代中期，發現了軟石，比如青田石、壽山石等等，便於刻契，才形成了文人刻印之風。篆刻之地位開始抬高，文人參與很多，形成不同流派，《四庫全書・子部・藝術類》也才有篆刻的一席之地。

所以子部書的藝術類就顯示了文人意識或者文學性，是從文人觀點來看藝術的。藝術被收入的部分，都是能與文學相發明，或就是文人在玩的東西，比如琴譜即是。故我們談文學也當注意這些資料，它本身不一定是文學，但是它是具有文學性的。

裡面有沒有文學呢？其實也很多，如琴譜中有很多詩詞歌詠，還有很多琴有銘文。書法、繪畫中更有很多文學作品，寫詩文、畫詩文。

藝術類之外還有譜錄類。

琴譜雖也是譜錄，但我剛剛已說過，它的地位比較高，非一般雜藝，故不放在譜錄類而是在藝術類。譜錄類中則分為器物、食譜、草木鳥獸蟲魚等等。

草木鳥獸蟲魚作為一個知識門類，是由文學來的。因為孔子曾說讀詩可以多識草木鳥獸蟲魚之名，後人研究「詩經學」，有一派就專門研究《詩經》的草木鳥獸蟲魚，如陸璣《毛詩草木鳥獸蟲魚疏》之類作品極多。這一支，與中醫本草的研究不相干。中醫的本草也是研究植物動物，但在我國，這是兩系，一個是實用的、醫療的，而《毛詩草木鳥獸蟲魚疏》卻是文學的。從詩經學發展出來，研究的目的跟指向不是純知識性的，不能與現代的植物學等同齊觀，也不同於中醫的本草學，它是不同的體系，是文學性的研究。

中國的食譜。詳見我的《飲饌叢談》，此處只能略說。中國的飲食，比如現在北京的仿膳、滿漢全席等等，全是現在編出來的，中國其實沒有宮廷菜的傳統。為什麼？這就像中國沒有貴族禮儀一樣。中國的禮，儒家所傳，只有士禮。古代貴族的禮，如諸侯會盟、天子之禮，儒家是不大講的。因為儒家要推行禮樂社會，所講的禮需切實可行。《詩經·關雎》中提到的「鐘鼓樂之」，百姓家裡不可能有這些東西，所以儒家所傳，如《禮記》、《儀禮》所載多只是士禮，婚、喪、冠禮等都叫士婚禮、士喪禮、士冠禮。後代皇帝只是在士禮中加點東西，每個朝代再創造一些典禮而已。老百姓則在傳統士禮底下做一些更加簡化的處理。

中國的禮基本上即是這樣，飲食亦然。中國的飲食是有變遷的，唐代之前與之後不同。比如我們去吃飯，蛋炒飯、青椒炒肉絲、蔥爆羊肉，好像都是很容易見到的菜，但全世界沒有其他國家會做青椒炒肉絲，我國境內的少數民族也不會。不只他們不會，漢民族古代也不會。炒菜是很複雜的事！

中國菜的絕技，一是蒸。蒸菜、蒸饅頭、蒸飯、蒸包子等，無所不蒸。蒸菜好像很簡單，但其他地方人不會，周邊少數民族也不會。比如你到歐洲，在湖邊釣了條魚，歐洲人一定把魚頭魚尾剁掉後拿來烤，而不會蒸，少數民族也一樣。再比如《紅樓夢》中有牛奶蒸羊羔，少數民族也不會這一套，只會烤魚或煮魚，如萬州烤魚、貴州酸湯魚。羊肉就是水煮羊肉、烤羊肉，沒有蒸的技術。蒸的技術在中國有六千年以上的歷史，但現在包括韓國日本，蒸的菜都極少。其烹調手段一是生吃、二是燒烤、三是水煮，蒸這種技術連我們周邊地區都不太會，更不要講歐洲、非洲這些地方了。

另一絕技是炒菜。炒菜更難，就像古代的醫書，唐代以前基本上皆是單方，如人參是什麼藥性，茯苓是什麼藥性，枸杞是什麼藥性，羊肉又是什麼藥性等，補益之藥，皆是單品。宋代以後才是複方，如現在所說的雞尾酒療法。要好幾種藥配起來，講究君、臣、佐、使。有些藥可能有毒，比如砒霜，不能吃，吃了會死。但是在某些時候是可以吃的，如冬天這麼冷，漁夫要潛水取珠就要吃點砒霜，才可以禦寒，但也不是直接吃，而是配起來吃。藥就是毒，要怎麼樣搭配，什麼做藥引，什麼做主藥，什麼做烘托，這叫君臣佐使，這才能產生更好的功能。宋以後醫書中就很少有單方的藥了，都是配起來的。炒菜一樣。不同的菜，怎麼樣搭配起來，它的溫熱涼寒才好，大有講究。例如白菜性寒，我們會在裡面配薑絲、配蝦米，做成開陽白菜，調節它的寒熱。各位去吃涮羊肉，裡面的配菜，如豆腐、粉絲、鴨血，茼蒿、大白菜，都是寒性的。因為羊肉溫熱，火鍋燒起來更熱，所以加的菜都是涼的使之平衡。炒菜也一樣，要會搭配，我們流傳下來這幾道菜的做法，都是千錘百煉而成。時間也是到宋代以後才有炒菜。

這是做菜方法的變遷，菜的風格也有變化。早期飲食紀錄，多是《齊民要術》式的，主要是農家言，是針對老百姓的，老百姓的食材、老百姓的吃法。到了唐代，奢侈了，所以有燒尾宴，流傳有王公貴族的食譜。但宋代以後，像《東京夢華錄》、《西湖老人繁勝錄》所記載的就只是市井的吃食了。好比今天若有人記錄北京的吃食，告訴你稻香村賣什麼、六必居賣什麼，這是民眾的吃食。這種庶民吃食能反映風俗，但品味不高。品味慢慢改造以後，才出現了文人針對飲食這件事如何求其清雅的做法。食譜慢慢變成文人寫作的一種方式，如大家熟知的袁枚《隨園食單》之類。食譜，在中國獨領風騷的即是這種，庶民風味和王公貴族氣派的食譜後來都絕了跡。這是文人所講究的品味，這種品味不同於皇公貴族的豪奢，豪奢是吃錢吃排場，不知味。文人食譜當然還包括喝茶，這些都是文人生活所講究的。

另一種是器物。器物的書為什麼也是文人的呢？因為同樣的道理，中國人居住該過什麼樣的生活方式、該有什麼樣的居住環境，也在明代逐漸定型。早先，宋朝人就常學蘇東坡，大家喜歡他、模仿他，如東坡屐、東坡巾，模仿東坡的服裝。東坡出去淋了雨，帽子打濕了歪一邊，大家都學他。文人的生活、文人的模樣，成為社會人所喜歡、所追求的，跟現在大家學明星模特兒一樣。明朝人編了很多這一類書，像文震亨的《長物志》、高濂的《遵生八箋》。

遵生是一種道家式的生活方式，遵循生命之自然，勿斲勿伐。《遵生八箋》則是被文人消化了的一種養生的方式，所以和真正修道的人並不一樣。這兩種書，開啟了一大片文人生活空間。比如熏香，文人焚香默坐，讀書時點什麼樣的香，會客時又點什麼樣的香。這樣的熏香文化，現在基本沒了，只在日本發展為香道，和茶道、劍道一樣。還有文房四寶、茶具、傢俱、屋裡的各色擺設，相關人物等如何如何，有几譜、硯譜等各種譜。這些都屬於器物，它們都是在一種整體文人生活氣氛中才能出現的東西，所以都跟文學有關，具有文學性。

再講雜家。雜學、雜考、雜說、雜品、雜纂，這些依然跟文學有關，如李商隱寫過一本書——《義山雜纂》。中國的筆記、小說、雜俎都是這一類，比如段成式，他與李商隱、溫庭筠齊名，他最有名的著作就是《酉陽雜俎》，可屬於雜記雜考。雜品，所收書從《詩品》以下，如棋品。包括品棋、品詩、品花、品香、品茶、品水等都有書。品水是評煮茶時用的水，看誰第一誰第二，這些都是文人的品味。

類書。我講過，中國類書和西方百科全書是不同的，西方是知識性的，中國類書是文學性的。且從來就是文學性的，知識性和生活性類書是後來才發展出來的，年代比較晚。類書主要提供文學資料，供文人寫作時去翻檢。

小說家也放在子部，裡面包括雜事，像《漢雜事秘辛》，雜事、異聞、瑣語等等。另外就是釋道。

二

這是從目錄學的角度來看文學跟子學的關係。底下再補充幾點。

子學在漢代以後不是沒有傳承，我們一般只講先秦諸子，好像後面就沒有諸子了，其實後面諸子就是各朝代的思想家。比如董仲舒、揚雄、王通，他的書可能不叫子，但是我們也稱他們為董子、揚子、文中子等，謂其學自成一家。也有一些專門著作叫某某子的，像《抱朴子》、《金樓子》、劉晝的《劉子》。或者如《顏氏家訓》。《顏氏家訓》並不叫《顏子》，但我們也把它歸到子部。這一類書在後代還是有傳承的，因為它自成一家之言，比如《郁離子》。

自成一家之言的寫作方式，在漢魏南北朝叫造論。造論是整個東漢魏晉期間非常重要的動力。當時人認為所謂著作，要麼像經生一樣注經，要麼就是造論。如吳質，是曹丕的朋友，曹丕給他寫過一封信〈與吳質書〉。吳回答他，說從前漢武帝時，文章為盛，但東方朔、枚乘之徒不能持論。這些人當然很棒，但不能持論，就沒法講出一個自己的主張，東啊西的，文章很好，但理論不能貫串。這不是只批評漢武帝時的人，對於同時代文人，曹丕也很不客氣說：「孔融體氣高妙，有過人者」，說孔融很棒，「然不能持論，理不勝詞」，頗覺遺憾。

換句話說，不能持論，在當時即不能算第一流人才，所以建安七子中，曹丕最欣賞徐幹。徐幹著《中論》二十篇，詞義典雅。吳質覺得建安七子都死得早，只有徐幹留下了一部《中論》是不錯的，同時也鼓勵曹丕寫論，後來曹丕遂寫了《典論》。吳質說《典論》及曹丕諸賦頌，意句盎然，華藻雲浮，把《中論》、《典論》推崇得很高。現在《中論》、《典論》都已亡佚，看到的只是一鱗片爪，不能清楚它整體的規模，可是我們由此大概可以知道當時人對論是非常重視的。《文心雕龍・論說篇》稱贊嵇康的〈聲無哀樂論〉、夏侯玄的〈本玄論〉還有王弼註《老子》、《易經》的例言、何晏的論文，都是非常好的作品。〈聲無哀樂論〉、〈本玄論〉等論體在當時非常之多。不僅呈現了辭彩之美，更重要的是它有觀點，它的理論使得它在思想史上亦佔有很重要的地位。從漢代揚雄、王充以下，即特別推崇這一類的論。

文章跟思想結合起來，這是論的最主要表現。可是子學在後代有些並不是以這種單方面立論的方式來做的。持論有個特別的風氣，這是劉勰的《文心雕龍》沒講到的，那就是：持論之風和論難並行。

古人論學的方式跟我們現在不同，古人強調論難。老師教學生，而學生執經問難，就是拿著經典質問老師。難是為難的意思：老師，你剛剛講錯了，應該是這樣這樣，這叫做問難。是公開的質難。《昭明文選》中有個文體，就叫作難。難體大盛於漢魏南北朝，是要往復論難的。比如你提出一個論來，對方攻擊你，你再申辯。東方朔有一篇〈答客難〉，〈答客難〉是一場虛假的問答，但內容是實質的。

魏晉論體大盛跟論難有關，論難又跟清談有關。清談時我持一論，你要攻擊或者破我，跟現在的辯論會差不多。有一天，王弼去拜訪何晏，何晏家高朋滿座，看到他來了很高興，說我們剛剛正討論一個問題，得到了個結論，我們認為已經很完善了，你能不能作個難來破它？王弼坐下來立刻造論，講了一番道理破了剛剛大家討論的那個理論。何晏他們都稱好，說我們怎麼都沒想到這裡。王弼接著反過來，又說了一番理論，把他剛剛的論推翻了；再倒過來又做一論，把前面的理論又攻破了，「往復數番，自為主客」，所以一座嘆服。這叫做造論，清談時大家來論，各持己見。當時有〈聲無哀樂論〉、〈言盡意論〉等名論。

所謂子書基本上即是論體，一篇一篇，它算不算文學是有爭議的。《昭明文選》就排斥這種東西，認為：諸子是「以立意為宗，不以能文為本」。但《昭明文選》裡還是收了大量的問難。這正是子書的一種體製，這是正宗的。

子書有另一種寫法，就像《郁離子》，不正面持論，而是以寓言的方式來寫。柳宗元的〈捕蛇者說〉、〈黔之驢〉就是如此，其源頭是莊子的〈漁父〉、〈說劍〉。到了《艾子》，則是從寓言又走到笑話了，強力發展了寓言寫作的傳統。

另外還有些思想家的寫作是邵雍型的，表現了理學家、思想家跟詩歌的關係，寫的都是說理詩。說理詩的傳統不是從宋代才開始的，《文心雕龍》批評晉朝大倡玄風，晉朝詩人所做的玄言詩，就是說理的。古人常嘲笑這些玄言詩，說「平典似道德論」，像韻文的《道德經》，或只是把《莊子》內七篇用韻文表達出來。到了宋代，邵雍所開創的道學家詩就很像玄言詩，說理論道，而非吟風弄月、緣情綺靡。這種說理論道詩，今人常不重視，可是它在詩歌史上也是一大宗，好作家不少，如陳白沙、王陽明等，作得好的詩如朱熹的「問渠那得清如許，為有源頭活水來」等，是中國人勵志的詩、見道的詩、對人生有體悟的詩。

從目錄學上來看，可以發現子部書跟文學要麼有直接關係，要麼有很多間接關聯，而諸子本身的作品在文學上也往往很精彩。先秦諸子暫且不論，後代諸子，如揚雄《法言》、《文中子》、《抱朴子》，本身文采就非常好。像《郁離子》、《艾子》的寓言寫作，道學家的詩、玄言詩，不也都是文學嗎？

三

下面接著講諸子的文學化。

前面提到的都是順講，順講是從目錄上來看，這些書怎樣怎樣、這些人這些作品又怎麼怎麼樣，現在回頭講先秦諸子。先秦諸子為什麼要單獨講呢？《昭明文選》已談到諸子是不該列入文學範疇的，然而在中國後代，卻不乏把先秦諸子當成文章典範的，如現在的文學史書，必有一章大談戰國時期的散文，介紹孟子、莊子、韓非子他們的文學表現。這不是一種倒轉嗎？

諸子本來皆以義理見長，沒有人在文章上特別著力，尤其像墨子，根本就反文非樂，他的文章怎麼竟變成了文學典範？這就要注意諸子的文學化。

不是諸子對文學的影響，而是諸子的文學化。這兩者是有差別的。諸子對文學的影響，是說諸子本身即是文學，故它對後代文學創作有影響。但實際歷史不是這樣的。實際是：諸子那時根本還沒有文學的觀念，文學的觀念起來得很晚，諸子本身也不從事文學創作，不強調文學的價值。漢人講諸子學，也不著重它的文采，而是重其思想。

什麼時候我們才把諸子納入文學範疇來討論呢？第一不能不談《文心雕龍》。《文心雕龍》討論的文學範圍很寬，比如經典的注解，他就看做是文學，如王弼的《易經注》即是；講文體時也把諸子考慮了進去。

但《文心雕龍》是個特例，它有很多觀點和那個時代是不吻合的，而且《文心雕龍》之後，中間也沒有繼承，沒有同聲共響之人。

到什麼時候又重新談到我們可以從文學角度來看諸子，認為可以向他們學寫文章呢？就是韓愈、柳宗元。他們告訴朋友說學《左傳》、《尚書》之外，還要學《莊子》、《孟子》，把《莊子》、《孟子》當做我們學習文章的典範。換句話說，他們承認了《莊子》、《孟子》的文學性。

但這種講法同樣未形成普遍的時代風潮。因為整個古文運動是個回歸孔孟的。回歸孔孟，所以參取《莊子》等的文采只能是旁支。可是到了宋代，《莊子》的文學化卻有大發展，如林希逸《南華真經口義》等皆從文學角度來解莊，闡發它的文采之美。這樣的路數到了明朝，更普及到所有的諸子，包括《墨子》。墨子根本反對文學，墨子的文章，古人也從來沒有人覺得好。但是墨子、荀子、韓非子、管子、莊子的文章都有很多人去替他們做評點，闡述其章法、句法、字法，這樣一種討論方式就叫做文學化，是一種子書的文學化。

在明朝，《韓非子》、《荀子》等等都有很多家的評點，也有人把它們集起來，叫百家評，如《莊子百家評》。

這類書雖以闡發它的文采美為主，在義理上卻也頗有作用。我在大學一年級時就注過《莊子》三十三篇，幾乎所有跟莊子有關的書我都讀過了，漸漸發現其間有幾種不同的脈絡，莊子一本書有好多不同的讀法。其中一個解釋傳統，就是文學性的。依這種傳統看，郭象的《莊子注》就不行，為什麼呢？宣穎《南華真經解》說：因為郭象連文章都不懂，莊子章法奇幻，要讀懂《莊子》，須懂《莊子》的文章，《莊子》的文氣、文章脈絡如何，搞清楚了，義理才能懂。所以這一派不但要提示評點莊子句子如何好、章法如何妙，更是通過對文章的解析來掌握莊子的義理，跟那種從訓詁、從哲理上注解的很不一樣。這種注解很多，成為一大體系。

這是子學的文學化而成為一個傳統的。這種傳統一直發展到現在，現今會把《韓非子》、《荀子》的篇章選進課文中，也是同樣的道理，這就是諸子的文學化。

諸子文學化的過程中出現過許多大評書家，如明代的陸西星。這是個奇人，根據柳存仁先生的考證，他可能是《封神演義》的作者。乃道教內丹東派的祖師，很有學問，著作很多。不止評點過《莊子》，更遍評諸子，如《韓非子》、《管子》、《莊子》、《墨子》等。他評書用好幾種符號，有直線、虛線、點、勾等。這種評點的重要功能，就是帶著你讀，就像金聖歎評《莊子》、《西廂記》一樣。諸子本來是說理的，怎樣把它讀成文學，使它在文學性方面被推崇呢？這就是評點的功能了。帶著你從評點上讀，慢慢體會什麼地方吃緊、什麼地方精彩，什麼地方該如何看，使你從閱讀中養成文學品味和閱讀文學作品的技能。

四

相反，將諸子和文學繼續分開的，也不是沒有人。延續《昭明文選》的講法，但是整個評價系統跟《昭明文選》剛好顛倒過來，代表性的人物就是章學誠。

他的觀點非常奇怪，只是我們現代人由於受胡適等人的影響，推崇章學誠，把章學誠講成是史學。其實章學誠是文史學，但現今沒有人談他的文學觀。章學誠的文史學很特別，討厭孔子，喜歡周公，認為崇拜周公和崇拜孔子是學術上重大的分歧。如果我們尊孔，學術就完蛋了，一定要尊周公才行。其次他反對私學，主張官學，主張學在王官，要恢復到孔子以前。

在文學和諸子關係上，他的講法呼應了《昭明文選》，但價值倒了過來。《文選》覺得文很重要，可是章學誠認為文學是很壞的東西。他看學術史，是個下降的過程，越來越差，周公最好，到孔子已經不行了。周公時六經皆史。「六經皆史」云云是反對一般儒者之所謂經學的。說六經實際上是周代的史，孔子只不過是這些史的整理者罷了。六經本身是周朝的東西，而周代這些史又不只是史料，記錄古代的事而已，它本身皆有實際的功能。因為周朝的典章制度、政治教化等都顯示在經裡，經不是只是一套空談的理論，是實用的，與當時政教結合在一起。

由於那時能如此學術跟實用、政治教化、典章制度完全結合，所以是學術最昌明的時代。中國人都希望學問不只是空談，還能見諸實事、經世濟民。後代都做不到，真正實現的只在周朝。孔子開啟了平民教育，諸子百家興起以後，就如莊子講的「道術為天下裂」，學術就衰落了。學術在私家，每個人你講一套、他講一套。各講一套的目的是要張揚自己的名聲、謀自己的私利。學在私家，與從前學在王官，是不一樣的。從前是學術為天下之公器，後來是學術為各家之私言。

諸子學已是經學之衰了，誰知到漢代，又出現了文集，學術就更差了。子書後來越來越少了，因為學者都去寫文集。文集興，而諸子衰。文集跟諸子有何不同？諸子可以持論，成一家之言，雖是私、雖然壞，但畢竟能成一家之言，是有體系的。文集卻是東一篇西一篇，雜亂不成體統，七拼八湊，所以叫做集。集者雜也，其字象一堆鳥雜聚於樹枝上。學術到集時便差不多完蛋了，故他老先生感嘆：文集興而諸子衰，文人出而學術滅。

這已經夠差了，不幸的是後來還更糟。宋人開始寫詩話。《六一詩話》講得很清楚，詩話記雜事、瑣談，乃文人之遺興。可是從章學誠的角度看，那就更連文章都不是，只是東一條西一條地閒扯。所以說後來這些東西根本不值得看，要回到古代，回到周公，回到官學的時代去。

章學誠可能極端了些。但是思想家（諸子）反對文學並不罕見，墨子就反對音樂、文學；後世覺得文學不值得欽慕的人也很多，如揚雄說：「雕蟲篆刻，壯夫不為」。文中子也講過類似的話，抱朴子、《顏氏家訓》也都有。

《顏氏家訓》還教訓子弟：你們讀讀書做個好人，這就行了，不要去舞文弄墨，「若乏天才，勿強操筆」。除非你有天才，否則舞文弄墨徒然惹人恥笑。而且文人有很多缺點，例如文人發引性靈，感性生命太強而理性化不足，常常情感不能控制。文人又太重視文字，且老是認為「文章是自己的好」、批評別人不行。因此文人甚不和睦，喜歡相互譏謗，「文人相輕」之所以被特別提出來談，即由於此。社會上各行業的人雖可能也都會相輕，但是文人擅作輕薄語，譏諷別人的語言特別有文學創造力，聽的人更不能忍受。言語傷人，慘於戈矛，所以樑子越結越深。《顏氏家訓》覺得這些都要不得。

宋儒對文人與文學，也有類似的批評。另外還指出：韓愈這一類文人雖然想要成為孔孟，但是卻著力在文上，很可惜，沒有學道，只重在學文。換言之，韓愈他們的想法是「文以載道」，所以要把車子（文）打造好，好來裝上好東西（道）。可是他們搞錯了，應該先把東西拿到手；東西都沒拿到，精力全花在打造車子上，豈不捨本逐末？程伊川就以此批評韓愈「可惜倒學了」。

可見即使是強調文以載道的文人，從道學家的角度來看還是不及格的，至於那些吟風弄月的文人就更不用說啦，道學家對他們的評價極低極低。認為唐詩只不過是文人之巧而已，如果談內在之守、人倫之用，唐詩就很差。從他們角度來看，宋詩比唐詩好，就好在有「道」，唐詩只是文字之巧。

這就是思想家對於文人的批評。早期當然並沒有文人，文人被當做一類人，出現於漢代。像王充提到能造論，能寫出自己見解而不是光會註釋古書的，就是文人。可是文人要持論，要講出一番道理來，在義理上就必須要深入。義理上越要深入，當然就越偏向成為思想家，這本身就成為一種弔詭。

文學，講來講去，無非是「要說什麼」跟「如何說」的問題。以前面舉到文以載道的例子來看：要載道，道是什麼東西，有沒有搞清楚呢？在這邊講得越多，你就成為道學家了。如果不在道的問題上深入，而是注意如何表達，那就偏於文學家了，彼此各得一偏。文人之理想，當然是文道合一，既有思想內涵，又能文采斐然。但實際上，文人跟思想家在歷史上經常是分離的。很多人著眼於合，實則仍是聚少離多。

所以才有人乾脆分之，說諸子「以立意為宗，不以能文為本」，將之排出文苑。可是不管合還是分，都有很大的爭議。

五

例如風格與人格的問題。文人相輕，是文人的一種毛病；文人發引性靈，感性活動太強，而理性化的節制不足，是另一種毛病。它們都導致「文人無行」，在道德上常有缺失。然而，文人因為能寫文章，才華被社會上所推崇，就像金聖歎說天下才子書，「才子書」是專從文學上講的。一個有道德的人，沒有人會稱他是才子，一個大政治家也沒有人稱他才子，大商人、大畫家、大學者、大工程師也都沒有人會說他是才子。誰代表有才呢？只有他有文采時，才可能被社會認為是才子。而才子是有光環的，大家崇拜他，所以德行、操守不完美也不甚計較。久而久之，好像文人竟就有了道德豁免權，文人好像本來就可以無行似的。文人無行的現象，乃愈來愈普遍。

所以就有人提出：「士應先識器而後文藝」。就是說你要先把自己培養成個真正的人才，然後再談文章能否表現你是個才人。這叫做文跟德的衝突。文德的衝突，自曹丕講文人無行以來，一直很嚴重，而亦未得圓融之處理，故至今仍為一大問題。

文德的衝突看起來像文人跟道德家的衝突，其實不然。諸子論理，多談人生，講做人做事的道理。文人之說，可做人生之正理嗎？道學家對文人的不滿，很多地方即來自於此。如文人個性上少拘檢，行為弛蕩不羈，也就罷了；文字裡一樣如此，益發令人不安。程伊川有一天遇到秦少游，問：有闋詞，「夢魂慣得無拘檢，又踏楊花過謝橋」是不是您寫的？少游以為程伊川要讚美他呢，結果伊川對之大表不滿。也有人說此句鬼氣森然，活著白天都不拘檢了，晚上做夢也不拘檢，文人之通脫無拘束，在道學家來看，乃是大有問題的。

人格跟風格的問題之另一面，即文章中所表現的人和現實生活中人是否一致。我們一般都認為是一致的，所以才能談作者心跡性情等問題，詩言志嘛！當然應該一致。可是實際上不見得。我們讀文學作品時所知之作者，依我看，恐怕只是作品中的作者，未必即是真實活過的作者。元遺山論詩絕句曾講：「心聲心畫總失真，文章寧復見為人？千古高情閑居賦，爭比安仁拜路塵」，就是說文章雖寫得閒適淡泊，真正行跡卻可能奔競鑽營，人跟文章是兩回事。道學家是要求言行一致的，文人則文章跟人常有分離的狀況，紙上說得明白、說得義正詞嚴，可是人不一定是這樣。

再看文跟道的分合關係。文人雖強調文與道俱或文以載道，但依道學家看，文不一定可以載道，文人講的文尤其不能載道，費心力來作詩文更會被認為沒有必要。朱熹曾說：杜甫詩當然甚好，但不是所有詩都好，內中還有許多閒言語，如「穿花蛺蝶深深見，點水蜻蜓款款飛」，有何義理可說？這種詩寫它作甚？作詩文章不是要有利於國計民生、闡發道理嗎？文章不是經國之大業、不朽之盛事嗎？

這部分爭論多極了，衍生了另一個大爭論：詩文須以理為尚嗎？宋朝嚴羽說過：「詩有別才，非關學也，詩有別趣，非關理也」，顯然不認為詩該主理。後來的人有贊成有人反對，吵成一團。若贊成「詩有別趣，非關理也」，則文學跟理不相干，跟學問也不相干，跟諸子當然就遠了。但就是在文學中，說理的詩文也不罕見，難道也要排除出去，說它們不是真正的文學嗎？嘿，明朝就有許多人是這麼主張的。例如詩，宋詩與唐詩相比，似乎較重於理，於是在明朝就發展出了唐宋之爭。從前宋人看不起唐詩，說唐詩只是風花雪月，雕章琢句，它內未定其所守，義理太差；可是明朝人看宋詩充滿理語，更不喜歡，覺得唐詩好，唐詩才香色流動，字面好、聲調也好。清朝人又反對嚴羽，如馮班寫《嚴氏糾謬》，風氣漸漸朝向詩人與學人合一的路子走。詩歌從浙派到同光體，都是這個路數，包括浙派作詞之法亦是如此。

因此這個情理之爭還影響到整個文學史上的動態。此一爭論，後來又演變成詩文之別。什麼叫詩文之別？就是說詩應強調它情的部分，文章才重視理，所以詩文的性質不同。文章像吃飯，詩像喝酒，用這個譬喻來作區分詩文、情理、唐宋、文學和思想性文字。

總之，文學跟子學的關係，在中國從諸子、學者、思想家、道學家以來皆糾纏紛紜，他們之間的關係影響了文學史跟批評史的動態。其中有合的，想讓它既有文，又有思想，這就是古文運動的思路。古文運動的思路當然要回到孔孟，韓愈、柳宗元他們的作品本也是要表達他們自己的思想。像韓愈的〈原道〉以下幾篇，〈原性〉、〈原人〉、〈原臣〉、〈原毀〉、〈原鬼〉等，或劉禹錫的〈天論〉、柳宗元的〈封建論〉，都像先秦諸子一樣，在思想史上是必然要討論的。宋代的理學家也是如此。此外，詩歌如江西詩派，也是一個講究文道合一的宗派，它跟理學的關係極為密切。凡此，文跟道的分合、情跟理的分合等等，都跟我們這部分談的問題有關，請各位留意。

第七講　文學與書法

一

這一講要談文學與書法，所以請各位先欣賞一下「現代書法」。我們很快地瀏覽一下這些作品，各位第一感覺如何？覺得跟古代書法，王羲之呀、顏真卿呀，或者董其昌呀、何紹基呀，比起來更有美感？

顯然不行！這些作品，要不就醜，要不就亂，更多的是看不懂，不知所云。去展覽場看看這些「鬼畫符」，笑一笑，當然無所謂，但讓你買回去掛在房間裡欣賞，怕沒幾個人願意。

但他們也不是毫無道理的瞎胡鬧。現在我來跟各位解釋一下，替他們作點辯護。這些作品雖然談不上美，可是也許他們本來就不追求美，而是另有追求的，其中有很強的觀念性。這是現代藝術的特徵，現代藝術主要就是想表達一些觀念。什麼觀念呢？

例如剛剛有一幅作品標名為「走出誤區」。現代書法相對於傳統書法，著重創新，但要如何創新呢？

自王羲之以來，講永字八法等各種法度，慢慢已經形成了格套，現代人寫書法，寫來寫去，無非是臨帖，拿著古人的帖開始臨，搞來搞去陷在這些法裡，被法困住，忘了書法的本質即是筆墨。所以他們要破這些法，呼籲「走出誤區」。簡單講就是要打破傳統，傳統是錯的或者是禁錮，所以要走出來，才能創成一個新的東西。

在這個基本觀念下，他們寫的文字，又往往看不清楚，不瞭解是在寫啥。像「Number One」、「無題」、「為何憂鬱」、「待考文字」，都是把傳統文字拆解掉，脫離了文字。

原先中國書法基本上就是寫字，所以他們一是不要傳統的那些法，脫離永字八法等等來「寫字」。其次可能根本不「寫字」，因為傳統的書法被文字限定了，所以要把這兩層都打破。

打破以後，它就回歸到只有筆墨的點、畫、線條，或者墨塊，都是把文字解散了。有些只有線條，沒有墨塊；部分是有墨塊、有線條的。線條化以後，欣賞它的線條與它的墨點，或點與線結合成的圖案即可。而線條也不是傳統的筆墨，常是用類似西畫用的筆在上面刷出來的。線條與墨塊中間，也有一些小的造型樂趣，感覺中間的空間好像一條魚或是一隻水上的鴨子，用一些文字以外的造型符號來構成。

總之，書法脫離了傳統的中國文字，也不用中國傳統的方法，回到最原始最本質的線條墨塊，講一個構圖，這就是現代書法的路數。

這個思路，大陸八十年代的後期才形成為一種藝術運動。但其實中國這些現代藝術，只是嚷嚷要創新，擺出一副創新的架勢，做的大抵卻是延續別人已做過的東西，許多僅是日本「現代書法」的延伸或翻版。

早在一九四九年，日本人的作品裡就已經完全線條化，而且構圖抽象化，它跟文字的關係便已經完全沒有了，日本的現代書法，也稱為墨象藝術，用以區隔傳統書法。墨象，就是用筆墨構成的一種抽象的藝術，這種藝術曾在歐洲得到好評，因為跟歐洲的抽象畫有很多互通之處，歐洲人覺得從中國書法中發展出的這些抽象畫非常新鮮。

但這些作品，雖然在國際上有其市場，在日本國內卻並不被欣賞，為什麼？因為大家覺得如果要這樣做，那乾脆去畫西方的抽象畫就好了，現在弄得既不像中國書法，又不像抽象畫，邯鄲學步，日本人也不太能接受。所以後來就走一種折衷路線，叫做少數文字派。

從前那是瓦解文字，把文字拆解、丟掉。現在說我們還是寫字，但這些字基本以草書、行草為主，因為草書、行草可以比較不受字形的掌握，它可以局部脫離字形。其次，它跟字義的關係也比較鬆。字有字的意思，人、手、足、刀、尺，各有其義；一句話也有一個完整的意思，比如「黃河遠上白雲間」，意思很美。所以古代中國書法，都是以一首詩、一篇文章這樣來寫，如〈赤壁賦〉、〈歸去來辭〉，整篇文義相發，意思既美，書法也很漂亮。現在則反其道而行，不要寫一句話、一首詩、一篇文章。要脫離文字。

因為文字有形、音、義。聲音書法上表現不出來，書法上主要表現字形與字義，所以字形要鬆開，完全瓦解字形大家不能接受，就局部瓦解，成為草書或是行草。字義也是局部脫離，要放棄字義。而要如何放棄字義呢？就是不要寫一句成詞，成為一句的意思，例如我寫少數兩個字、三個字。這兩個字、三個字它可能有意思、可能沒有意思，譬如作品「崩壞」，可能有碎石瓦解、山石瓦解這樣的感覺，基本上這是用少數的字，提取它最主要的意象就夠了。整文章內容很繁複，我就講一個主要意象，我這一面作品，主要集中表達一個意象，一個筆墨的感覺，這樣就好了，這叫作少數文字派。兩個字、三個字，像「崩壞」、「一無住」、「古」、「樹」、「風起」、「冰春雪」，這都屬於這一類。

中國也一樣，剛剛我們看的若干作品也有屬於這種路數的，像「放達」、「雲龍」即是。「雲龍」這類，當時日本人也是這種做法，就是一整個字寫出來以後把它切割，呈現的時候它可能只有一半。

現代書法發展到現在，比上述這些走得更遠，愈來愈像拼貼藝術。例如拼貼或是寫兩幅書法後把它剪貼了拼組在一起，跟現代的裝飾藝術、拼貼藝術就很像，他的應用，像是在房子裡面做成裝飾感很強的表現，例如壁紙，把古代名家的書法揉合起來，貼在牆壁上，純粹作成一種觀賞性的，一種視覺藝術，而跟他的文藝內涵沒有什麼關係。各位可以看到現在很多年青人穿的 t-shirt，上面寫著中國字，很多中國字是寫錯的，是什麼涵意也不知道，但是穿在身上自覺很好看，類似這樣都屬於這種路數。

這是現代書法中的幾個派別，另外剛剛講的新文人書法，也是希望跟傳統的書法不一樣的，它也吸收了剛剛說的現代書法的特徵，脫離了傳統的法度，而是強調它的趣味。這是新文人書法，跟小孩子字差不多的啊！這樣的形態，在日本、韓國的書法裡面也有類似的作品，各位可以參考。大體上現代書法它們主要的發展方向、路數、思想大概是這樣。

二

那麼，我們回過頭來談一談我們要講的問題。

剛剛介紹了現代書法，現代書法家也花了很多的氣力、精神，想走出一條新路，但這一條路，我想大家第一個感覺，首先是缺乏美感。我們會把一幅古代書法作品掛在書房、臥室來欣賞，但是剛剛那樣的作品，掛在客廳，喝茶的時候看到一幅這樣的怪怪東西，「待考文字、無題、NUMBER ONE」，或在臥室裡看到這些，能不能產生審美的愉悅，恐怕是個比較基本的問題，其美感效果好像都有待加強。

正因它的審美效果有點疑問，所以整個現代書法其實跟現代藝術差不多，已經脫離文字，變成語言藝術。通常，你看現代藝術，第一是時常看不懂，第二是沒美感，你得聽他講，聽他講他的理念，就會覺得這個理念太好了、很動人、很偉大等等。所以它已經變成一種語言藝術，要用很多附加的言說來陳述我為什麼要這樣做，就如我剛才替他們辯護的那樣。說明這樣做有什麼偉大的意義，突破古代呀、突破法度呀，所以它只是一套語言藝術。

而這些東西，又只是語言藝術的一種道具，其本身很像行動藝術。譬如在韓國有人辦了個書法展，是作者穿著一襲道袍，在水上寫字，這就變成一個行動藝術了。

還有，就是強調展示性。現代書法展示的量體很大，配合展示空間，造成視覺震撼，這都是現代書法它嘗試走的路子。這個路子，看起來我們的評價可能跟他們自己的期許有很大的落差吧。他們自己可能覺得自己很偉大，比王羲之還偉大，因為他們能夠打破傳統！

但是這些創新，創來創去雖然跟古代不太一樣，可跟外國一比就知道，往往是拾人牙慧，跟人家走的路子是一樣的，沒創什麼。我們的現代藝術，所謂的創新，無非就是學日本、歐洲，一部分學非洲，真正的創新其實有限。

當然之所以這樣說，是要做為我們今天談文學與書法的引論。為什麼要從這裡講起，就是要告訴各位：中國的書法傳統，在當代是被批判的。

這個態勢，由於因為我們主要生活在中文系裡，所以不覺得。事實上我們現在的書法教育，基本上都不在像我們這樣的學校、文學院被傳授。文學院中文系有書法課嗎？在大陸這兒大抵沒有（在臺灣，小學、中學都寫字，進大學還是寫字，中文系本身是有書法課的）。那麼現在書法教育主要在那裡呢？主要在美術院系。因為在美術系，所以用一套美術系的標準、美術的觀點來看書法。

書法就只是美術，所以剛剛講的那些人才會強調它的線條、墨塊、構圖、視覺效果等等。書法變成了美術，變成了一種視覺藝術，這在現代中國是很重要的發展方向。

所以這些現代書家、現代書法藝術才會要努力脫離文字。認為傳統書法之所以不能變成一種純粹的美術，即是因它跟文字太緊密了，跟文字結合度太高。因此要把它拉出來，還原到只是墨塊、只是線條、只是構圖。

不要說現代書家他們這樣，就是寫傳統書法的朋友，不寫錯字的也都很少啦！書法家很多都不認識字。我見過一書家送某將軍一大匾額，上頭寫著「國之幹城」；他不曉得那是干戈的干，執干戈以衛社稷，不能寫成幹。還有一次看電視，有一座王爺府外掛個大匾額，居然是「鴻天齊福」，有這話嗎？是「鴻福齊天」才對。有次到張良墓，墓前掛了一幅對聯，說張良「決機於千裡之外」，千里的里寫成衣服裡面的裡。這種錯誤很多，有次收到中秋節晚會的請柬，「千里共嬋娟」的里也寫成衣服裡面的裡。江蘇有個旅遊區，水鄉同里，自己印的介紹也寫成衣服裡面的裡。這是正簡字不分。還有就是同音字，簡化字的同音字互相替代搞久了以後，一般人往往沒法區分，昨天看了一個雞血石展，前面寫了個說明，收藏雞血石的人應該是有點學問的書家，結果一看就有好幾個錯字，尤其寫成猶其、即使寫成既使、正直寫成正值。諸如此類，不勝枚舉，書家不寫錯字的很少。

這是因為整個書法教育不在文學院體系內，主要在美術學院，學生一般就學會了些技術，對書法的文化不熟悉。可是無知者無畏，不懂傳統的人經常有要打破傳統、可以打破傳統的衝動，要把它更走向美術形態，變成一套視覺藝術，甚至抽象化，變成拼貼、拼圖這樣。這是我們現在整個書法發展的基本思路。

三

另外，除了這一思路之外，另外有一些仍然是寫字的，仍要守住書法的法。

這可以早期北大沈尹默先生為代表。沈先生是很了不起的書法家，地位也很崇高。過去人民文學出版社的《西遊記》、《水滸傳》等書封面題簽都是沈先生手筆。沈先生不能寫之後，才由啟功先生寫。

沈先生寫字時，其實是看不見的。他近視極深，靠著法度純熟，才能在看不清楚的狀態下寫。這真是太難了，所以是很特別的書家。

由於法度謹嚴，故沈先生有個特別的主張。他說古代書家留下來的字主要是兩類，一種是書法家、一種是善書者。

善書者很會寫字，但不叫做書法家，跟書法家不一樣。例如蘇東坡就屬於善書者，不是書法家。書法家需要對書法之法能有所掌握，所以各體兼擅。這包括沈先生自己，當然大家看到他留下來最多的是行書，但是他四體都能寫，對於法度是嫻熟的，這叫書法家。善書的人是字寫下來也很漂亮，也很有趣味，大家也很喜歡，但是他對法度的掌握不是很嚴謹，這裡面就會有些問題。

這就像什麼呢？像唱戲，一種是演員，一種是票友。票友有些也唱得很好，但只能唱幾齣，熟悉那幾部分，對舞台上相關的知識不如科班出身且從事唱戲這行的。所以一個是當行本色的專家，一個是玩票的票友。

用這樣的區分來看，所以他說寫字好看的人，點畫雖有時與筆法暗合，但有時則不然，尤其是不能各體兼工；書家則不同，書家精通八法，點畫使轉，處處皆需合法，不能絲毫苟且從事。所以書家的書，好比精通六法的畫家的畫（書法是八法，繪畫是六法，謝赫六法）；善書者的書，就好比文人的寫意畫，也有它風姿可愛之處。但是不能學，只能參觀，以博其趣。也就是說：學書法，要跟專業書法家學，不能跟那玩票的人學。

各位都知道，陳後山曾說東坡詞「如教坊雷大使之舞，雖極天下之工，要非本色」，就是說東坡詞不錯，但不是當行本色。因為詞是歌曲，懂音律是基本條件，這叫當行。跟吹笛子一樣，不能說我吹得很好，只是我不合音律罷了，沒這話！當行，才能叫作行家，行家就是幹這一行的，就是我們現在講的專業。不當行叫作戾家或隸家，戾者，乖戾也，戾家就是不當行的。文人畫就是隸家畫，跟畫家相比，基本工不行，靠的是文人趣味。

可是後來文人勢力大，反而認為專業畫家只是畫工畫，貶抑他，說他匠氣。蘇東坡有一首長詩比較吳道子跟王維，說吳道子當然很好，但跟王維比就略遜一籌，為什麼呢，吳道子的工妙，「猶以畫工論」，仍在畫工的層次；王維就超越了畫工，他的氣韻不一般。這即是文人畫的宣言。

宋代以後，本來是玩票的、非專業、不當行之文人畫，地位越來越高。文人奉王維為南宗之祖，認為我不需要這麼多的筆法呀，我有氣韻，故我的高雅，就比你這畫工強。

沈先生論書法，也採取了行家與戾家之分。說有一種人，他的法度並不太精，不過他有別的條件，所以寫起來也很風姿可愛，就像文人畫一樣。

沈先生當然不是傾向文人畫，他是倒過來的，認為我們不能再走這個路子。你要幹這一行，就不能玩票，需是當行本色，要這樣才是正路。

各位不太了解書法，不太知道沈先生為什麼這樣子說，為什麼東坡字那麼好卻不能算是書法家。我解釋一下。例如握筆，我們現在一握毛筆，就都是高執其管、以拇指食指扣管、其餘三指綣曲其下。這主要是清朝包世臣所推薦的方法，寫小字枕腕，寫大字懸腕，都這樣寫，這叫作鳳眼法。單勾提起，一指上綽，像個鳳眼。東坡寫字不然，他跟你們現在拿鋼筆原子筆是一樣的。這樣能寫嗎？當然可以，但有個缺點，就是譬如寫蘇軾的軾，左邊一個車，右邊一個式，這一勾不太拉得起來。因為原珠筆、鋼筆是硬筆，毛筆是軟筆，軟毫這樣一拉拉下來，壓到這裡剛好毫塌了，上不去。所以東坡這一筆一定是塌的，毫下來到這裡勉強勾上去。

沈先生就說握筆不能這樣，這不合筆法，筆法有其基本要求。關於法，細說很複雜，簡單說就是如此，各位可以舉一反三。由於東坡的法度不嚴，好的時候非常好，寫得差時也很一般，很多地方也都不能學。黃山谷曾開東坡玩笑，說他的字像石頭壓蛤蟆，扁扁的；東坡也說山谷的字像是樹上掛蚯蚓。雖都是玩笑，似乎也說明了宋人的法度都存在問題。因此沈先生主張回到晉唐。

黃賓虹《畫談》論專業畫家和文人畫，也有類似的意見，說：「習畫之徒，在士夫中，不少概見。誦讀餘閑，偶閱時流小筆，隨意摹仿，毫端輕秀，便爾可觀。莘莘學子，奉為師資。試求前賢所謂十年面壁，朝夕研練之功；三擔畫稿，古今源流之格，一無所有。徒事聲華標榜，自限樊籬。畫非一途，各有其道，拘以己見，繩律藝事，豈不淺乎？」（**章法因創大旨**）

黃賓虹、沈尹默所代表的，都是具有現代性的專業化分工態度，強調專業書家、專業畫家。文人書文人畫在其觀念中，等於「業餘」或「外行」。專業才精通這一行所該具有的法度技藝；文人玩票，雖也偶有暗合處，畢竟非真積力久而得，故不牢靠；雖有趣，卻不正規，不足為訓。

但文人書法如此不堪嗎？如今書壇之弊是文人書法造成的嗎？要打倒或擺脫文人書法才能發展書法藝術嗎？對這些問題，我都有跟沈尹默和倡言現代書法的朋友不同之見。

道理非常簡單：當代書風，到底是文人氣太重還是缺乏文人氣？當代所謂「書法界」，無論各協會、學會、書法教室以及展售場所，參與者不都是戮力鑽研筆法、苦練歐虞褚顏諸家遺跡，各體皆工的嗎？書家僅以善書著稱，文名則罕覯。故古人多寫自己的文章詩歌，今人只能抄抄古人的詩文或節臨古碑帖。詩文既非所長，文人氣自然也就難得具備。古人批評專業書人畫匠時所指摘的毛病，如「本色之弊，易流俚腐」、「腔或近乎打油」、「氣韻索然」等倒是極為普遍常見。

在這樣的現實狀況中，救弊之道，理應是提倡文人書法，焉能倒過來再批文人書法？這不僅是打已死之虎，非英雄手段；抑且開錯了藥方，會使時代病更入膏肓。前者叫做無的而放矢，後者是庸醫誤診，不免害人性命。

因此，無論從哪方面看，文人書法在今天，不是應被打倒，而是該再提倡。今天書壇的一些弊病，不是文人書法造成的，反而是對文人書法認識不清，卻又胡亂反抗使然。

四

書法之本質是文字的藝術化。把字寫得好看，從實用文書變成藝術欣賞對象，乃其形成之原理。脫離了這一點而去談墨色、線條、抽象、構圖，就都是胡扯。書法既是這樣的一門藝術，其首要條件就是對文字的掌握。韓愈曾說「為文宜略識字」，書家與文人一樣，需有此基本能力。

所謂識字，不是只有字典式的字學知識，知道某個字該如何寫，不致訛誤便罷，更須對文字於組織運用上嫻熟精能。因為我們平時看字，絕少孤立地看一個字，都是在一個語脈中辨識的。那就是文章。書家要能識字，自然便當擅長文章。

在這樣一種結構性關係中，文字學家、文學家、書家，內在乃是關聯為一體的。漢代司馬相如編《凡將篇》、揚雄作《訓纂篇》，都是文學家兼文字學家的例子，其書法雖不傳，但另一識字之書：《急就篇》卻為章草之祖。此篇與《凡將篇》都是七言詩的形式，為我國七言詩體之先聲，比魏曹丕

〈燕歌行〉還早得多。此外，漢代大書法家蔡邕，也就是大學者大文學家。其餘班固、許慎、蔡琰等亦皆文人而有書名者。

這是由作者這方面說。若由作品看，石鼓大籀；小篆的泰山瑯玡刻石；漢隸的史晨、曹全、張遷、石門，本身就都是紀功載德之文。後來鍾繇宣示表，傳王羲之曹娥碑、樂毅論、蘭亭序，王獻之洛神賦十三行等等，或是自作文，或抄錄文章，漸成定式；就是一些雜帖，隨手文趣，亦多可觀。而且文與書相發，文之風格跟書法風格是一致的。故劉熙載《藝概》云：「秦碑力勁、漢碑氣厚，一代之書，無有不肖於一代之人與文者」。

平時我們說碑說帖，因都就著書法說，所以常忘了它們本是文章。古人刻碑、誌墓、銘功、記事、題名，或抄錄值得珍什的美文，都是極慎重的事。對此類大事，必求宏文鉅製或賞心愜意之篇。並請著名書家書之，如此才能相襯，有兼得益彰之效。因而著名碑帖，多是文書雙美的。文的藝術性，與字的藝術性互為映發，合為一體。這才是書法之令人著迷處。後世書家作字，大抵也都以寫詩、抄文、錄經、作對聯、撰題跋等方式出之，絕少有人孤立地寫一兩個字，或寫些雜亂不成句讀之語、俚鄙不文之句，正因此故。

由於書法講究的不只是那些筆墨點畫線條，因此書法藝術打一開始就不是由技術上說。趙壹〈非草書〉批評漢代社會上苦練書法的風氣，說如此苦練只是徒勞：「凡人各殊氣血、異筋骨，心有疏密、手有巧拙，書之好醜，在心與手，可強為哉？」這跟曹丕〈典論論文〉說文章：「以氣為主，氣之清濁有體，不可力強而致。引氣不齊，雖在父兄，不可移子弟」是一樣的。

寫文章，誰都曉得必要條件是才華，充分條件才是學習。才若真大，學不學其實也無甚要緊，此所以嚴羽說：「詩有別材，非關學也」。反之就不然。沒才華，再怎麼苦學，亦只如趙壹所云，乃是徒勞。這種創造性能力的差距，趙壹以心之疏密、手之巧拙來形容；曹丕以氣之清濁來表示，道理都是一樣的。其他人或說是靈感、是神遇、是妙手偶得，總之非由技術之揣摩研練能得。

除了詩和書法，什麼技藝敢如此申言天才的必要性呢？柏拉圖曾區分詩和技術之不同，謂技術傳承，可資學習；詩人則是天生的。詩人之所以常是預言家，詩歌所以常成為詩讖，即因詩人特膺神庥，獲得了上天的眷顧，被視為神的使者或代言人。這類說法在中國也多得很，書法中尤然。

這當然也不完全是天才決定論，人力之巧在此中並非全然用不上。但詩書一道，其「學」與尋常技藝畢竟不同。一般工匠式技藝只是「技」，詩書卻是要「技進於道」的。要學的，不是技術，而是創造技術的那種心靈、那種創造性。

若詩書創作的源頭確在心、在氣，那麼創作者該練習的就是去培養、鍛鍊心氣，而不是去苦苦鑽研技法，工夫應落在創作主體上。

蔡邕所作《筆論》、《九勢》雖若討論筆勢，卻已說到作書須「默坐靜思、隨意所適」。這就表明了：筆勢要好，須有內在之工夫，才能得勢。此與司馬相如論作賦相似。

司馬相如說賦應「合纂組以成文、列錦繡而為質，一經一緯、一宮一商」，講的是文章的組織、聲律、辭采，可是這些形式卻有個本源，那就是賦之心：「賦之心，包括宇宙，總攬人物，斯乃得之於內，不可得而傳。」這跟《新論》說揚雄作賦時：「困倦小臥，夢五臟出，以手納之。及覺，大小氣，病一歲」一樣，都形容他們在創作時進入一種不與外物相關的「凝神」狀態。唯其如此，才能得賦之心。蔡邕所說，則類似莊子所云「解衣盤礴」，亦與司馬相如揚雄相彷彿。

換言之，從事詩書創作者都明白：形式上的一切技藝，諸如線條、結構、筆勢、筆法、辭采、聲韻、布局等，皆只是「迹」；心才是「所以迹」。迹可以學習，可以傳授，有法度規則可循；所以迹才是創造性的本源，而那是不可傳的，唯有天才，或透過類似莊子所說「喪我」、「心齋」、「坐忘」、「冥合」之類修養工夫才能獲致。

因此我們便可發現：在漢魏南北朝前期，書法理論以體勢論為主，齊梁以後筆法論漸興，其內容與當時在文學上講文體、講格法相同。然而，無論如何講法，講形勢，這種技進於道的型態是不變的。不斷有人要提醒學書者：「書之妙道，神采為上，形質次之」（王僧虔，筆意贊）「必使心忘於筆、手忘於書、心手達情」（蕭衍，觀鍾繇書法十二意）「欲書之際，當收視返聽，絕慮凝神，心正氣和，則契於妙。……故知書道玄妙，必資神遇，不可以力求也。機巧必須心悟，不可以目取也」（虞世南，筆髓論）等等。在這方面，書法家強調心、強調意在筆先、強調技進於道、強調風神力度，甚至還在文學家之前。

沈先生等人以為文人書法是宋元以後才興起的，不知書法本來就屬於文人，本來就具文學性、本來就與文學發展相協相發，甚且比文學更具典型作用，故而竟欲上溯二王歐虞，以法自矜，豈不謬哉？虞世南論書，輒言：「假筆傳心，非毫端之妙」。二王嘛，張懷瓘云「逸少天質自然」，庾肩吾稱獻之「早驗天骨」，哪裡是只講筆法筆勢就能成為歐虞二王呢？

五

一般人總說唐人尚法、宋人尚意。這種書法史的描述，跟文學史也有相當的類似。文學史上魏晉南北朝一直到唐代，是個法度建立的時代，陸機等人探討文例、文則；沈約這些人創造了聲律的格式，然後一直到唐代，近體詩的格律才慢慢確定。所以詩格、詩例的學問，唐代很盛。

到宋代，重要的是什麼呢？是「活法」，活法是什麼？法慢慢定形了、穩定了，就像淳化閣法帖這樣，法帖這個法，穩定了。這個書法之法是魏晉南北朝隋唐到北宋才燦然大備，對不對！但法度體系建立了之後，就要破這個法，或著叫作活法，這是宋人詩學上的特點！所以南宋還出現一大堆「學詩詩」，寫一首詩來討論怎麼學詩、詩到底可學還是不可學、又如何從學到無學。學是有法有規則，如果學而無法可教，像禪宗講的，無一法可得、無法可傳，那就是無法。從法到無法，到破法，這是書法史跟文學史完全密合的一個方向。

不過細細看，你又會發現書法史的走勢還要略早於文學。如唐代孫過庭就已頗不以六朝之論筆勢為然，謂其「尚可啟發童蒙」而已，真正的書法，不應於此求之。那要怎麼求呢？他說：「凜之以風神，溫之以妍潤，鼓之以枯勁，和之以閑雅，故可達其情性，形其哀樂」。寫字被視為是一種抒情的活動，所以像王羲之寫字，就是：「寫〈樂毅〉則情多怫鬱，書〈畫贊〉則意懷瑰奇。〈黃庭經〉則怡懌虛無，〈大師箴〉又縱橫爭折」，令後人見之，可以目擊道存。這種見解，顯然是把書法視同抒情言志的詩，故說：「書表情性，技進於道」。

看孫過庭此說，便知一般所謂「唐人尚法」云云，乃皮相之見；宋人尚意，實自孫氏說「技進於道」、「意在筆先」衍出。宋人若蘇黃等，不過綜括唐賢所強調的再予強調之而已，其特色並不在說意、說字外之奇，而在於把書法與詩文更緊密地結合起來說。如東坡云：

余嘗論書，以為鍾王之跡，蕭散簡遠，妙在筆墨之外。至唐顏柳，始集古今筆法而盡發之，極書之變，天下翕然以為宗師，而鍾王之法益微。至於詩亦然：蘇李之天成，曹劉之自得、陶謝之超然，蓋亦至矣；而李太白杜子美以英瑋絕世之姿，凌跨百代，古今詩人盡廢，然魏晉以來高風絕塵亦少衰矣（文集·卷六七，書黃子思詩集序）。

把書法史跟詩歌史直接類比，且明說書法之妙本來是在筆墨之外，猶如古詩之美，難以句摘；後來顏柳重筆法而古道衰，則如唐詩律法大備而古意遂漓。

明白了蘇東坡此說乃是歸本於詩書老傳統，才能明白他為何說：「書之美者，莫如顏魯公，然書之壞，自魯公始。詩之美者，莫如韓退之，然詩格之變，自退之始」（詩人玉屑·卷十五。又，東坡更常拿來跟顏真卿類比的詩人，是杜甫）。據他看，顏魯公代表專力筆法的書家，和古代書法重神彩不重筆墨形質者迥異，故曰鍾王之法益微。

在這種情況下，東坡於書，重意不重法，也是必然的。〈石蒼舒醉墨堂〉詩自述曰：「我書意造本無法，點畫信手煩推求」（詩集·卷六）。黃山谷則為他辯護道：「士大夫多譏東坡用筆不合古法，彼蓋不知古法從何出爾」（文集·卷二九，跋東坡水陸贊）。他們強調的，都是我在前面說過的：創作的本源。

山谷也是個自稱：「老夫之書，本無法也」（卷二九·書家弟幼安作草後）的人，與東坡一樣，稱賞蕭散簡遠、妙在筆墨之外的作品。何汶《竹莊詩話》卷十四載：「黃魯直尤喜沈傳師岳麓寺詩碑，嘗為之說曰：沈傳師學畫皆遒勁，真楷筆勢可學，唯道林岳麓詩殊不相類，似有神助。其間架縱奪偏正肥瘦長短各有體。忽若龍起滄溟，鳳翔青漢；又如花開秀谷，松偃幽岑。……千變萬態，冥發天機，與其詩之氣焰，往往驚敵」。這也是在描述山谷所欣賞的詩與書都是法度不那麼謹嚴，但具有天機、風流氣骨，令人別有感受。

這種令人別有感受的筆墨之外的東西，他稱為韻，並以此衡鑒諸藝。如云：「魏晉間人論事，皆語少而意密。……論人物要是韻勝，為尤難得。蓄書者，能以韻觀之，當得彷彿」（文集·卷二八·題絳本法帖）。「往者在都下，駙馬都尉王晉卿時送書畫來作題品，輒貶剝令一錢不值，晉卿以為過。某曰：『書畫以韻為主。足下囊中物，無不以千金購取，所病者韻耳』。收書畫者觀余此語，三十年後當少識書畫矣」（別集·卷十）。前一則，從論事論人物講到論書法，說應當看是否有韻。其中「語少意密」一句，正是講韻之所以為韻。韻是含蓄的、意餘言外的，故語簡而意遠，山谷〈跋法帖〉謂「今人作字，大概筆多而意不足」，指的就是時人用筆雖精能，卻乏韻致。後一則，講收藏書畫也應以韻為標準。

韻，不但是山谷論人物書畫的標準，對他自己的字，其自負也在此。故引晁美叔語，說自己書法波戈點畫均未必佳，只是有韻味而已。那麼，要怎樣才能有韻呢？山谷說：「若使胸中有書數千卷，不隨世碌碌，則書不病韻，自勝李西臺、林和靖矣。蓋美而病韻者王著、勁而病韻者周越，皆渠儂胸次之罪，非學者不盡功也」（文集·卷二九·跋周子發帖）。也就是從本源、心氣修養、讀書、厚植胸襟、變化氣質等處入手。

山谷這些意見，與其詩論之關係密切，是不用說的，書論完全可以移去說明其詩論。他本人也有意如此以書道喻詩。觀以上我所引各段，即可見到他這種論敘方式，而這種方式及其觀念又對詩學深具影響。

讓我先引錢鍾書一段話，略做考辨，以說明這一點。錢先生《管錐編》（八九·全齊文卷二五說）：

吾國首拈「韻」以通論書畫詩文者，北宋范溫其人也。溫著《潛溪詩眼》……因書畫之韻，推及詩文之韻，洋洋千數百字。匪特為神韻說之弘綱要領，抑且為由畫韻而及於詩韻之轉捩進

> 階。……融貫綜賅，不特嚴羽所不逮，即陸時雍、王士禎輩似難繼美也。

神韻說在中國詩學裡的位置及重要性，似不用多作介紹了。而此說之譜系，錢先生認為即起於范溫之論韻。而范溫之所以能有此見識，則是因他由書畫推及詩文之故。不過，在書與畫間，錢先生似較重畫，故云此乃由畫韻及於詩韻之轉捩點。

這兩點都是錯的。首拈韻以通論詩文書畫的，非范溫，乃山谷。范溫「從山谷學詩」（紫薇詩話）；其論韻亦明確表示是闡發山谷之說；書名《詩眼》，更由山谷來。前文引山谷曰詩家須具此眼目方可入道云云，便又見於《潛溪詩眼》。其次，山谷范溫論韻，都以詩書並舉為說，畫只是附及。山谷本人不擅長作畫，其體會均自詩與書來。范溫則明說：「自三代秦漢，非聲不言韻。捨聲言韻，自晉人始。唐人言韻，惟論書畫者頗及之。至近代先達，始推尊之以為極至」。這先達就是指山谷。

韻本來是個音樂上的概念，但范溫已排除了它跟音樂的淵源，只說晉人捨聲言韻、唐人用韻論書畫。錢鍾書先生因此想到南朝畫論裡說到的「氣韻生動」。范溫談的確實不是聲韻而是氣韻，但他已講明：六朝及唐人說的，跟他所說並不相同：「古人謂氣韻生動，若吳生筆勢飛動，可謂韻乎？余曰：「夫生動者，是得其神。曰神則盡之，不必謂之韻也」。別人又或以陸探微簡逸的畫法為韻，他也不以為然：「如陸探微數筆作狻猊，可以為韻乎？余曰：夫數筆作狻猊，是簡而窮其理，曰理則盡之，亦不必謂之韻也」。可見他的說法非由畫論來。

然則其說究竟從何而來？韻，據他說，乃是「備眾善而自韜晦，行於簡易之中，而有深遠無窮之味」，但此處他並未舉例。接著說：「其次，一長有餘，亦足以為韻：故巧麗者發之於平澹，奇偉有餘者行之於簡易，如此之類是也」。這裡便舉了《論語》、《六經》、《左傳》、《史》、《漢》為例。再者，就說到山谷書法了：「至於山谷書，氣骨法度皆有可議，惟偏得蘭亭之韻」云云。如此這般，范溫論韻與山谷書法的關係還不明白嗎？何需再去六朝找畫論當祖宗？

其實整個《潛溪詩眼》都是以詩和書法併論來說意說韻，如：「是以古今詩人，唯淵明最高，所謂出於有餘者如此。至於書之韻，二王獨尊。……夫惟曲盡法度，而妙在法度之外，其韻自遠」之類均是。

詩文與書法併論，或以書道喻詩，且特重其韻，事實上亦不只范溫一人如此。詩的神韻一派，即由此導出。其餘以書喻詩者，不可勝數，乃後世論詩論書之通套。如王穉登跋〈祝京兆張體自詩卷〉云：「祝先生詩法奇矯，大類其書」，沈德潛跋云：「枝山草書，人賞其豪縱，我愛其謹嚴。如太白古樂府，錯綜變化，隨意所之，無筆不入規矩」等，不勝枚舉。

六

重意重韻的理論，通貫著書法與詩法，已如上述。但書法與詩法的關聯還不僅限於此。一般書法史，都說蘇黃下開文人意趣，至明末而極，乃生變態，因此清代遂有別求另一「美典」的運動或趨向。這也是不通的，怎麼說？

明清之際，傅山已提出救弊之說，謂：「寧拙勿巧、寧醜勿媚、寧支離勿輕滑、寧直率勿安排，足以回臨池既倒之狂瀾矣！」（霜紅龕書論）把醜拙支離和巧媚輕滑對舉著說，欲以前者救後者之失。清人則以此為南北書派之殊，說歐虞顏真卿均出於北碑，與六朝姿媚者不同：「魯公楷法，亦從歐褚北派而來，其源皆出於北朝，而非南朝二王派也。……夫不復以姿媚為念，其品乃高」（阮元·

揅經室三集・卷一・顏魯公爭坐位帖跋）。提出一個「北派」的概念來，想在二王或整個南朝姿媚書風之外另尋出路。

而南北書風的美感差異，即是拙樸與巧媚之分。阮元〈南北書派論〉有云：「北朝族望，質樸不尚風流，均守舊法，罕肯變通。惟是遭時離亂，體格猥拙，然其筆法勁正遒秀，往往畫石出鋒，猶如漢隸」。北派是樸拙中見出遒秀，南派則是巧媚，為了改革這種巧媚之風，所以才要提倡北碑，甚或以醜為美，打破舊時典範。

這種變局，近人論之已多，且大抵均認為這是為了打破唐宋以後流行的帖學傳統，故上溯漢魏。可是這個觀念最直接的來源是什麼呢？那恐怕還是蘇黃！

鄭板橋〈范縣寄朱文震〉說：「米元章論石，曰瘦、曰皺、曰漏、曰透，四字可謂盡石之妙。而東坡乃曰：『石文而醜』，一著醜字，則石之千態萬狀，皆從此出。彼元章但知好之為好，而不知陋劣之中有至好也。東坡胸次，其造化之爐冶乎！余今畫之石，醜石也」。自述畫作淵源，推本東坡。而所謂文而醜之妙，劉熙載則用以論書，曰：「怪石以醜為美，醜到極處，便是美到極處，一醜字中，丘壑未易盡言」（藝概・書概）。以醜為美，本是宋人論韓愈詩時所開發出來的論旨，梅聖俞詩即以「老樹著花發醜枝」著名，清人論書畫講的文而醜、以醜為美，淵源即本於此，東坡語尤其影響深遠。

山谷論書則說過：「凡字要拙多於巧」，又說作字須無意於俗人之愛好：「往時作草，殊不稱意，人甚愛之，惟錢穆父蘇子瞻以為筆俗。……數年百憂所集，不復玩思於筆墨，試以作草，乃能蟬蛻於塵埃之外。然自此人當不愛耳」（漫叟詩話引）。凡在意別人稱賞的、別人看著喜歡的，都叫做俗。山谷說詩，亦是如此：「謝康樂庾蘭成之於詩，鑪錘之功不遺力也。然陶彭澤之牆數仞，謝庾未能窺其彷彿者何哉？蓋二子有意於俗人贊毀其工拙也」。論詩論字，宗旨相同，所以後來羅大經《鶴林玉露》卷三重申其意，曰：「作詩必以巧進、以拙成。故作字唯拙筆最難，作詩唯拙句最難。至於拙，則渾然天全，工巧不足言矣」。傅青主所云寧拙勿巧、寧醜勿媚，所直接承繼的就是這一思路。

這一思路，下開清人去巧媚而求拙樸的書風，是無疑的。純從書迹上看，此一進路仿學碑碣，用筆拙重，或旁求簡牘，奇奇怪怪，與文人詩書所強調的疏淡簡遠、風流韻趣迥異。實則內裡正相一貫，如傅青主就曾說過：「文章小技，於道未尊。況茲書寫，於道何有？吾家為此者一連六七代矣，然皆不為人役。至我始苦應接俗物，每逼面書以為得真，其實對人作者無一可觀。且先有憤懣於中，大違心手造適之妙，真正外人那得知也？然此中亦有不傳之秘」。

書家不傳之秘，不就是山谷所說要無意於俗人贊毀，或更早孫過庭所說要技進於道嗎？故知此為中國書學之秘要。觀者以皮相見之，乃以為清代書學變古；或謂清人書學，力反文人書法，其實都是妄說。現在我們要重振書法，恐怕還應該從注意它跟文學的關係著眼。我另有《書藝叢談》一書，各位有興趣的話也可找來細讀。

第八講　文學與繪畫

一

中國人喜歡說書畫同源。認為中國畫主要是線條，而中國的文字又是象形的，所以繪畫與書法有共同性，書法像是抽象一點的畫，而且文字、書法、繪畫都屬於線條的藝術。

這個講法影響深遠，直到現在還有很多大教授大專家論中國畫都從這裡講起。但這本身就是中國繪畫的「特點」，是逐漸演變而來的，原先其實並不如此。

由歷史淵源上說，書和畫不但本來無甚關係，書與畫的性質可能還恰好相反。圖畫是畫形象的，文字則是脫離形象的符號。書法由文字符號來，繪畫卻不是符號，而是想對事物的形狀做些掌握。兩者本質即不相同。

西方人常誤以為中國字都是象形，中國人也有不少人如此胡說。可是諸君既是中文系的學生，就當知象形僅是六書之一，且數量最少，在中國五萬左右個字裡面大約只佔了百來個。故文與畫在最先或許有一部分同是象形的，但分道揚鑣，久已分別成了兩個體系。

當然，每種藝術是否各有其獨立的本性或本質區別，有些藝術家是不以為然的。認為藝術之間的區別，可能只是表現形式不同，在材料和經驗上有所差異而已，未必是本質上即有所區分。

這樣的主張，最具有代表性的，就是克羅齊。他認為一切藝術都是表現。表現與邏輯推理不一樣。

一切藝術都是表現，只不過歷史的經驗造成了表現方法與材料上的差異，並不是本質上有什麼區別。因此，不但文學與繪畫之間是相通的，即使和建築、雕塑、音樂等也沒有什麼不同，都是表現。所以克羅齊說：一切藝術的分類都是荒謬的。

但是大部分美學家並不持此觀點，仍然認為不同類型的藝術確有其區分的。如黑格爾認為藝術可分很多種類型，如建築和雕塑是象徵型的藝術，而繪畫就是浪漫型的藝術。早期的藝術，如埃及的金字塔、希臘的神殿，都是象徵。是以建一個紀念碑、塔、神殿的方式來表現我們的觀念。

從象徵型藝術慢慢發展下去，就出現了浪漫型藝術。象徵藝術用巨大的造形，如雕塑、建築等來表達觀念，這種方法很費勁。浪漫型藝術，比如繪畫，就不需要借助於石頭、鋼鐵等物體的物件、體積，只需形狀就可以了。

什麼時候連形狀都不要了，僅用聲音就可以表達表達自己的情感與想法呢？這就是音樂。音樂沒有形體、沒有物象，也不必體量與面積。浪漫型藝術發展到音樂，已經可以充分表達了。

但是音樂的表達仍有缺點。它在表達感情上沒有問題，但是沒有辦法具體說明發生的事情，也沒有辦法辯說事理，更不能描述人的外在的世界。對客觀世界、理性說明，音樂皆力有未逮。所以最高級的藝術，就是文學，就是詩。詩既可以表達主觀的情感與理性，又可以說明客觀的實際物事。

當然這只是黑格爾的一家之言。其講法也並不一定經得起藝術史的檢驗。因為我們知道繪畫的興起並非那麼晚：幾萬年前的岩畫就已經是形象的藝術了。早期的藝術不可能像黑格爾所述，僅有東方型的藝術，如埃及的神殿等。

不過，若不拘泥於時間，只由分類看，象徵型、古典型、浪漫型等說法還是蠻有意義的。不同的藝術具有不同的特質，因此各有優缺點。例如繪畫可以表達物象，但是表達感情、說理就不如文學；

音樂表達感情很不錯，但不能通過音樂具象。這種區分不只是黑格爾的關切點，整個西方美學史上其實經常在討論這一類問題，探討不同藝術之間的異同關係。如萊辛即專門議論過《拉奧孔》，論證同樣的題材在詩人和雕塑家那裡顯現了完全不同的內容，因此才有了詩畫之分。中國學者，過去如宗白華、朱光潛等先生，也都有專門的論文討論它。

可是在中國，傳統上，一般還是比較強調詩畫一致，較不談詩畫之分。

雖然詩畫一致的說法在宋元之後極盛，但也並不是沒人反對。張岱就有一篇文章，詳細地討論我們常說的「詩中有畫，畫中有詩」這個論斷。

這話本是東坡說的。他稱讚王維的詩，其中有畫；又說王維的畫，畫中有詩。但是張岱說，這只不過恰好王維兼有這兩種才能，所以我們用這句話來恭維他罷了。可是，仔細想來，詩中有畫的詩，必非好詩；畫中有詩之畫，必非佳畫。

因為有很多詩意是畫不出來的。比如李白的〈靜夜思〉。整首詩講的是人的內心活動，有何可畫？畫出來無非是一個人呆呆坐著，內心的思慮過程，無論如何畫不出。所以此詩難以入畫，即使畫出來也不精彩，詩意往往消失了。

而且，就算是景物也不見得就能畫出來。我們常以為：繪畫與詩歌相比，它的優勢是形象性，例如用萬般言語描述賈寶玉長得什麼樣、穿戴如何，都不如畫一張賈寶玉的像。但是詩裡的物象卻不見得可以用畫表現出來。張岱舉了一詩為例：「藍田白石出，玉川紅葉稀」，這是可以畫的。但是再下去就不一定了：「山路原無雨，空翠濕人衣」，濕冷的感覺穿透了衣服，這種感覺就未必畫得出。至於「泉聲咽危石，日色冷青松」，描述深秋溪水稀少，在石頭縫裡困難地流動著：太陽雖然也出來了，卻沒有物理功能，不能使松樹熱起來。——這樣的詩句，恐怕也是畫不出的。

所以他說：「詩中有畫，畫中有詩」，其實還不是最好的詩、最好的畫。能夠入畫的詩「尚是眼中金屑」。因為兩者都還未發揮詩與畫各自獨立的優點；不能用畫來表達的，才是最好的詩。藝術各有其界限，不同的藝術最好還是分開，詩與畫不應混在一起。

它講得很有道理。不過在中國，如他這般強調詩畫之分的人甚少，強調合的，勢力比較大。而且我們還會認為詩畫結合是中國詩與畫的規律。其中最有代表性的就是錢鍾書先生。

他早期有一篇論文，並未收在《管錐編》或《談藝錄》裡，叫作〈論中國的詩和中國的畫〉。其觀點，也常為後學所沿用，即「出位之思」。《易經》上講「思不出其位」，即不在其位不謀其政之意。而錢先生說，藝術的規律恰好就在出位之思：一種藝術發展碰到了瓶頸時，就會向其他藝術去借法。

這代替了我們之前所熟知的另一種觀點，即王國維的講法：一種文體流行既久，豪傑之士只好遁而為他體。錢先生不甚贊成此說。他認為文學的發展不是遁而為他體，而是出位之思。如中國的詩與畫，詩歌發展到某個地步，可以引用畫的元素來產生變化；畫也向詩歌借鑒，從而產生突破，不必另尋他體。這就是藝術的「出位之思」。西方也存在這種不同藝術之間的相互借鑒現象。

對於這樣的講法，我不完全贊成。二十年多年前即曾發表論文〈說文解字——中國文學藝術發展的結構〉說明：錢先生所述，並非中國藝術史變化的原理。出位之思，當然是有的，但是有局限的，只局限於繪畫向文學借鑒，而文學卻不向繪畫轉變。中國所有的藝術，都是向文學轉化的，這是中國傳統藝術共同的特點。

而西方的畫，其實也並不向文學轉向，西方繪畫是轉向哲學的。

二

西方早期繪畫畫的是物象。我們都知道，現在我們談西方藝術史，除了蘇美兩河流域，早期的銅雕與鑲嵌之外，我們主要是從希臘講起的。而實際上，在我們談論希臘、羅馬時，普遍存在一個認識上的問題。

例如，我們在討論中國的法治問題時，常認為中國傳統只有人治沒有法治。常說中國古代法律，主要是刑法而沒有民法，整個法制體系不健全。這些說法雖然廣為流行，其實卻是荒謬至極。

中國古代沒有民法，那中國古人不結婚嗎？結了婚，可不可以離呢？要打離婚官司，或要討論能不能停妻再娶，根據什麼呢？古代的財產繼承問題又如何解決？這種戶律、婚律，在中國法律中是非常明確的，古代沒有民法，那不是說笑嗎？

再看法律制度。不必說秦漢以後，《論語》講：「聽訟，吾猶人也，必也，使無訟乎！」孔子就常審案子，聽民眾打官司了。我國自周朝以來，這種法治體制就沒斷過，是世上唯一的。

法學教育。從漢代以來，官方除了設立五經博士，經學博士以外，還設有律學博士，負責教授法律，培養司法官員。中國的法律體系，從漢代到《大清會典》，也是沒有斷的。唯一的斷裂期是一九四九年大陸中共建政以後，直到改革開放以後才接上。

法制專業人才的選拔，從唐朝設科舉以來，除了算學、經學的考試以外，還設有明律科。這點跟我們現在法制專業人才特考是一樣的。這種傳統從唐代到清代也是沒有斷的。

而西方在十六世紀以前，是沒有這些的。現在從羅馬、希臘所講下來西方法律傳統，其實經過修補，因為希臘、埃及老早就被消滅了。我們現在所讀的柏拉圖、亞里斯多德著作，在西方曾經失傳多年。是後來由阿拉伯文獻中找出來重新翻譯成了拉丁文的。最早被恢復的是亞里士多德哲學，起初也遭排斥，後來才被神學家利用來講神學。

而大規模恢復希臘羅馬的文化，是文藝復興才開始的。在信奉基督教的這麼長的一段時間，那種彰顯人的意志、凸顯人的精神之藝術與哲學都是被埋沒了的。那時期西方的繪畫，只是很呆板的平面畫法，都是宗教畫。整個藝術也只是宗教藝術。這段期間也只有宗教法，沒有世俗法。一直到十四世紀以後，羅馬法才被重新發現，經過十七、十八世紀慢慢完善，成為了現在所謂的大陸法系。而那時，已經到了中國的明代了。

藝術也是一樣的。希臘羅馬是遙遠的、被摧毀了的傳統，直到文藝復興以後才重新被發掘。這個推動工作主力還是教會。米開朗基羅、拉斐爾主要從事的都是教堂繪畫。但是從十五世紀始，宗教畫畫法與希臘羅馬觀念的結合，確立了後來的西方繪畫傳統。其理論主要是透視法與三原色，用色彩和遠近的構圖關係來重建物體的形象。因此西方繪畫從十五世紀開始確定了這樣的典範：以刻畫物象為主。

我剛剛去了趟美國，再次參觀了紐約大都會博物館。這次參觀有些特別的感觸，很受啟發。希臘館的雕像，斷手瘸腿，都是被搶救出來的。但雕得甚好，而且可以感覺得到它的雕塑遠勝於繪畫。繪畫特別平板，不如雕塑。在我們的一般想法中，雕塑是立體的，因此感覺要比繪畫那種平面處理物象更難些。但希臘似乎相反，擅長處理雕塑而不是繪畫。同樣的題材、同樣的時代，雕塑皆勝於繪畫。

非洲館的感覺又不一樣。與希臘不同，非洲的藝術非常有想像力。希臘很了不起，但其藝術太過於寫實，甚至到了一種病態：對於人的肉體的迷戀，使得盔甲都要模仿肌肉。它的藝術完全是就是人體、就是物像。非洲則不然。想像力徹底超乎形體，對人物形象作了各種的誇張、扭曲、變型，表達很多觀念。例如木雕大角羊，羊頭雕得很長，眼睛往下；但是換一個方向看，便會發現它不是羊，是狼。將羊與狼放在一件雕刻裡，這是希臘人做不到的。

希臘這種以物象為主的繪畫，一直到了印象主義出來才有轉變。印象主義強調繪畫傳達心象。心象包括了讀者的心象和作者的心象。我們早期畫花，都是呆呆的物體形象；而印象主義，畫的卻是人的感覺。莫內之後，都是向這個方向發展。

到了後期印象派，繪畫在構圖和透視法上也有所改變，色彩上也不採取復原物體本身的顏色。到了十九世紀塞尚以後，物象本身又被拆解了，再用幾何圖形來重組，用想像來重新連接。拆解之後的物象之呈現，可能是把不同時間所看到的樣子拼在一起。從呈現一個時刻，到呈現一整個過程，這裡面涉及了對「如實」的重新思考。

梵高之後，形象的表現更多體現在色彩上。色彩從實物中釋放出來，不是附著在物象之上，而是用色彩來表現個人的一種力量。

從塞尚、梵高以後，野獸派、立體派、表現派、未來派、達達派、超現實等，都是向這個方向發展：物象越來越從色彩、從造型、從透視法中抽離出來，從強調印象一直到延續到強調觀念。因此繪畫發展出了很多思辨性，例如如何去拆解形狀等。以致於談論西方繪畫史的朋友，很多人都會說，西方的繪畫——特別是現代繪畫以後——越來越變成了一種觀念的藝術，強調的是觀念的表達，包含更多的是哲學性。而這種思維與中國繪畫是不一樣的。

兩者走的道路是不一樣的，西方的繪畫向觀念向哲學轉向，而中國則向文學轉向。不過，兩者都走向了拆解形象、不重視色彩與透視法的道路。只是西方更多地強調表達作者的意識與觀念，在中國表達的是一種情趣與精神狀態。在中國，這樣的轉變發生於宋代文人畫的出現，比西方早得多。

三

然而中國文學與繪畫結合，最早還不是發生於宋代。

晉朝太康年間，汲塚除了挖出了《竹書紀年》之外，還有《圖詩》一篇。這是古代的畫贊。畫贊是詩畫結合的一種方式：一幅畫配上一首詩，詩用韻文表達畫意或對畫的讚美。我們現在還可以看到王羲之寫的《東方畫贊》。

其來歷很早。有些研究楚辭的朋友說〈天問〉其實也是畫贊。因為這一篇是屈原「呵壁問天」而作，屈原面對的「壁」，並不是空空洞洞的牆壁，而是畫有壁畫的。因此，〈天問〉是針對壁畫而發出的詠嘆。

古代《山海經》、《楚辭》等恐怕都有這類東西。陶淵明說「泛覽周王傳，流觀山海圖。」讀周穆王的傳、看山海經的圖，說明當時《山海經》是配了圖的。《楚辭》恐怕也是配了圖的（後來也是畫家繪畫的重要題材，文徵明等許多人都畫過楚辭九歌）。把繪畫當作詩歌詠贊的題材，淵源古老，大概在戰國就已經很普遍了。

六朝時，庾信的〈詠畫屏風二十五首〉這類作品，代表畫贊的發展。古人除了在牆壁上畫，在屏風上也畫，庾信詩即詠此。而這類作品，正是杜甫詠畫詩的前身。許多人以為對畫的歌詠起杜甫，不知詠畫詩在之前是遠有淵源的。另外，畫前後一般附有題記，或是詩，或是小段的跋文。這種形態在六朝也已經很多了。

唐代杜甫有許多詠畫詩，如〈丹青引〉、〈詠畫鷹〉之類。宋代以後應用愈廣，到了元代，題畫詩竟成大宗。宋人的題畫詩很少題在畫上，而到元代則變成了普遍現象，不但在畫上題詩，而且題畫詩在詩人的詩集中也佔有很高的比例。這是因為文人畫在元代有重大發展，文人與書畫的關係更為緊密。而文人之沉湎藝事，在書畫中找寄託，性質跟歸養林下其實相同。尤其是那些山水畫，所寫的正是胸中之丘壑與意中足以歸休之山川，更可以與其逸氣相濬發。故烟雲供養，藝事足以怡情，題畫之作，亦可以明志。

元人題畫詩之多，超邁往古，佳作尤夥。趙孟頫、楊維楨、吳鎮，皆號稱詩書畫三絕。其他如虞集《道園學古錄》六百餘首中，題畫佔一百七十首；楊載《楊仲弘詩集》三九七首中，題畫也佔六十四首；揭傒斯《揭文安公集》二九二首中，題畫佔七六首，比例都極高。內中且多表達逸士人生觀之作，如趙題李仲賓野竹：「偃蹇高人意，蕭疏曠士風，無心上霄漢，混迹向蒿蓬」，即為其一端。《石洲詩話》說：「元人自柯敬仲、王元章、倪元鎮、黃子久、吳仲圭，每用小詩自題其畫，極多佳製。此外，諸家題畫絕句之佳者，指不勝屈」。確實！

明胡應麟《詩藪》甚至發現：「勝國諸名勝留神繪事，故歌行絕句凡為染翰，作者靡不精工。……至登山臨水、真景目前，卻不能著語形容！」古來山水題詠，如謝靈運、王維、柳宗元，都是真山真水的遊歷所得。畫山水，理論上是山水的摹本。故題畫中山水，應是詩人根據他對真山水的體會，移來欣賞畫中山水；或以對真山水的認知為基礎，來品味畫裡山川。詩人需是登高能賦，始能以其觀山臨水之感，移以題此畫中山水。可是元人恰是相反的。胡氏說：「如謝康樂五言古、王中允五言絕，皆閑遠幽深，讀之如畫，乃元世無一篇近者」。古人寫真山水，讀起來如畫；元人卻是詠畫山水如真，面對真山水倒寫不太出來。這種狀態很特別：對假山水鍾情無限，對真山水卻文思枯竭。

明清以後，題畫也不乏名家。一些畫家，像惲南田等，題畫詩甚多。很多詩人還會把題畫詩列為專冊。從畫贊到詠畫詩，再到題畫詩，是詩畫結合最常見的一種方式。

題記與題詩一樣，本來也是另外單行的，譬如韓愈的〈畫記〉，用一篇文章來講畫馬的。這後來演發成了有關畫的題跋。欣賞中國繪畫，還要欣賞題畫詩與前後的題跋。前面有引首，後面有拖尾。一幅長卷，引首或是請一名家寫個標題，如林泉高致、萬壑松風等；興許在前就有題記文章，帶著人進入畫境。看完，後面還有拖尾題跋，帶領觀者繼續玩味、品味畫境。題跋有長有短。短的，只是記錄畫作的來龍去脈、作者、時代、內容、流傳的經過等。有些則會發感慨發議論，對作品本身有品鑒有討論。

除了這些之外，還有許多有趣的方法，可以促進詩與畫的結合。如歷代都設有畫院，畫院中都是職業畫家，稱為內廷供奉，主要是幫皇帝畫畫。據說宋代的畫院出過這麼幾個考題：如「古木無人徑，深山何處鐘」。很多人畫出崇山峻嶺、茂林修竹，之後於雲嶺之間露出飛簷一角，顯示有座寺院，故可以聞得暮鼓晨鐘。唯獨中選一人畫了一位僧人站在山徑上，側耳仿佛在傾聽什麼，這才能把詩意顯出來。另一題是「踏花歸去馬蹄香」。很多人都畫春郊馳馬，遍地著花。而中選的則是畫一匹馬繫在槽上吃草，馬蹄邊有幾隻蝴蝶在盤旋。這類故事顯示宋人在選拔畫工時，是用詩來考試的。詩意不容易畫出，但這不也是詩畫結合的方式之一嗎？

四

然而，這些還不是真正的文人畫。真正文人畫的出現，還應從宋代講起。宋代歐陽修、蘇東坡是文人畫的提倡者。他們有詩說「論畫貴形似，見與兒童鄰」，論畫不形似為重，就突破了我們原來繪畫觀念中對物象的刻畫。不完全刻畫物象，才有「神似」這一說法。

東坡還有一首長詩，比較吳道子與王維。推崇王維的畫超越了畫工。這個評價對後代有重要的影響。論畫不重形似、不重畫工之畫，而是要學習王維這樣的詩人畫。所畫形象可能甚是簡略乃至不像，但是意境精神高遠，可以超越一般畫工的境界，這就是我們所講的文人畫。

明・沈顥《畫塵》云：「今人見畫之簡潔高逸，曰士夫畫也。以為無實詣也。實詣，指行家法耳。不知王維、李成、范寬、米氏父子、蘇子瞻、晁無咎、李伯時輩，士夫也。無實詣乎？行家乎？」行家，指那些專業畫師。士夫畫，也就是文人畫，被認為是文人遣興之作，雖有簡逸之趣，卻無實詣，少真實工夫。這行家與士夫之分，便是內行外行之別。

這種區分，早在宋代即已出現了。張端義《貴耳集》說：「兩制皆不是當行，京諺云戾家是也」，戾家與行家相對，指不在行不當行的人。當行才能本色，不當行，則非本色，所以才叫戾家。

明何良俊《四友齋叢說》云：「我朝善畫者甚多。若行家，當以戴文進為第一，而吳小仙、杜古狂、周東村其次也。利家則沈石田為第一，而唐六如、文衡山、陳白陽其次也」，行家利家之分，仍沿用宋元行家戾家之說。利家，有時也稱為隸家、逸家，都是戾家的同音之變。

然而，到底行家和戾家，誰比較好呢？文人異口同聲說：當然文人較專業畫師更勝一籌啦！於是這就出現了著名的董其昌南北分宗說。

所謂南北宗，其實就是文人畫與專業畫師畫之分，故詹景鳳跋《山水家法》云：「山水有二派，一為逸家，一為作家。逸家始自王維……作家始自李思訓……。若文人學畫，須以荊關董巨為宗，如筆力不能到，即以元四大家為宗，雖落第二義，不失為正派也。若南宋畫院及吾朝戴進輩，雖有生動，而氣韻索然，非文人所當師也」。文人畫是逸筆草草、氣韻生動的南宗水墨。行家是北宗，是精細的青綠山水。但工力雖深，卻以「板細乏士氣」，為文人所輕。

宋元文人畫作本已頗為發達，現在經這一番鼓吹，建立了南宗的譜系，當然聲勢大振，整個明末與清代，大體都籠罩在這種風氣底下。因此，繪畫的筆墨越來越簡淡，也放棄了繪畫所追逐的形似。繪畫以物象與顏色為其要義。原先在中國繪畫中，設色很重要，但是我們很快地找到了水墨，放棄了顏色，只剩下了黑白二色。繪畫也不再刻畫物象了。過去「謝赫六法」還講經營位置、傳移模寫等，到文人畫裡就只談氣韻生動了。

這樣到董其昌、陳眉公等人出來，將此種畫稱作「南宗畫」。南宗北宗，是模仿禪宗的南能北秀：南宗頓悟，北宗漸修的。畫工的技術要好，十日一山、五日一水，需要苦練；文人則不需要，顯示出他的文人修養就好了。所以重點不是畫畫的技術，而是靠讀書，培養詩文的涵養，在畫畫中體現這種文人氣。

之後，畫也基本上不強調畫，而強調寫，跟文人的書寫是一樣的。趙孟頫說八法通於六法，繪畫的六法與八法是相通的。畫竹子葉子石頭等都是用楷草隸篆書法的筆法。後來人講「書畫同源」其實是從這裡開始的。繪畫的筆法就是書法。所以，文人畫比畫家畫更正宗。

但是在早期繪畫中，最重要的是人物不是山水，如帝王將相、名人高士、美女英雄等。是文人畫出現以後才形成了重大的轉變。張大千早期就是文人畫的系統，學石濤，完全可以假亂真。但他認為文人畫有很多優點，境界很高；但很多重要的技巧，如上色，後來因文人畫盛行就失傳了。他想突破，所以遠赴敦煌，去臨摹壁畫。敦煌的人物畫以及色彩，都是失傳了的。而這也剛好就說明，我國後期畫的重點不是人物，主要是水墨山水。

這樣一種以山水畫為主的宋元以後新傳統，實際上與山水詩的關係極其密切。山水畫的美感是從山水詩中學習來的。我們是用從詩歌中學習來的美感、觀物方式，來重新觀照外在世界，再用一種類似寫山水詩的方式畫成為山水畫。這才是山水畫的奧秘。

山水畫根本不是客觀的畫。筆下造出來的山水，是從中國山水詩中來的。

中國早期其實也不會描述山水。用文字刻畫自然物形，本非易事，《詩經》中就沒有談山水的，即使講到，也都是小景物，如關關雎鳩、楊柳依依之類；有點景物感，無非「蒹葭蒼蒼，白露為霜」。《楚辭》也很簡單，只有「洞庭始波，木葉微脫」而已。可見對山水的描寫，早期人還不會，只有「仁者樂山，智者樂水」這樣的講法。直到漢代人才開始真正歌頌山水，有〈山川頌〉，有〈江賦〉、〈河賦〉、〈海賦〉描寫大的山川湖海。從漢人的賦到六朝的詩，才開啟了後來中國人對於山水的體會與描寫方式。

可是山水詩一旦出現了，情況便立刻改觀了。就像我們現今只能由文字去認識世界，魏晉以後，對自然山水的認知，事實上也只能由山水詩來。元朝人可以題畫中之山水，但是面對真山真水卻又泉思枯竭，原因就在於此。對山水的美感，已經是被山水詩訓練出的美感了。有位很喜歡陶淵明詩的人，出去玩，作詩道：「舉目田疇間，是處皆淵明」，滿眼所見，皆是淵明所寫之景象。田野間難道就沒有淵明沒寫到的東西嗎？當然會有，但讀陶詩讀慣了，就不容易看到跟陶詩不相關的東西啦。我們所讀過的文學作品，是會形塑我們之美感經驗的。所以文人畫的內涵，不但只是文人氣，還有由山水詩山水賦中慢慢形成的文學性的山水觀，這是構成文人畫的基本內涵。更不要說其他表現文人情趣的題材，比如高士、讀詩、作文、繪圖、焚香、品茗等，畫來畫去，都是文人的生活與品味。

除此之外，文人階層的勢力也是造成了文人畫壓過了行家畫的重要原因。在中國，各種藝術朝向文學轉換，都跟文人階層力量的擴張有關。文人看不起畫工。唐朝大畫家如閻立本，都還告誡子弟將來不准學畫。足證古人並不認可專業畫家，因為一旦專業就不通達，所以「君子不器」。

五

中國畫內部還有一些重要觀念，需要強調：

第一，強調氣韻。本來「謝赫六法」所說的氣韻生動，只是六法之一。作畫還需要隨類傅采——顏色，傳移摹寫——形象，經營位置——構圖等。到了最後，卻只剩下了氣韻生動。氣韻在中國文人畫中是最主要的。筆墨之間顯示的是作者的韻致與心量。為什麼文人都畫梅蘭竹菊而很少畫牡丹？因為牡丹俗氣。齊白石到了北京以後必須「多買胭脂畫牡丹」，才能賣給追求富貴的買主，故為詩自嘲。富貴不是文人所追求的，文人追求的是君子之芳香與志節。故其題材筆墨都要顯示作者之氣。

不過筆墨上的技巧就不需講究了嗎？那也不然，是要用筆墨從中顯示其氣韻的。如杜甫說「水墨淋漓幛猶濕」。古代屏風不是紙，是用絹，用水墨來顯示氤氳的感覺。

這種感覺是後來的畫家常追求的，比如「米氏雲山」。北宗畫是利用皴法。中國畫沒有陰影，西方的藝術的關鍵詞是光。光貫穿了整個西方藝術史，很多東西都與光有關，例如光透過教堂的玻璃，形成了神聖感。中國的藝術則像玉，是不透光的。中國導演拍電影，最大的問題就是都不會處理光。西方電影、舞臺演戲，燈光都是很重要的。光在西方重要性，就像氣在中國藝術中的重要性一樣。因為有光源，所以物體會有陰影。學西方繪畫，一開始就要學畫石膏像，學的就是畫陰影背側凹凸；我們的光卻是充分的光，所以中國畫沒有陰影，畫出來的也都是平的。這樣的畫，如何實現山體石頭的形狀與遠近呢？主要看的是皴法，有大小斧劈皴、披麻皴等等。利用這些皴法，才能把物體的形狀形容出來。但是米氏雲山不重視這類皴。他的山，煙水彌漫、雲霧繚繞、朦朦朧朧、水氣蒸騰。形成的山體，就像小土堆一樣；而上面草木蓊鬱，整個地氣濕潤。

除了這種方法之外，我們還可以大量使用幾種方法來構成所謂氣韻，如山川出氣，用雲、煙、霧、嵐、水、雨、靄來區隔遠近，讓整個畫面產生空靈、深渺的感覺。它不像西方油畫，一定將畫面全部布滿。雲霧是不一定要畫的，只需留白就可以了。這裡面有個虛實相涵、黑白相生的關係，可形成一種元氣淋漓、水墨氤氳的感覺。

另外，山水畫還跟賦有關係。賦是鋪陳的，古人說「登高能賦」，因此不是由小觀大，而是以大觀小。中國畫強調的正是以大觀小。

沈括《夢溪筆談》說，李成畫畫，有個技術叫「仰畫飛簷」。但是沈括說這是錯的，畫的視野完全被局限了。畫，一定要山後有山，山後的人家、溪澗、曲徑、疊嶂都要能畫出來。所以中國的畫是「可以遊」的，彷佛人到山中去轉著看。仰視飛簷，樓上就看不見了。

他這講法，強調的是大觀：仰觀宇宙之大、俯察品類之奇。過去臺灣的哲學家方東美，說要懂中國哲學需要先去坐飛機，講的就是這個。要如列子之御風，把心量提高起來，凌空觀照，才能瞭解中國哲學。看中國的畫也需這樣：以大觀小，籠天地於形內、挫萬物於毫端。這樣才能「千里歸於尺幅之中」。

也正因為這樣，繪畫方有助於人格的陶冶。人能夠脫離現實的世界，超然於塵垢之上。文人畫不只是技巧，而是讓這些技巧使我們的人格健全起來，讓我們的心量能夠提高，要進入山水大自然中游、轉。這是山水詩山水畫的特點，不是站在一處描摹。正因為這樣，中國的繪畫後來跟文學一樣，也是要談人品的。整個繪畫強調的就是寫心。寫是表示畫像書法，是一種心情的書寫，而不只是外物的奴役，只是替它服務，把他刻畫描繪下來而已。

第九講　文學與音樂

一

無論在古代中國還是西方，音樂在文學發展之前都已經非常興盛了。希臘時期，由於要愉悅神明，出現了很多宗教型的音樂。悲劇、演唱，都有龐大的歌隊配合演出——我們在很多文獻上都可以看出當時希臘音樂的盛況。但是仔細考察，他們當時的音樂還是很粗糙的：主要是單音樂曲；雖然有龐大歌隊的合唱，但是沒有伴奏；合唱也是同音的，沒有節奏、沒有和聲與聲部的區分；樂器上也比較簡單，以管樂器為主，較少弦樂器；音樂理論上也只有四聲音階的調式理論。

羅馬時期則豐富了很多。羅馬領土的擴張，使得中亞與印度音樂大量進入羅馬。中亞與印度是音樂之鄉，樂器的種類很多。東方的直角豎琴、邊鼓、鈴鼓、鈸，都是在那個時候傳進去的。弦樂器增加了很多，管樂器也有了長足的進步，還出現了打擊樂器。最後出現了後來在西方一直非常重要的且影響深遠的樂器，管風琴：一切風琴與鋼琴的前身。它本身是由管樂器發展出來的，用按的方式進行彈奏。更重要的是，管風琴一直被用於教堂之中。

西方的建築物，與中國建築物不同。中國的建築物是坐北朝南的；而西方，尤其是教堂——除非蓋在小地方，或受地型所限——必定是面西背東。整個造型模仿十字架的構造。長方形建築，門則一定開在西邊：早上太陽升起來，陽光通過鏤空的玻璃窗，由前方的十字架灑下來，教堂被拉高，人走進去會感覺到沐浴在神聖的光中——西方藝術是光的藝術。管風琴一般固定在後牆上，很漂亮，像一幅壁畫般——當然也有立體的。演奏的時候，整個教堂都是其共鳴區，聲音非常好聽。

西方很多音樂，都是配合這種教堂的氣氛跟演奏方式來設計與演奏的。管風琴的出現，也同樣說明在西方音樂史上，宗教音樂佔有非常重要的地位。從柏拉圖以來就反對世俗音樂，而贊成宗教音樂；西方在十世紀之前，事實上也只有宗教音樂。整個羅馬後期接受了基督教，所以管風琴也主要應用於教堂裡面伴奏和演唱。

基督教在傳教的過程中，是非常仰仗音樂的。首先，信徒中大部分的人是不識字的；再者，天主教的傳統，與上帝的溝通並不是通過個人讀聖經的方式，而是要通過教會和神父。而布道、傳教、感化人的方式，主要就是通過用音樂、聖殿、聖詩禱告配合而成的神聖感。

這個傳統在中世紀也逐漸發展。在音樂上的主要表現是只有宗教音樂，同時也只有演唱的觀念，而並沒有作曲的觀念。

傳教士所學的「神學七藝」之一就是音樂。但是這種情境下的作曲觀，並不是一種個性化的，表達自己藝術創作的方式，而是為神服務的。因此，所作的曲子也不是表達自己的情緒和想法，乃是一種公共意志，表達對神的讚美與歌頌。

但是，整個中世紀音樂在技術層面上仍有進境：發現了複音，出現了對位法。大概從九世紀到十三世紀之間，複調音樂即逐漸發展，到十三世紀就比較完整了。在十世紀到十二世紀的時候，開始有了記譜的方法，從一線譜發展到了四線譜。十三世紀以後，可以記錄聲音的長度。到了十五世紀以後，出現了五線譜。而在這個時期，樂器也可以和聲了。和聲的方法被應用於創作歌劇與清唱劇之中。

文藝復興，讓音樂也出現了很大的改變。首先，巴洛克時期的音樂充分利用了和聲學。其中最主要的人物就是巴哈、韓德爾。巴哈表現在器樂上，韓德爾則以聲樂為主。

另外，天主教因馬丁路德的宗教改革，出現了新教。與舊教最大的不同的是，新教是鼓勵信徒自己與上帝溝通，而不需要通過神父。這個帶動了音樂的世俗化。新教本身就是離經叛道、背離原來教會宗旨的教徒。它的發展來到了民間，聚眾講經，由傳教士帶領信徒共同禱告，而並不需要通過教堂的環境。這樣的傳教方式甚至更加仰賴音樂，但是吸收了很多地方的歌謠，一方面也就帶動了音樂的世俗化。

十六世紀中葉到十九世紀二三十年代，是西方音樂的古典主義時期，這是我們一般意義上所稱的西方古典音樂。這個時期，相當於中國的乾隆年代。這個時期發展出了奏鳴曲、交響樂，也是我們現在一般認為西方音樂有長足進步的階段：音樂不完全是宗教性的，也開始有了作曲的觀念，作出的曲子也很能夠代表其人的風格。這是西方近代音樂形成典範的時期。

再以後，便是浪漫主義時期了。音樂開始與其他藝術開始有更深入地結合，例如文學、戲劇、繪畫等等。作品開始有標題性的構思——之前都是用編號代表，標題性不明確，也慢慢打破了原來音樂邏輯嚴謹性的結構。同時，音樂跟民族特性也更深入地結合在一起。

早期作曲家基本上是集中在德國、奧地利，恰好處於宗教改革最激烈的地區。慢慢地奧地利的舒伯特，北歐與東歐的音樂也逐漸被承認為是整個西方音樂的主流。也就逐漸形成了後來所謂的國民樂派。再者，樂隊的編制越來越大，人數越來越多；樂器的共鳴箱擴大，音響也越來越大。低音大號出現，鋼琴也會編組到樂隊中參與演奏。曲調的轉換與對比也比過去更為強烈。

十九世紀末，稱之為印象主義，類似於繪畫中的印象主義。西方的繪畫從文藝復興以後，已經確定了一種新的規格：原來主要通過色彩、透視法、三原色去模擬外在物，印象主義則要求繪畫表達自己的想法與感覺。印象主義音樂也是如此：反對邏輯謹嚴的樂曲結構方式，強調主觀的感受。傳統的和聲與調音體系就逐漸瓦解了。也正因為有印象主義，才有我們所說的二十世紀以後的現代音樂。

這大概是整個西方的音樂史。

二

不過，由上面簡略的敘述，你應當可以發現，他們的發展是很晚的。十六世紀末，差不多已經到湯顯祖的時代了。古典主義時期，則相當於中國的乾隆年代。與之相比，中國音樂，可謂是太早就太過於發達，甚至超乎我們現在的理解了。

傳說黃帝時即有伶倫造樂。李商隱詩：「伶倫吹裂孤生竹，卻為知音不得聽」，即用這個典故。當時創造的音樂，就已經非常發達了，所謂黃帝張樂於洞庭之野，有大型的歌舞，叫「雲門」、「大卷」。堯之時，則有「咸池」；舜的音樂是「韶樂」，又稱為「大韶」。孔子在齊聞韶，竟至三月不知肉味。再後來，夏的音樂就叫「大夏」。商的音樂是「大濩」，周的音樂叫「大武」。這就是上古時期的六代樂。孔子聽到韶樂還那麼感動，可見是非常好的。現在這些東西只見於記載，我們不可得而知。

但是考古資料卻非常有趣。

一九八七年，在河南舞陽地區的賈湖挖出了一批骨笛，有二十五、六支，都是用鶴的腳脛骨來做的，鑽有六孔、七孔或八個的。

在這批骨笛沒有發現之前，我們對中國音樂史有這樣一種看法：有一種樂器叫做壎。由陶燒成，上面有一孔。手捂著吹，會發出聲音。一個孔吹出一個聲音。壎最早是一孔的，後來逐漸變成兩個孔，三個孔。我們原來挖掘出來的一孔、二孔、三孔的壎，中間的發明大概都間隔了一千年。

發明是一種天機偶然的創造。後人可能覺得很簡單，但是當時的人確實就想不到。如中國印刷術，到了唐代才發明。將木板刻字，刷上油墨，把紙印上去。這個方法，在一千年前，完完全全已經應用於拓碑之上了。把拓碑技術倒過來，就成了印刷。但是，同樣的方法，倒過來用，卻很難被想到。

孔當然不是隨便挖的。孔越多，聲音也就越複雜。壎、篪是中國很重要的樂器，也是禮器。由考古發掘可知，壎是一種緩慢發展的樂器，由一個個孔開展起來。

但是這批賈湖骨笛的出現，就說明情況完全不是這樣子的。這些有六孔、七孔、八孔的骨笛，經過反覆實驗，能夠吹奏出我們現在完整的七聲音階。這便足以證明當時的人已經有了完備的七聲音階的理論，並且也製作出了可以吹奏出七個聲階的樂器。而那個時候，距離現在是，嘿嘿，八千年。

我們過去認為，中國在春秋戰國時期，只有五聲階理論，變宮變徵是五聲階裡生出來的。我們也認為，十二平均律是在明朝以後才發展出來的，甚至也不認為古人能夠旋宮轉調。但是考古挖掘通通推翻了這些想法：中國音樂的發達，遠遠超乎我們的想像。

而且除了這批骨笛之外，河姆渡還出了很多其他的東西。也就可以說，在黃帝堯舜的時代，像古人所讚美的那樣美好動人的音樂，是完全有可能存在的。

不過考古所得畢竟還是比較零散的，沒有辦法幫我們完全復原黃帝夏商的音樂。我們現今確切能知道的只是周朝的禮樂。

從理論上來講，管仲在書中提到了計算音階的方法，叫作三分損益法。先求標準音黃鐘宮。再以這個音為基準，弦長加三分之一，就可以算出低四度的徵，徵的弦長減去三分之一，又可以生出高五度的商調，最後可以求出變徵、變宮。七音再加上旋宮轉調，音樂就變得非常複雜。當時有十二律呂和八音——金、石、絲、竹、匏、土、革、木等。

這些本來也僅有文獻的記載，但現在挖掘出了許多實物，其中最重要的就是曾侯乙編鐘，出土時舉世驚羨。

曾侯乙編鐘規模非常龐大。這一組樂器中有編鐘也有編磬，還有鼓之類。這是古代非常完整的宮廷音樂組器。它的特點首先是體制完整。過去從未看過如此完整的周朝的禮器——同時也是樂器。

其次，除了樂器之外，編鐘裡附加了很多銘文作為它的樂理說明，達二千八百多字。裡面記載了楚地音樂與齊國等其他國家音律的比較關係。因此，通過曾侯乙編鐘，可以知道當時音樂觀念、當時音樂的實況，以及其他音律音樂學上的知識。

而曾侯乙編鐘本身又非常複雜，這整組樂器能夠敲擊的音，跟現在的鋼琴差不多，即現在能夠演奏的音，它幾乎都能發出。不過鋼琴的發明乃是近三百年的事情，而曾侯乙編鐘卻是兩千年前的古物了。而且，裡面的每一種樂器的製作都非常的精密與複雜。現舉簡單一兩點予以說明：

單獨一口鐘叫做特鐘，排在一起的則叫做編鐘。編鐘本身也分為很多種，有上中下三層。頂上的是用來敲擊的，底下是用來撞的——演奏者背對著鐘，撞擊以發出聲音。

我們都聽過寺廟裡的暮鼓晨鐘。寺廟裡撞鐘的聲音會拖出長長的韻尾，有轟鳴的聲音。但曾侯乙編鐘並不如此。每一口特鐘和每組編鐘的聲音都非常清楚，不會混亂。普通的鐘撞了以後，由於銅器本身導音性非常好，聲波在上面傳遞會餘韻不絕；但是曾侯乙編鐘中的每口鐘，都有一個個凸出像裝飾物一般的止音鈕。這個止音鈕可讓銅的厚薄變得不同，讓聲波在這裡受到障礙，被切割停頓，因此每次聲音發出、收束都非常乾淨。

用來製作編鐘的材料也不是純銅，而是合金，鉛錫鋅以一定的比例進行調配。這個合金的技術與方子，在《呂氏春秋》中固然有記載，但是原來並不知道如何製做，現在有實物就完全可以仿做出來。因此，編鐘敲擊出的聲音清脆好聽，是樂器的聲音，而不是寺廟的鐘那樣沉厚的聲音。

另外，曾侯乙編鐘應用於大型樂隊的演出，一口鐘只發出一個音是不夠的。古代的特鐘與編鐘都不是圓的，而是兩片瓦的形狀。這樣的瓦形，使得聲波的回轉不是圓形，而像是鱗片一樣——敲擊在中間與敲擊在旁邊的回轉方式與距離都是不一樣的。因此，一口鐘可以敲出相差三度以上的音，即一鐘雙音。諸如此類，整套編鐘有非常複雜的設計，不僅聲音好聽，而且演奏也方便。

這是先秦時期的音樂。無論從造型與搭配上都可以看出，當時的禮樂文明非常了不得。假若孔子判斷不錯的話，周代以前的音樂不見得比周差，甚至可能比周還好，所謂「《韶》盡美盡善；《武》盡美矣，未盡善也。」古代音樂也未必比現在的差。

三

到了漢代以後，音樂文化卻發生了很大的變化。周朝的禮樂到漢代就幾乎失傳了。

除了秦始皇焚書坑儒，使音樂不容易流傳以外，主要是因為禮樂的體制不同。社會體制不一樣，禮也改變了。古代所形成的貴族體制已經瓦解，而貴族的禮太複雜，儀禮三千，博而寡要、勞而少功，一般人不需要瞭解這麼多。因此儒家所傳的禮，只有士禮，士婚禮、士喪禮、士相見禮等。士以上之禮皆是不甚傳的。漢代以後，即使是皇室，也只是在士禮上略微增加而已。所以原來周代的禮樂，並沒有多少留傳。

不過漢武帝的時期，設置了「樂府」；又由於經常打仗，受北狄的影響，大量接受了中亞民族的音樂觀念、器物，因此音樂也有了新的發展。

漢代音樂分為鼓吹曲、橫吹曲、短簫鐃歌。鼓吹曲的主要演奏樂器是排簫與胡笳。胡笳的聲音非常悲涼；排簫本來中國也有，不過漢代應用得很多。橫吹曲主要用鼓與角。短簫鐃歌裡面，短簫是排簫，鐃類似於鈸。

另外漢代還有相和歌。相和三調雖然是周朝的遺曲，但主要是通過漢代流傳的。本來清唱的歌曲，加上了幫腔，則稱之為彈歌，還可以再加上弦管伴奏。相和歌也可以發展成相和大曲的。每組樂曲裡面分有好幾解——古代音樂一段一段稱之為解，或是辯。《楚辭》中九辯之辯，就是音樂中的一個章節——前面有趨，後面有豔，最後則稱亂。這個發展有點像西方從唱加上和歌，再發展到交響樂的情況。

南北朝時期相和歌開始不流行了，主要流行的是清商曲。後來又有吳歌、西曲。吳歌，是江蘇一帶的歌曲，西曲是湖北一帶的歌曲。它們分別都帶有地域的風格，但基本上還屬於相和曲，尾音有虛顫送音。吳歌西曲本身與文學史的聯繫就很緊密。

這個時段還有一些音樂是結合歌舞的。漢代的舞蹈就有大型的舞隊。南北朝也有歌有舞。著名的歌舞戲有大面缽頭、踏搖娘等等。

另外，琴曲從先秦延續下來，到南北朝還仍舊是很興盛的。嵇康《廣陵散》的故事為人所耳熟能詳，其曲就是琴曲。我們現在所熟知的古琴，是中國最古老也是最有代表性的樂器。

但是我們所知道的樂曲，卻不是很古。古代的琴與現在的琴制也不大一樣，比較短，大概只有現在的三分之二，上下開闔。琴曲也不只是嵇康的那一首不傳，事實上所有曲子都不傳了。我們現在所聽到的〈文王操〉，難道真是孔子所聽過的那個曲子嗎？現在大部分古琴曲，主要是明朝朱權《神奇秘譜》等琴譜中所載，另一部分是清朝的。唯一南北朝時期的古琴曲，叫作〈碣石調·幽蘭〉，是目前所知最早的琴曲。梁朝時丘明所作。在唐朝有個抄本，不過在中國沒有流傳，是從日本發現，再傳回來的。

隋唐以後，音樂又改變了。這時期的音樂主要有三種類型，雅樂、清樂和燕樂。

雅樂，是推源上古的音樂。雖然古代音樂沒有流傳，但是後人憑藉想像、研究，將其復原、留存下來。燕樂是當時勢力最強的音樂，是當時的世俗音樂，整個社會都喜歡燕樂。燕樂的形成其實大部分是受西域影響。有些人認為，是從北齊以後，在西域音樂的影響下所慢慢形成的；有些人則認為，燕樂是法曲與胡部結合而成的。

燕樂特別處在於，與清商曲不一樣，它是七宮二十八調。七宮二十八調的說法目前仍有很大的爭論，有些人認為是四個調高，每個調高底下有七個調子，即四韻——古字寫成均，指的是調高——七調；有人則認為剛好相反，是七韻四調。清朝淩廷堪寫過《燕樂考原》，但是具體的情況現在還不能完全確定。它不只是唐代最重要的音樂，也是宋元以後俗曲與說唱的根據，所以也稱為俗樂二十八調。

在這段時間有一件事需要特別說明，就是記譜法。

中國人記譜不像西方那麼晚。西方要到十世紀才會記譜。但是在中國，周朝的音樂就是有譜子的。在《漢書·藝文志》中，就有了曲折譜，又稱之為聲曲折，是一種用符號來記錄聲音變化的樂譜。西方記譜，早期較笨，很長一段時間以後才能記音長。

我們現在看到的琴曲〈幽蘭〉，採用的是另一種方法，叫作文字譜：通篇用文字來詳細說明每一個音的彈奏。這本來是最詳細最清楚的，可是過於瑣碎。因此後來發展成了減字譜。現代的琴譜就都是減字譜。用漢字的勾、挑等字的一部分作為符號，形成一個個特殊字的符號，閱讀起來非常清楚。後來還流行過俗字譜和工尺譜，用合、四、一、上、尺、工、凡、六、五、乙等字樣作為表示音高。如若熟悉符號，讀起來與西方樂譜是一樣的。

唐代的音樂大體如此。除了從日本傳回的抄本〈幽蘭〉，敦煌還出過兩種東西：琵琶譜和舞譜。也是能夠知曉當時音樂情況的重要文獻。

宋代音樂也是一樣，主要流行俗樂二十八調。不過現在已經不太清楚當時的狀況了。能知道的，只有姜白石的自度曲。他自己用記譜的方式來說明來曲子如何演唱。現在可以看到的《白石道人歌曲》有十幾個曲子。跟唐代的琵琶譜一樣，這部分也有很多人做復原的工作，根據復原的方式去演唱。這就是中國音樂大體的狀況。我敘述這個音樂的發展，之所以前詳而後略，是因為中國的音樂發展與西方不太一樣。西方音樂是從粗糙到精緻、緩慢進步的過程；中國音樂則是從極為繁盛到衰落。到現在，中國音樂簡直沒辦法再述了。

我們現在學校教育體系中是沒有中國音樂的。所謂的民樂，臺灣叫國樂，香港叫華樂，新加坡叫中樂，但是不管是什麼樂，都很可笑。很多樂器，根本不是中國的，例如大提琴，為求聲音好聽，也成為正式的民樂演奏的樂器。而民樂的演出方式，無論從舞臺的搭配還是坐的方式——一邊是弦樂、一邊是管樂——都在模仿西方交響樂。演奏方式也很單調，還有個指揮在那裡指手畫腳。哈哈，中國音樂要指揮嗎？

中國音樂演奏是不需要指揮的，打鼓佬就是指揮。另外，我們現在所使用的樂器，基本上除了古琴，都是西域傳來的。如胡琴、琵琶是中亞傳過來的。琵琶原來即是阮咸，即是竹林七賢中阮咸，以他的名字來命名的樂器。早期中國的琵琶就是指這樣一種樂器，後來把這個稱為阮咸，而琵琶則指外來的水滴型樂器。

琵琶有兩種，一種是四弦、一種是五弦的；一種來自波斯，一種源於天竺；一種是直項的，一種是曲項的，又叫歪脖子琵琶。當時琵琶是橫抱著彈奏的，就像是現代的吉他。這兩種樂器本來都是中亞傳入的，傳到東方成為了琵琶，傳到西方成為了吉他。兩者的發展方式也不太一樣：琵琶本來是橫抱的，也不是用彈的，而是拿一個撥子，桿撥，下打而上挑——現在彈吉他也多是用桿撥的。在大陸，橫抱彈奏琵琶的方式目前只存在於福建像泉州一帶，也就是所謂的南音——唐代留下來的音樂。在日本，則還有很多和尚橫抱琵琶彈奏。

琵琶本來是粗獷的樂器。我們現在由於受白居易〈琵琶行〉的影響，以為這是陰柔的樂器。其實不然，宋人在形容東坡詞與柳永詞之不同時，就有「柳永詞，合十七八歲女郎，執紅牙板，歌『楊柳岸、曉風殘月』。學士詞，須關西大漢、銅琵琶、鐵綽板，唱『大江東去』」之說。不過琵琶在中國慢慢演變，就變成豎起來彈了，另外加上了中間一格一格的「品」。與吉他相比，琵琶的共鳴箱較小，只有兩個半月型的小開口，背後做成一個半月型的弧度。吉他在西方發展的過程中，共鳴箱的厚度增加，音量增加；在中國就不同。另外則從用桿撥變成用手指彈奏。

胡琴也是從中亞傳進來的。到宋代以後，主要的樂器是篳篥，是一種短笛。這都不是中國原有的樂器。此後中國樂器的演奏方式受中亞影響很深，因此我們現在要知道古代的音樂甚為困難。

四

而文學與音樂的關係，主要表現為以下幾方面：

首先，中國文學，從《詩經》以下，本來跟音樂是二而一的。《詩經》既是辭章，也是樂曲。文學與音樂的關係千絲萬縷，糾纏不清。《詩經》、《楚辭》本身都可歌。後來到樂府詩、詞、曲之外，還有很多鼓書、琴書、說唱藝術、彈詞，都跟文學有關係。不懂音樂，中國文學的很多內容是沒辦法談的。元、明、清代的戲曲，如果不懂戲，如何講起呢？

但是，這種關係既緊密，又是有區別的。區別的是，詩樂分途。古代的詩，到後來就只是詩而不再是音樂了。

《詩經》以後，到後來的四言詩五言詩，跟音樂有什麼關係呢？像陶淵明是喜歡音樂的，但是他喜歡的是無弦琴：「但識琴中趣，何勞弦上音？」他是一位脫離音樂的音樂愛好者。詩、歌本來有血緣上的關係，但畢竟分開了。

再到後來七言詩、格律的發展出現之後，詩歌的聲音美就不再依從於音樂性。四聲八病為什麼如此之重要？當時很多人反對，也有很多人以為他談的是宮商角徵羽。其實宮商角徵羽的五聲，與聲調的四聲完全不一樣。沈約與陸厥辯論時，說他談的是唇吻之間、口齒之間，是文字上的四聲；而陸厥所談的的是音樂上的五聲，是兩回事。因此四聲出現以後，文字就遠離音樂了，用它自己的聲調構成了自己的音樂性與聲音感。

這樣的發展，詞也是如此。詞本來也是歌曲，但是後來慢慢不可歌了。我們現在讀詞只讀的是文字。我們所謂的填詞，填的格律譜，是根據古人留下的文字作品比對以後，確定出來的規格。也就是說，只是文字譜。所以很多填詞的人也鬧不清楚聲腔。

詞本來是有宮調的，是有聲腔的。如同唱歌一樣，唱大調，或是小調是不同的：黃鐘宮就不是小石調。所謂婉約派與豪放派，光看選的詞牌就知道了。各個詞牌都是隸屬於不同宮調的。豪放派詞人多半用的是永遇樂、摸魚兒、浪淘沙之類，本來聲情就比較豪壯。

這個道理也很像戲曲。戲曲裡面的音樂體系是不同的。崑曲唱的是詞牌。湯顯祖的《牡丹亭》，自從它創作伊始從來就幾乎沒演出過，演出的，到現在多是改編本——不改編就幾乎不能演。不只是因為唱腔變化多，宮調還非常混亂。我們現在讀詞，只知〈天淨沙〉、〈菩薩蠻〉等詞牌名，沒有注意它的宮調，恐怕連詞選課本上都不會記錄它屬於哪一個宮調。爲什麼？因為大家對這些宮調都不在意，把音樂的部分丟掉了。金朝為什麼會出現諸宮調呢？同樣講《西廂記》，宋人有西廂記故事，有十幾首〈蝶戀花〉，同一個曲子翻來覆去，去演唱一個故事；到了金朝人，覺得這樣太單調，就使用諸宮調，用不同的宮調各選曲子來唱。再以諸宮調穿插變為戲曲。戲曲即是由不同的宮調組織而來的。崑曲唱的是詞牌，宮調亂了，歌者就不可歌。

不過，像平劇這種，在清朝稱為亂彈，它的演唱方式，跟崑曲不一樣。屬於花部而不是雅部，這之間不只是雅俗的差別，更是演唱方式、音樂形態不一樣：平劇不再唱詞牌，而是用板腔體，西皮、二黃、搖板、流水、慢板、拖腔、哭腔等，將一些字句套在不同的板腔調裡。各種戲劇，只有瞭解背後音樂體系的不同，才能夠瞭解劇種之間的差異。

我們現在講文學史，很少人再講這些了，只是就文字上審美一番。文學史越來越只重文字，而脫離了其音樂屬性。

如同詞，最早本來是曲子，到東坡，已經不再是當行本色了。後人覺得東坡這樣寫很好，能把詞當詩來寫。這有兩個含義：第一，詞本來是給歌女唱的。現在把它拿來表達士大夫的感情，抒情言志；第二，詞本來是唱的，現在則沒辦法唱了。李清照批評當時士大夫詞只是句讀不整齊的詩罷了。這句話其實就道破了宋詞的奧秘。

宋詞後來的發展，就是音樂性不再重要，重要的是把它當成句讀不整齊的詩來作。詞的寫作處處模仿詩。早期是把唐人詩直接用在詞裡面，後來慢慢熔鑄後，再把詞雅化成為詩一般的句子。脫離了流行歌曲的範疇，成為士大夫清雅的創作。詞人「尊體」，就說自己是隸屬於詩的傳統。曲的發展也是同樣的道理，發展到以文辭為重。

五

這也說明中國音樂的發展到後來慢慢不行了。理由非常多，但其中一個重要的原因就是：音樂與文字發展競爭的時候，文字最終打敗了音樂；文學本來從音樂中出來，但是文學的發展使得它的競爭力越來越強。實際上各種藝術形式最終都是向文字靠攏。

首先看歌與舞，我們可以說是戲劇吃掉了舞蹈。

中國古代的舞蹈，在周、漢時期都還很盛，之後便鮮有所聞。中國現在有哪一個獨立的舞曲？有哪一種舞蹈是獨立的？例如世界上各民族發展出不同的舞種，芭蕾舞是跳腳尖的，踢踏舞是跳腳底的，其他扭腰的、抖肚皮的、晃屁股的、搖脖子的，各自形成一種舞蹈體系，我們現在有什麼呢？《霓裳羽衣曲》早已失傳，而且也是由由中亞傳過來的。其他的獨立舞曲舞種，可說一個也找不出來。因為我們的舞蹈已經被戲曲吃掉了。

可是，從石刻、繪畫及傳毅〈舞賦〉之類紀載中，我們可以曉得舞蹈在漢代是極發達的。至唐朝也很蓬勃，形式多樣、氣勢宏闊。如上元樂，舞者竟可多達數百人。且此時舞蹈並不雜揉大量雜藝、武技等，而是一門獨立的舞蹈藝術。同時，唐代舞蹈在整體上是表現性的，大多數唐舞都不再現具體的故事情節、不擬似具體的生活動作姿態，只運用人體的形式動作來抒發情感與思想，而不是用來敘事。所以唐代已超越了古代以舞蹈的實際功用（如祭祀、儀典）、道具來命名舞蹈的型態，直接就舞者姿態之柔、健、垂手、旋轉來品味。這些特徵都顯示唐代舞蹈已發展成熟，成為一門獨立的藝術。

可是這門藝術到了宋代卻開始有了改變。宋人強化了唐代舞蹈中的戲劇成分；開始在舞蹈中廣泛運用道具，這些桌子、酒果、紙筆，已類似後來戲劇中的布景。又增加唱與唸。唱與唸強化了舞蹈的敘事、再現能力；道具與布景，又增強了環境的真實感。跟它們相呼應的，則是宋舞有了情節化的傾向。如洪适《盤洲集》記載〈句降黃龍舞〉、〈句南呂薄媚舞〉，即取材於唐人傳奇及蜀中名妓灼灼的故事，可見宋舞在這時已類似演戲了。

這種情況越演越烈，到元代時，除宮廷還保留隊舞之外，社會上的舞蹈大抵已溶入了戲劇之中。在元雜劇裡，舞蹈通常以兩種形式出現：一是與劇情密切相關的，做為戲曲敘事之一環的舞蹈；一是劇情之外，常於幕前演出的插入性舞蹈。所以舞蹈動作是在戲曲結構中，為表現人物動作、塑造氣氛、推動劇情而服務的，內在於戲的整體結構中。不再能依據人體藝術獨特的規律，去展示獨立於戲曲結構之外的東西。

後來的戲，越來越強調「無聲不歌，無動不舞」，把舞蹈的動作完全消化在戲曲之中。戲都是帶著舞蹈動作的表演。舞蹈，被拉入戲曲中充當了敘事功能，成為了敘事的一部分。那些可以被剝離開來的獨立的舞蹈，例如「霸王別姬」中虞姬的劍舞，事實上也是鑲嵌在敘事過程中，成為敘事輔助的手段。《天女散花》中的舞，也是敘述故事的一部分。因為維摩詰示疾，文殊問病，而天女散花。所以我們現在看的舞蹈，只能在戲劇中觀看：或是觀賞一段獨立的、鑲嵌進去的舞蹈，或是作為情節推動的一個過程。獨立的舞蹈既然沒有，更不用說舞隊的編組了。舞蹈作為獨立的藝術就這樣消失了。

接著，音樂又併吞了戲劇。

中國戲劇不像一般人所說，是「音樂在戲中佔了非常重要的地位」，而是所謂的戲，根本只是一種音樂創作。在中國，一般稱戲劇為戲曲或曲；古人論戲，大抵亦只重曲辭而忽略賓白。元刊雜劇三十種，甚至全部省去了賓白，只印曲文。當時演戲者，稱為唱曲人。談演出，則有燕南芝庵的《唱論》、周德清的《中原音韻》。明代朱權《太和正音譜》、魏良輔《曲律》、何良俊〈四友齋曲說〉、沈璟《詞隱先生論曲》、王驥德《曲律》、沈寵綏《弦索辨訛》、《度曲須知》等，注意的也都是唱而不是演。這就是為什麼元明常稱創作戲劇為作曲、填詞的緣故。直到明末清初，李漁還在《閑情偶寄》中，特立〈恪守音律〉一章，嚴申「半字不容出入」、「寸步不容越」的「定格」。傳統社會，觀眾也只說去聽戲，沒人說是去看戲的；即使賓白，也屬於以語音做音樂表現的性質。

中國戲裡最主要的亦不是演，而是唱——戲在西方主要是表演——任何劇種都一樣。唱、做、念、表，唱第一。戲中表情越多的角色，身分越卑微，像丑角就是。正旦、正末都沒有太多表情，尤其是青衣，是幾乎沒有表情的，甚至連身體上都沒什麼動作。有較多動作的是花旦。

故音樂在中國戲曲中實居於主控的地位，不是「伴奏」。它不是在戲劇裡插進音樂的成分，因為戲劇整個被併吞在音樂的結構之中了。整個表演也集中在唱。凡戲都叫做曲，用曲來代替戲。音樂的強勢，吃掉了戲劇，以致中國幾乎所有的戲都以聲腔來命名，像崑腔、秦腔、梆子、皮黃等。在中國，所有戲種的分類，大概都是因於唱腔的不同，而很少考慮到它表演方式的差異。

換言之，中國戲劇「無聲不歌、無動不舞」，整體來說，表現的乃是一種音樂藝術的美。

然而，音樂最終又被文字吃掉了。

正如詞的詩化一樣，那強而有力的文字藝術系統，似乎又逐漸扭轉了發展的趨勢。從明朝開始，戲曲中文辭的地位與價值就不斷被強調。崇尚藻飾文雅，力改元朝那種只重音律不管關目、且詞文粗俗的作風。凌濛初《譚曲雜箚》嘗云：「自梁伯龍出，而始為工麗之濫觴，一時詞名赫然。蓋其生嘉隆間，正七子雄長之會，崇尚華靡。弇州公以維桑之誼，盛為吹噓，……而不知其非當行也」。王世貞的書，就叫《曲藻》。當時如〈琵琶記〉，何良俊謂其賣弄學問；〈香囊記〉，徐復祚說是以詩作曲。可見「近代文士，務為雕琢，殊失本色」（北宮詞紀凡例）「文士爭奇炫博，益非當行」（南宮詞紀凡例），確為新形勢、新景光。

案頭曲的出現，形成了我國戲劇批評中「劇本論」的傳統，只論曲文之結構及文采，音樂不是置之不論，如明末湯顯祖所說：寧可拗折天下人嗓子；就是如李漁之尊體，謂：「填詞非末技，乃與史、傳、詩、文同源而異派者也」，所以結構、詞采居先，音律第三。

總之，無論是〈香囊記〉的以詩為曲；或「宛陵（梅鼎祚）以詞為曲，故是文人麗裁；四明（屠隆）新采豐縟，下筆不休」（曲律）；或徐渭所謂「以時文為南曲」；或李漁的尊體，戲曲藝術都朝著文字藝術發展。

逐漸地，戲曲成了一種詩，所體現的不再是戲劇性的情節與衝突，而是詩的美感。成為了案頭劇。「乃案頭之劇，非場上之曲」，只是在書齋裡面看的。所以王世貞所寫的曲論叫作《曲藻》。曲藻美，才是論斷戲好不好的關鍵所在，文字的重要性遠遠超過了音樂。《牡丹亭》就是很典型的例子，它的流傳完全與音樂沒有關係，其優勢恰好在於辭采優美。所有演出也都必須用南北合套等等方式改編，才能夠順利演出。而湯顯祖對別人的改編是沒有敬意與謝意的，說「吾寧拗折天下人的嗓子」：文字的重要性顯然淩駕音樂之上。故中國音樂的衰微，也與文學勢力的膨脹有直接的關係。

六

雖然如此，文學中的音樂的關係也不能忽略。

由於我國音樂之發達在文學以前，故文學批評中很多觀念、美感都是從音樂中來的。如文學審美活動也是在尋求「知音」，《文心雕龍·知音篇》就是例證。而最好的文章，其美感又是什麼呢？是中和！古人一再說「詩造平淡難」、「繁華落盡見真淳」。這樣的美感，都是拿音樂做比類的。我們是從《樂記》或孔子談音樂等處學習到了音樂審美的評判標準，再拿來作為文學的評判標準。

因此，我國文學史的發展看上去似乎是文學吃掉了音樂，實際上，文學的靈魂就是音樂。

中國的音樂，性質也與西方不一樣，和文學的關係特別類似而且緊密。西方的音樂有嚴格的調式與邏輯關係。演奏一定得拿著譜，照著譜唱或演奏，由指揮來調度。中國音樂也是有樂譜的，可是中國的演奏，如京戲中拉胡琴的一般就不用譜。琴跟著人走，而不是拉固定的曲子。程派出來的琴師絕不能與梅派的演唱者搭配。琴師可以幫助戲伶，將聲音烘托起來，或是掩飾聲音的缺點。

中國音樂中另外一個很特別的一個地方，在於它不是客觀性的。所以，各家對於古譜的復原都不一樣。目前流行的古琴〈流水〉，是張孔山先生打譜打出來的，但如若由另外一個琴家來打譜，效果就可能完全不一樣。復原之困難，其關鍵在於：中國的記譜法，音與音之間的速度並沒有標注。樂譜，尤其像古琴這樣的譜，很像書譜，談琴的道理則很像練字，或者也像練拳；哪筆的輕重、哪招的緩急，樂譜上都是不標記的。譜子能夠告訴人的，只是一個框架。讀譜的人需要進入到框架之中，主客體合一，細心體會才行的。所以打譜、看譜本身就有很大的樂趣，這裡面需要的不是記憶，而是領悟。音樂也不只是練習、服從節奏、熟悉曲式而已。這是中國音樂很特別的地方（西方音樂只偶爾有此現象，如巴哈的曲子，本來很像數學遊戲。但他為獨奏曲所寫的音樂，因非大規模合奏曲，所以音量不很大，而樂譜上巴哈又很少作強弱快慢的標注，所以演奏者特別容易表現自己的詮釋。像鋼琴曲，顧爾德，李希特，康普夫演奏同一個曲目，便常出現完全不同的風格）。也正因為音樂有主體性，音樂與人格的陶冶才是相關的。

這就是中國音樂與中國文學內在的同質性。因此看起來兩者愈分愈遠，而內部則是一直很緊密的。

第十講　文學與武俠

一

今天我們要綜合來講中國俠義傳統跟文學的複雜關係。

俠是春秋戰國以後出現的新現象。爲什麼那時會出現俠？俠的出現，本來就是中國歷史社會出現重要變動的徵象。

春秋以前，中國的士（士代表貴族。士是貴族的最低級別。士以上是貴族，士以下是庶民。這叫士庶之分）是貴族，貴族才有受教育的權力。孔子之所以偉大，是因為他把原來只有在貴族中實施的教育平民化、普及了，讓每個人都可以接受教育，所以我們尊稱他為萬世師表。孔子以前，並不是中國沒有教育。中國教育從夏商周以來，體系就非常完備，只不過那都是貴族教育。亦即《周禮》說的「養國子以道，乃教之六藝」：禮、樂、射、御、書、數。

書、數是跟文事有關的，但是射跟御就是武事。射，當然跟武備有關；御指駕車。爲什麼駕車也與武事有關呢？因為當時的作戰方式是車戰。駕車，並不是駕著車去玩，駕車是要操作馬，學習作戰的技巧。

古代的車戰，是一輛車為一個作戰單位，基本是三位戰士：前面一人駕駛；車上一位弓箭手，站在馬車上射箭；等到兩軍相接，兩車接近時，另一人持戈，執干戈以衛社稷，用戈矛去刺對方。

表多少兵力。

即源於此。因此看一個國家的兵力，都是看有多少輛兵車，所謂千乘之國、萬乘之國，多少乘，就代

所以車戰時，一定是盤旋著搶位置，盤旋一周，叫做一回合。後世小說經常形容誰跟誰大戰三百回合，

兩方作戰，都要搶位置。使用長矛的人，要找機會把對方駕馬車的人刺傷，或把射箭的人刺傷了。

地區大結集以後，擺好陣勢，才進行兵車會戰。這是當時的作戰的形態，十分質樸。

山路，兩三輛兵車在一起走幾乎是不可能的。所以行動速度很慢，而且要選擇作戰地形。主要在平原

鄲這一帶。要從陝西行軍到邯鄲，太遠了。而且古代道路又不像現在這麼平這麼寬，一條路，尤其是

兵車作戰是很困難的，因為兵車行動不便。比如，秦國假如要攻伐趙國，秦在陝西，趙在河北邯

役、運糧草之類的。正因為這樣，貴族子弟的教育才是文武合一的，禮、樂、射、御、書、數。

槍桿子抓在自己手裡，故歐洲中古時期同樣只有貴族才能做騎士。平民只能在軍隊後面做苦力，任雜

只有貴族才有資格做戰士，平民是沒份的。道理很簡單，因為「槍桿子出政權」。統治者一定把

顧頡剛、余英時等很多學者都寫文章討論過。

士什麼時候開始文武分途呢？士的分化是春秋末期很重要的現象，代表了社會變動。過去郭沫若、

是後來清朝不能不用漢人軍隊（綠營）的緣故。再後來綠營也不行了，才用團練。

戰以後，清朝主要就只能靠蒙古騎兵。但後來蒙古騎兵在和捻軍作戰的時候，也慢慢打不過了。這便

下。但旗人子弟在北京城越住越優渥了，就不再騎馬射箭，慢慢開始養鳥、聽曲了。旗人子弟不能作

士分化以後，很多士即不再騎馬打仗，慢慢偏向文事。這道理，就像清朝初年，八旗騎兵橫行天

這才出現專業軍事家，如寫《孫子兵法》的孫子、吳起等。這些都是專業軍事家，遊走於諸侯之間，

貴族子弟多不能打仗，偏於文事以後，戰爭技能就開始變成了專業，由另外一批人則開始專研之，

比如孫武幫助吳王闔閭滅掉了楚國之類。兵家之學，即起於這一歷史機遇中。

另一種情況，是平民開始成為了戰士。如商鞅變法，老百姓只要有軍功，即可依軍功判定爵位。在戰場上殺人之後，割掉左耳，用繩子串好帶回以評定功勞。

第三種情況，是這時又出現了大批的劍客。除了剛才講的吳起之類軍事家外，還有大批劍客，詳情可看《莊子·說劍篇》。各諸侯王爲了爭霸，養了大批劍客，這些人每天在朝廷上拔劍格鬥。這都是春秋戰國社會結構產生變動所造成的新現象新人種。

作戰形態也轉變了。之前是車戰，到戰國，車戰就落伍了，被騎兵作戰所取代。標誌性的人物和活動就是趙武靈王胡服騎射，車戰從此退出歷史舞臺。

中國的武術，最重要的不是後來小說所描述的什麼《易筋經》之類，而是射箭。唐代和宋代的武舉考試，考什麼呢？唐代主要是兩部分：一、騎射及兵器運用，包括騎射、馬槍等；二是步射，負重、材貌、言語等。宋代在武藝方面，最重要的仍然是弓馬，即射箭和馬上的武器使用。明朝正德年間頒布了一份〈武鄉試條格〉，載明三場考試，一、二場考射箭，第三場筆試。第一場試馬上箭，以三十五步為準；第二場試步下箭，以八十步為準。第三場試策一通，或問古兵法或問時務。武藝唯取弓射一項，馬上器械也省了。

如此考試，也很實際。因為古代作戰，弓射本來就是最具殺傷力，也最難防備的。八十步以外，一箭射去，效果與現在用槍差不多。現在的士兵，最重要的武技，不就是練習射擊打靶嗎？刺刀術或徒手搏擊之訓練，均不如射擊重要。畢竟戰場上能用得上刺刀肉搏或徒手格鬥的情況太少了。真用上時，恐怕勝負亦已差不多底定啦！

所以最重要的武術仍是射箭。這是騎射成為中國最重要的戰爭形態後就決定了的。

長距離靠射箭，近身肉搏的武器也改變了。青銅劍，是橫跨商周兩代很重要的兵器。到了春秋末年戰國初年卻出現了鐵兵器。鐵兵器比銅兵器更鋒利、韌性更好（銅兵器比較硬脆，容易折斷），加上若干合金技術，殺傷效果比銅兵器好很多。

現今所知之上古神兵、寶劍傳說，全都出自春秋末戰國初這段時期。而且所有的寶劍傳說，都集中在吳越。為什麼？因為這時吳越的鑄造技術取得了突破性進展。比如蘇州的虎丘就有一個吳王闔閭的墓，他的墓就叫「劍池」。傳說以劍殉葬，裡面藏了很多他的劍。現在蘇州街上還有干將路、莫邪路等。

所有這些鑄劍的傳說，都出現於這個時期。由於武器精良，所以吳王夫差才能北上中原，在黃池跟諸侯爭霸。李白〈俠客行〉詩說「吳鉤霜雪明」，吳鉤就是吳國的兵器。前些年李安拍《臥虎藏龍》，裡面有把青冥劍，王爺把玩時介紹說「這是吳國的揉劍術，現已經失傳了」。講的就是當時這新技術。當時這些兵器，我們現在還可以看到，如越王勾踐、吳王夫差等的劍，已然出土。雖經過了兩千多年，還是非常鋒利。這樣的造劍技術，當時產生了很大的影響，所以出現了一大批劍客。

二

這時候還出現了一種人，那就是俠。俠，跟現在我們所想像的不一樣。俠者，夾也。是擁有勢力的人，如《史記·遊俠列傳》講，戰國大豪春申君、信陵君、孟嘗君、平原君等。他們擁有力量，籠絡吸引到很多人來成為他的黨羽，形成一個集團。我們經常說俠客俠客，其實俠是俠、客是客，是兩類人。俠是擁有這種力量的人，客是被俠所養的門客、食客、劍客等等。客的流品很雜，雞鳴狗盜之徒，什麼樣的都有，也有一部分是刺客。

《史記》將〈遊俠列傳〉和〈刺客列傳〉分開，就是此故。刺客是荊軻、豫讓、專諸、聶政這一類。俠則是春申君、信陵君等這類。俠跟客是兩類人。客裡面有刺客，刺客當然會武術，但是俠不一定會武術。他要仗義疏財、非常好客、很豪爽，才能養這麼多的客。這些客可以為他奉獻生命，這樣才可以成為大俠。

大豪、大俠本身並不一定會武術。韓非子在《五蠹》中說「俠以武犯禁」。這個「武」不是說俠本身會武術，而是他擁有武力。

但俠是不是只有這一類？須像春申君、信陵君這樣才有資格做俠呢？不然。只要一個人擁有俠的氣質，喜歡交朋友，很江湖很四海，做事講義氣，重然諾，他就往往能夠聚合一批人，很多人願意跟他在一起。有俠氣，才能夠聚合人。所以司馬遷說，有有權勢的大豪，也有閭巷之俠，就是民間的俠。這是戰國流行的俠風。《史記》說得非常明白，「然儒墨皆排擯不載」，儒家、墨家是不贊成這種人生態度、行為方式的。所以儒家、墨家排斥他們，也沒有什麼記載。

不是說俠出於墨家、出於儒家嗎？說俠出於墨或出於儒，這些年甚為流行。可是儒俠、墨俠的說法，非常晚，是清朝末民初才出現的。怎麼說呢？

清末，國事衰亂，革命黨要革命，一種方式是公然造反，這是孫文主持的。在國外買火藥，起事十幾次都失敗了，可見明著來很困難。所以後來江浙間的革命黨人就主張暗殺，提倡暗殺主義。暗殺主義有兩個思想上的源頭，雖然是暗殺，但是正義的、有道理的。這道理來自哪裡？一是西方虛無主義。十九世紀末，西方虛無黨，反對政府，鼓勵暗殺。所以西方有這樣一種主張暗殺的學說。另一來源則是俠，章太炎就寫了一篇〈儒俠篇〉，並在《檢論》中大力歌頌盜跖。盜跖是戰國時期著名的大盜，殺人越貨，還常把人肝烤來吃。章太炎改寫這個人的故事，說他爲什麼做盜賊反政府呢？因為戰國時候這些諸侯王才是真正不正義的。各位知道，章先生本就是無政府主義者，故重新詮釋儒家與盜跖，提倡暗殺。各位看當時的秋瑾暗殺、汪精衛行刺醇親王、還有吳樾懷抱炸藥去炸五大臣等。都是這樣，鼓勵暗殺主義。

講維新這一派的人呢？梁啟超在戊戌變法失敗後逃到日本，在日本很有感觸，寫了一本小書，叫做《中國武士道》。爲什麼？因為中國自從文武分途之後，文人就越來越成了文弱書生，手無縛雞之力。舞臺上演小生的，都是娘娘腔、奶油小生。男人陰柔作女子狀，以秀美為主。某些劇種，像越劇，所有男人都由女人來扮。其他劇種，小生亦多是捏小嗓趨向女性美的，似乎只有這樣的小生才能引得小姐的青睞。所以梁啟超感慨中國文弱而日本有武士道的精神，以致中國打不過日本，因此我們應當提倡中國的武士道精神，發揚剛質之氣。所以他從史書中找了若干例子，包括荊軻、豫讓等，還有些遊俠，希望能建立新的人格典範，改造我們的國民。

這本書寫完之後，他找了蔣智由寫序。蔣是晚清詩界革命三傑之一。序說：中國墨家本來就是講俠的，可惜墨家衰微了，所以我們現在要發揚墨子精神。這就將俠的淵源推到了墨子。

因此儒俠、墨俠皆起於近人之杜撰，乃時勢之激使然。回到戰國秦漢看，則俠其實是個不好的名詞，同義詞大概是盜，或者叫做匪。一個人很有俠氣，喜歡交朋友，當然不是壞事；但朋友一定是亂七八糟的，否則爲什麼要求著你呢？俠所來往的人，流品又必然很雜，內中就不乏亡命之徒；而俠又必須包庇亡命，否則何足以稱俠？誰又敢望門投止？又，這些俠爲啥需要結交這麼多朋友呢？可能因為他要幹的事不一定很正當。俠平時都幹什麼呢？挖墳、盜墓、鑄幣，再就是調解糾紛，代人報仇等等。這不就跟黑道相似嗎？

戰國之俠，流風餘韻，到秦漢並沒有消失。漢初，很多名將都是地方豪傑出身。豪傑，是加了人字邊的，但是桀其實就是桀紂的桀。史書講到豪和桀，有時候還會加狗字旁，因為對老百姓來講，都是一方的惡霸，擁有實力，橫行一區。

古書中，俠和盜也常是混在一起用。《淮南子》說一人任俠，交了一堆朋友，他兒子常勸他。後來縣裡有盜賊，官兵來捕捉；他養的那幫客出來幫他打鬥，掩護他逃走。他回來跟兒子說，幸好平時養了這麼多客，否則就被抓了。他兒子說，如果你不和他們來往，官府就不會抓你了。俠即是盜，可見一斑。

《洛陽伽藍記》也記載有一家人做酒賣，很有名，叫劉白墮，其酒號稱百日醉。但怎麼證明這酒好呢？《洛陽伽藍記》講了個故事，說運酒出去時，路上被俠客劫了。不過很快就都被官府抓住，因為他們回去喝酒都醉癱了。這所謂俠，其實也就是盜。

三

俠的勢力則是客，例如郭解。司馬遷曾見過他，個子不魁梧，對人也很客氣。但「少時陰賊，慨不快意，身所殺甚眾。以軀借交報仇，藏命作姦，剽攻不休，及鑄錢掘冢，固不可勝數」。有一天，人們在酒樓上喝酒，臧否人物，有個儒生批評郭解。話傳到郭解耳朵里，他自己雖沒什麼表示，但他門客聽了以後就逮住那個儒生，割掉了他的舌頭。所以後來朝廷對於郭解這類人皆採取壓制手段，因為他們威脅社會治安、挑戰王權。

但是壓制手段並沒有立刻奏效。所以《漢書》、《史記》都記載長安為俠者十萬家，很多很多。

每個地區各有地盤，比如北道是誰、東道是誰，類似於現在所說的角頭老大。為了這些地盤，大家會火拼、打仗，慢慢地甚至會殺官。丟三顆球，抓到紅球的人殺武官，拿到黑球的人殺文官，拿到白球的人治理喪事。所以長安城「薄暮塵起，剽劫行者，死傷橫道，枹鼓不絕」。朝廷說這還得了，於是找來一個厲害角色，尹賞，做長安令。來了以後，挖了個方廣數丈的大坑，拿著戶口名簿挨家挨戶去逮人，數百人全抓了，通通丟到坑裡。上面用石頭壓，壓了幾天，全部都爛死在裡面。然後搬開石頭，發喪，讓家屬來認屍。這個大窟窿叫做虎穴。所以長安城中哭聲震天，當時就有一首樂府歌謠，「安所求子死？桓東少年場。」這窟窿就是遊俠少年的所在、下場。「生時諒不謹」，活著的時候不好好教育，「枯骨復何葬？」

這歌開啟了後來樂府詩中的一個大傳統。樂府詩中少年行、寶劍篇、白馬篇、長安狹斜行等，都是寫遊俠的。少年不學好，跟人耍流氓，是無賴子，他們又有錢，可以「相逢意氣為君飲，繫馬高樓垂柳邊」，或嫖娼、聚賭、殺人、打金彈子等等，今之所謂惡少也，大抵皆有權勢人家的子弟。

漢代的俠，既有原先戰國時期的地方、閭巷之俠，惡霸、土豪；也有權勢的人做豪俠。有權勢的人做豪俠是一直不斷的，到魏晉南北朝，唐代都是這樣，很多地方官甚至自己帶著軍隊去打劫，此類人，史書中都稱他們為大俠。如晉朝石崇，爲什麼那麼有錢？他當荊州刺史的時候，自己帶著軍隊去搶劫哩！還有販賣人口的，唐朝寫〈寶劍篇〉的郭元振，搶了貨以後還把人口運到別處去賣。

惡少亦屬權勢者類型。但是這種惡少在文學作品中反而顯得不那麼獰惡，因為是文學的。剛才的歌，本來是哀嘆，但後來寫這個題材時，都比較著力於去寫少年縱放生命、揮霍青春。俠客的生命像花一樣綻放，是一種美感，我們常常去欣賞這種美感，而不去管他的倫理道德意義。

所以剛剛提到的王維〈少年行〉「相逢意氣為君飲，繫馬高樓垂柳邊」，這樣的生活形態，才會成為詩歌之中吟詠的對象。而這種型態經過文學書寫之後，就脫離了道德倫理上的責難。現實世界和文學是不一樣的。例如杜甫〈少年行〉：「馬上誰家白面郎，臨軒下馬坐人床，不通姓字粗豪甚，指點銀瓶索酒嘗」，這個人騎著馬，忽然闖入別人家，跑進客廳，踞坐在高堂上，粗魯地要人家搬出酒來給他喝。這樣的事，現實上，你能接受嗎？你一定覺得這小子王八蛋，什麼東西！但是讀作品，你就會覺得這個遊俠少年還蠻可愛的。

文學作品可以讓人欣賞發舒生命的美感，讀之會讓人羨慕血氣血性，使得俠的形象具有了一種美感。

到了唐代之後，這個發展進一步擴大。俠不僅是美感對象，而且慢慢它的理性化程度加強了。俠逐漸變得正面。俠中出現了一些特別的人物，像李白。李白詩中提到了劍有五十多次，寶劍對李白有特殊的象徵意義。不僅可用於私鬥，也可「為君談笑靜胡沙」，能夠改變世界，所以他有這種抱負。

唐代若干文人是有俠氣的，這就使得俠的傳統有所轉化，像李白、杜牧。你只看杜牧「十年一覺揚州夢，贏得青樓薄倖名」這一類詩，會覺得杜牧是個浪子，可能跟唐伯虎差不多。到揚州去就挑女人，「春風十里揚州路，卷上珠簾總不如」。其實他是個兵學家，自負韜略。我們現在所讀的《孫子兵法》第一次的整理是曹操，接下去就是杜牧了。某些詩也看得出其英雄氣，如「折戟沉沙鐵未銷，自將磨洗認前朝」或「江東子弟多英俊，捲土重來未可知。」他對於俠就有一些議論，認為俠應當更多的是為公眾的利益獻身，而不能僅是勇於私鬥。

另外，李德裕也很重要，他對於俠也有相關論述。這類論述在美感之外，從正面理性化的角度加以扭轉。

四

不過這只是唐代俠的一個面向，唐代還有另一個面向，延續了原來俠的盜匪土豪惡霸等原來傳統，走向了更深的非理性。例如《耳目記》記載，諸葛昂和高瓚鬥豪俠，酒肉歌舞拼場，拼到後來，高瓚竟「烹一雙子十餘歲，呈其頭顱手足，座客皆喉而吐之」。諸葛昂不甘示弱，「後日設報，先令美妾行酒，妾無故笑，昂叱下。須臾蒸此妾。坐銀盤，仍飾以脂粉、衣以錦繡，遂擘腿肉以啖。瓚諸人皆掩目」。這就叫俠客鬥豪，慘無人理。

還有一篇小說，也是不把人當人。這篇小說叫〈聶隱娘傳〉。值得注意的是，這是女人，之前我們並沒有提到女俠，女性俠的出現是在唐代。可是女俠比男人還凶惡。聶隱娘很小就失蹤了，隔了十幾年才回來，說是師傅把她帶走加以調教，所以她「能飛，使刺鷹隼，無不中」。這師傅是個尼姑。她替隱娘「開腦後，藏匕首」，然後派她去殺人。有一次回去晚了，師傅很不高興，她解釋說去時那人正抱著小孩在玩，所以就等了一下。師傅很不悅，說下次碰到這種情況，首先殺掉這個小孩「以斷其所愛」。後來聶隱娘幫助一位大僚，告訴他，今晚對方要派刺客來，所以大官睡覺時隱娘躲在帳中防範。夜半，刺客精精兒果至，聶隱娘把他殺了，並用化骨藥將之化成了一灘水。第二晚妙手空空兒又來，這是比隱娘更厲害的高手。隱娘自知打不過，故預作防備。用上好的和田玉，把大官的脖子圍起來，躺在床上。隱娘則化身為小蟲，像孫悟空一樣，藏到他肚子裡去。睡到半夜，風聲一動，脖子上被斬了一刀。大官驚起，準備搜捕，隱娘跳出來說不用了，這個人很自負，一擊不中，不會做第二擊，這時已經飄揚在千里之外了。小說裡面講這種神行術，還見諸「紅線盜盒」的故事。後來《水滸傳》裡面講神行太保的神行術，或武俠小說描寫輕功等等都是從這裡來的。

像聶隱娘、紅線這種，叫做劍俠，她們的劍不是一般的劍，是有法術的，所以能夠練劍成丸，藏於腦後，或開箱取出兩顆丸，念咒以後丸子跳到空中變成寶劍，如電光一般閃爍。人也可以變成小蟲、布幡之類。或者像蘭陵老人故事，說一個老人在箍木桶，有個士人看不起他。後來士人裡夜行，見有敵人追殺他，就猛放箭，都射中了，敵人卻不退，弄得非常狼狽。到白天才知道那只是箍桶老人的一塊木板，箭都射在木板上。

這是把俠與佛教、道家，還有很多的法術結合在一起了，例如化骨水、神行術、各種幻術等。這種劍俠，對後來的武俠小說影響很大，開創了一個脈絡，由四十年代之《蜀山劍俠傳》到現在的玄幻武俠，都是走這個路子，可以出入三界，超越時空。

到明代，就更厲害了。女俠蔚然成為一個大體系。唐代的女俠並沒有女性特質，聶隱娘就是代表。還有一位商人的老婆，一天晚上，商人醒來發現老婆不見了，很著急。過了半夜，老婆回來了，卻帶回一個布囊。打開，裡面竟是一顆人頭。商人當然嚇壞了。賈人妻這才告訴他，我嫁給你只是爲了可以就近報仇；今天殺了仇人，大仇已報，念在夫妻情分上回來告訴你，現在我就要離開了。商人當然又驚訝又難過。可是隔了一會兒，賈人妻又回來了，商人大喜，以為她不走了。賈人妻說不是，是想到孩子還沒餵奶，故回來一趟。餵完後她就真的走了。商人驚疑不定、十分難過，但想想不對，跑進屋一看，才曉得原來小孩子竟被她殺了。這跟聶隱娘故事一樣，都是「先斷其所愛」。

五

唐代這種，比較恐怖。明代不然。事實上，唐人傳奇所載紅線、聶隱娘、賈人妻之類，在唐宋文獻中僅以「異人」視之，既未明標女俠一類，也無相關專著。俠女之稱呼、著作（如周詩雅《增訂劍俠傳》、徐廣《二俠傳》、鄒之麟《女俠傳》、馮夢龍《情史·情俠》、秦淮寓客《綠窗女史·節俠》等）、以及一種不同於劍俠幻化妖異的女俠類型，均起於萬曆間。

與女俠同時誕生的，還有一批驍勇善戰的女將。如嘉靖間熊大木的《北宋誌傳》與萬曆間的《楊家府演義》，描寫楊門女將大破幽州、十二寡婦西征，比男人更英武，她們是性別屬雌的英雄，而非假扮男性的花木蘭。

這類女性，一直發展到清朝兒女英雄類小說，都是女人而俠骨柔情，既兒女情長，又有英雄之氣的。比如說《兒女英雄傳》中的十三妹，不像那安公子娘娘腔。這是雌雄同體的理想人格。

除此之外，俠也漸漸正面化。以前俠是盜，基本不是為正義而戰的，而是為個人或集團利益而爭鬥。到明代俠的意義漸漸轉變成較正面的。任俠，不像古代有濃厚的貶義。但是正因為俠含義在轉變，所以就出現了一個問題，那就是《水滸傳》。如何談《水滸傳》？到底是俠還是盜？《水滸傳》這些人，從朝廷角度看當然是盜匪。整個小說也說他們是盜匪，故其故事是由「洪太尉誤走妖魔」開始的。我們平時讀《水滸傳》只讀前半部，其實原本是說梁山好漢接受朝廷招安之後，幫朝廷去征戰，最後都死掉了。但有些人覺得這樣寫鼓勵了做賊的人，教人出來做盜賊。所以才會出現金聖嘆對《水滸傳》的處理。金聖嘆痛斥招安說，不僅在其斬腰改竄的七十回本裡，用一個夢把一百零八好漢一一處決，且批評「孝義黑三郎宋江」實為不忠不義不孝的罪魁，認為《水滸傳》的主題就在「殲殂渠魁」。他不承認有什麼逼上梁山，點明是宋江逼使秦明、徐寧等人走投無路才進入水泊的，乃是「梁山逼上」。

金聖歎也因此要仿《春秋》，以君子之大法審判水滸，為宋江等人定罪。以「昭往戒，防未然，正人心，輔王化」（宋史斷）。

另外一派人卻認為《水滸傳》是忠義的。李卓吾就有《忠義水滸傳》，冠以忠義二字。這是因為晚明風氣惡劣，士林虛矯之習氣業已令人無法忍受；水泊山寨中那原始生命力的發舒，遂成了人們另一種嚮往。如五湖老人《忠義水滸全傳》序說：「試稽施羅兩君所著，……以較今之偽道學、假名士、虛節俠，妝丑抹淨，不羞莫（暮）夜泣而甘東郭饜者，萬萬迥別，而謂此輩可易及乎？……今天下何人不擬道學、不扮名士，不矜節其義舉，茫茫世界，竟成極齷齪極污蔑乾坤，此輩血性何往？而忠義何歸？」

在這種情況下，水滸之被稱為忠義，可謂理所固然。但我們當注意，即使如此，他們也並不是主張造反有理的。他們的重點在於招安，李卓吾說：「宋公明者，身居水滸之中，心在朝廷之上，一意招安，專圖報國，卒至於犯大難，成大功，服毒自縊，同死而不辭，則忠義之烈也」。

順著這個分歧發展下來，清代俠義文學也表現為兩類，一是如金聖歎、王船山那樣，要消滅盜匪；一是強調俠義與盜賊之別，俠士為了維護名教綱常及正義，也必須剿滅盜匪。這種俠義小說，雖仍以綠林豪俠為描述對象，但強調俠義與盜匪不同。認為俠即須愛君報國，殲除寇匪，則與前者實際上沒有什麼兩樣。例如《綠牡丹》便以駱宏勳和花碧蓮的婚姻為線索，表達「為主盡忠，為義全友」的想法。

其中第四十五回多胳膊余謙曾對接受聖旨、迎王保駕的大臣狄仁傑說：江河水寇鮑自安和旱地響馬花振芳「二人皆當世之英雄，非江湖之真強盜也，所劫者，皆是奸佞；所敬者，咸係忠良，每恨生於無道之秋，不能吐志，常為之吁嗟長歎」。這幾句話，清楚地說明了整個《綠牡丹》以降，一系列如《七俠五義》、《施公案》、《彭公案》小說的基本性質。

這時俠與盜就不同了，俠雖或為盜為寇，但「身歸綠林為寇，不劫買賣客商，單劫貪官污吏、勢棍土豪。得到銀子也不亂用，周濟孝子賢孫」（彭公案全傳‧第二八回），最後則往往救駕有功或御前獻藝，而得欽賜黃馬掛或其他。若終不改悔，便終只是盜，不會有好下場。小說的主要內容即在描述俠士與奸邪盜寇間的糾紛爭鬥，如《七俠五義》寫御貓展昭與五鼠間的糾葛，《彭公案》寫楊香武三盜九龍杯、歐陽德巧得珍珠衫，《施公案》寫黃天霸與竇爾墩之類。

這即是所謂的忠義。他們的小說，表面上與《水滸》似不甚相同，但從理念的發展來分析，卻可說是脈絡一貫的。謂盜賊終不可為，而以愛君報國為忠義。當時《三俠五義》又名《忠烈俠義傳》，且出現了謳頌朝廷武功的《聖朝鼎盛萬年青》、《永慶昇平前後傳》等，都顯示了這一點。直到清末，革命黨人轉而以革命為俠義了，民間都還在講這一套。

以上講的是意識主題。從內容看，他們對武術、綠林事務之描述也遠多於前。後來民國武俠文學如《江湖奇俠傳》等描寫江湖恩怨、姚民哀寫幫會小說、白羽《十二金錢鏢》寫尋仇故事，皆有清代俠義小說的套子在。

因此我們便應同時注意到它與社會的關聯，以及它與武術的關係。

清朝是俠義文學跟武術大有發展的階段。我在前面沒有談太多武術的問題，爲什麼？因為古代談武術，都是講打彈子、射箭等，對於搏擊技術基本上是沒有描寫的。像莊子〈說劍篇〉裡說的劍客，劍法如何，我們也不知道。《漢書‧藝文志》記載了當時一些劍法的書，但是並沒有流傳下來。曹丕《典論》中有一篇談他鑄劍的故事（曹丕鑄劍的文章，劉勰不太欣賞，說他「器利而辭鈍」。就是兵器雖很鋒利，但是文章寫得很笨。其實文章還是很不錯的，主要是說劍怎麼造）。曹丕自負文武雙全，說自己帳中有位將軍，武功很好，能「空手入白刃」，這是「空手入白刃」最早的記載。有次曹丕跟他比武，雙方各用甘蔗杆。這位將軍三次都被擊中。但其劍法沒有詳細記載。如此這般，以致於到了明朝茅元儀編《武備志》時，已經不知道劍的樣子了，劍法更是搞不清楚。

其他武術，大抵也是如此。文學中談到武術，要不就非常簡單，基本靠力量，沒啥技術，例如魯智深三拳打死鎮關西。其他描述作戰，則以馬戰為主，《水滸傳》中比較厲害的都是馬軍統領。唐宋以後，武舉也以馬上騎射為主。寫搏擊的技術，《水滸傳》武松的「鴛鴦腳、連環腿」算是僅有的。

講中國武術的人，無不推源遠古。然而事實上，我國真正武術流派的時代，是在明末清初。所謂少林武術，主要是乾隆間整理出的《羅漢行功全譜》。太極、八卦、形意等拳種，更要遲到嘉慶至光緒年間才先後定型。因此，總括來說，這才是中國真正的武藝時代，俠義小說所反映的，即是這樣一幅好漢各練就一身武藝的時代，為後來技擊小說開了先路。而且，它們的描述，也造就了後人對中國武術史的認知。

以少林武術為例，現在仍有許多拳派自認為屬於南少林系統，謂其源於火燒少林寺，洪熙官等人逃出所流傳的洪拳等。可是事實上，這個故事乃是由《萬年青》杜撰出來的。小說本是因受到當時各派爭雄之影響而構作情節的，卻又反過來影響了後人對武術史的認知。清代俠義小說中此類例證，殊不鮮覯。

另外，點穴是古代沒有的技術，點穴及所謂內家拳，最早見於明末大學者黃宗羲的〈王征南墓誌銘〉。這些新技術後來也成為武俠文學的重要內容，詳情可以參看我的《武藝叢談》。

因為武術有大發展，所以才在民國初年出現了很多技擊、搏擊類的小說。現在看武俠小說，裡面會寫到兩個人怎麼過招，這些都是技術。如鄭證因寫《鷹爪王》，鷹爪王當然是鷹爪門的，他與鳳尾幫十二連環塢的高手不斷惡鬥。鄭證因本人是武術名家，故所寫有根有據。還有白羽寫《金錢鏢》亦是如此。這類寫法後來又跟國術小說結合起來。後來中央國術館，講國術救國，洗刷東亞病夫之恥，出現了打擂臺、霍元甲等，這叫做技擊小說。技擊小說算是結合武術發展，在現代大放異彩。

清朝，練武人還常聚合成為會社。如洪門天地會、漕運青幫，勢力貫穿了整個清朝。咸同年間華北之鄉團則結為梅花拳會。光緒十三年，山東冠縣梨園屯發生教案，拳會即與教民抗爭。至光緒廿四年，再改稱為義和拳或義和團。理教，以十誡授徒，其中就包括「尚武」、「任俠」。乾隆間捕獲之白蓮教徒「朱培卿能知鐵布衫法術」。嘉慶間天理教之林清黨徒又藏有金鐘罩拳符咒。而金鐘罩教後即衍為大刀會。

諸如此類拳會團體的現象，當然也豐富了武俠文學。寫作時就出現了很多流派，古代沒有流派，流派的出現是在明清。有少林派、武當派、峨嵋派等等。

清代俠義小說所描述的綠林豪傑、幫會恩怨，事實上也就是當時的秘密會社之寫照。至於劍俠之神技，則多與當時各秘密教派之法術有關，如白蓮教能「撒豆成兵，騎凳當馬」、「擅遁甲術，呼風喚雨」、「得石函中寶書神劍，役鬼神，剪紙作人馬相戰鬥」，這種幻術，與武術相結合，影響小說對劍俠劍仙的描述很大。

自唐朝以來，久已沉寂之劍俠小說，到這時始得復甦而成巨觀。劍俠小說，唐傳奇雖開其端，但宋元明均無發展。清才有飛仙入幻、練劍成丸的小說。民國期間孫玉聲《飛山劍俠大觀》、平江不肖生《江湖奇俠傳》、還珠樓主《蜀山劍俠傳》等，皆承此而為巨瀾。各位可以參考我《俠的精神文化史論》，這裡就不細說了。

第十一講　文學與社會

一

談到社或會，今人大多是不懂的。例如我看到「百度百科」上的解釋，竟然說：結社，起於唐許渾的《送太昱禪師》詩：「結社多高客，登壇盡小詩。」結社哪會這麼晚？可見編寫者完全不懂社、會、社會是什麼。

「社會」一詞並非中國古有。猶如「經濟」，並不是我們現在意義上的經濟學科，而是「經世濟民」、「經世致用」的意思。清朝人說：作學問，可分成幾個路數，有義理、辭章、考據、經濟之分，即用此義。我們現在所用的意義，乃是從日本來的。日本人使用漢字，用法常跟中國人不太一樣。他們創造了一些新詞彙，特別是明治維新以後，這些詞彙由清末大量的日本留學生轉譯了回來，「社會」一詞即是其中之一。

中國古代，「社」與「會」一般是分開說的，有社有會，但並沒有把「社會」合起來當作一個社會總體的概念來講。「社」由一群人聚集起來，「社團」用的就是「社」的古義。日本人現在說的會社，就是此義，假名寫作かいしゃ，也就是公司、有限公司、商行的意思，衍自唐代「行會」、「社團」的詞義。

古代的社祭，問題十分複雜，各位可參考魏建震《先秦社祀研究》等書，這裡我只簡單講我的意見。

我國最早的社，性質屬於「宗社」，是血緣宗族形成的團體。「宗」即宗廟的宗，「社」跟「宗」實際上也是同一個字。根據郭沫若的考證，社字從示，是祭祀的意思：上面蓋了一個房子作為祭祀的廟。祭祀時豎一根木祖，猶如後世的神主牌，這就是「祖」，它本來表示的是男性生殖器崇拜，後來變成了祖先祭祀。「社」與「祖」原來也是同一個字。

不過，「社」一般認為指土地說。《白虎通義・社稷》記載：「人非土不立，非穀不食，土地廣博，不可一一敬也，故封土立社。」鄭玄注：「后土，社也。」為便於祭祀土地神，《管子・乘馬》又立法曰：「方六里，為社。」即方圓六里為一社。以社為單位「擊器而歌，圍火而舞」，故稱社火。社火是中國民間一種傳統慶典狂歡活動，具體形式隨地域而有異。傳承至今，各地都有。

另外，《禮記・祭法》中載：「共工氏之霸九州也，其子曰后土，能平九州，故祀以為社。」相傳水神共工的兒子勾龍是社神。共工長得人臉蛇身，滿頭紅髮，性格暴烈好戰。一次他和火神祝融作戰，不勝，一怒之下竟以頭觸不周山，把撐天的柱子都碰斷了，頓時天崩地裂，洪水氾濫，多虧女媧煉了五彩石才把天補好。勾龍見父親闖下大禍，心下非常難過，於是把九州各地裂縫一一填平。黃帝遂封他為后土，讓他丈量並掌管土地，從此勾龍便成為人們祭祀的社神。

這些記載都說社指土地信仰，這豈不是跟我們剛剛說社和宗一樣指祖先崇拜矛盾了嗎？

我認為不矛盾，古代宗社跟里社本來是合一的。貴族封疆，才有資格祭祖。一個祖宗傳承下來一大群子孫，所形成的團就是宗社。宗社祭祀的地方叫宗廟。「宗廟社稷」代表祖先的傳承，不能斷絕。所以社稷也指國家。「社」就變成了土地神了，「稷」則指穀神后稷。古代國家的國君都祭社稷，後來就用「社稷」代指「國家」。

因為早期血緣族群往往與地緣結合在一起，故宗社同時也是里社。一個地區叫作里，是鄉里之里。這種源自周朝的建制，到現在臺灣仍在使用。同一個「里」所住的人，從小在一起生長，形成一種共同體的關係，就是「里社」。「里社」是就其地緣說，「宗社」是就其血緣關係講，兩者往往重疊。

這是最早的兩種社的形態。他們基本重疊但又略有區別，因為雖然通常一個血緣族群會固定幾代都住在同一個地方，但一個地方不太可能僅住這一姓人家，總還會有其他人住，所以里社的含義通常要比宗社略大些。

不過對於君王來說，土地與宗族的祭祀是可以結合的，即宗廟與社稷的祭祀合一。可是一般來說，一個宗族所在的區域是比較小的。里的範圍較大，會有好幾個不同的宗族，或者有許多雜姓聚居在裡面。這時候不能拜一個族的祖先，就會找一個土地信仰，例如華人的移民社會，移到馬來、泰國以後，他們的祭祀也會產生類似的變化。可能不拜劉姓張姓祖先，而是建一個廟，拜桃園的劉關張，變成了一種共同祭祀的祖廟。雖然是祖廟，但有點類似里社，是里社型而不是真正的宗社型。

還有幾家人合在一起，幾姓共同祭祀的。例如洪、江、翁、方、龔、汪等因音相近而結為六桂堂。這六個姓氏原本都各有其祖系，洪氏出於唐堯時的共工；江氏為虞舜時伯益的後裔；翁氏為周昭王庶子謚，被賜姓翁為開基始祖；方氏為神農氏八世孫帝榆罔後裔方雷氏，另一支則源於周代卿士方叔；龔氏源於神農氏後裔的共工氏，《萬姓統譜》說「龔氏之先共氏，避難加龍為龔，望出武陵」；汪氏為春秋時魯國大夫汪候的後裔。但唐宋以後，移民江南閩粵，六姓漸漸聯合起來，形成一個共同的堂號叫做六桂堂。明清以後，移民海外，六桂更為團結，目前六桂堂分布於十一個國家，共十六個會所，世界總會設在美國洛杉磯。二〇一〇年還在廈門召開第十一屆世界六桂堂懇親大會。這種形態，在移民社會中是很常見的。

「社」是要祭祀的，宗社以祖廟作為祭祀的對象；里社以區域中有代表性的東西，例如大樹、大石頭作為祭祀的對象，這到現在都仍是最常見的。一座村莊一般都有株大神樹，在樹底下建個廟，讓鄉民在那兒祭拜。這是我們最熟悉的神：土地公。這些都是里社的傳承。這種里社信仰，規模小一點的即是土地公，大一點的就是城市的城隍，每座城市有個城隍廟。

這種里社的信仰與祭祀很重要。莊子曾舉了一個故事：老鼠是人所痛恨的，想撲滅牠，煙熏火燎水灌竹捅之，不遺餘力；但是老鼠很聰明，牠躲到社下，大家就「投鼠忌器」了。這故事雖是說老鼠，卻可見古人對社的信仰。

社祭，《禮記‧祭法》中規定：「王為群姓立社曰大社，王自為立社曰王社；諸侯為百姓立社曰國社，諸侯自為立社曰侯社，大夫以下成群立社曰置社」。此外，州設州社，里設里社。

因此，周代的社祭，從上至下有一套頗為完密的系統。其體制，可分為官方與民間兩種。政府有大社、王社、國社、侯社。民間是州社與里社。其中以里社的功能尤為重要。依據鄭玄說，地方上住民滿一百戶，須共設一社。

周代社中所供奉的社神，有四種不同说法：一是五土之神。根據《孝經》卷三，「社」是五土總神，稷則為原隰之神。而原隰之神又是五土之一。因此社稷或稷社，即是「社神」，亦是五土之神。其二為前面我們提過的勾龍，《漢書‧郊祀志》說共工兒子勾龍，能平水土，死為社神。其三為禹，漢人曾將夏禹配饗官社，視同社神祭祀。其四是脩車，根據《藝文類聚》引《風俗通》，脩也是共工氏的兒子，喜好四處遊蕩，足跡遍及天下，死後被人祀為社神。

五土之神、勾龍、禹、脩車等，在漢代之前常被人們含混地當作社神尊奉。漢代以後，才獨尊勾龍，直到清代，官方郊社仍立勾龍神位。

還有一種與血緣、地緣沒什麼關係，完全是靠人與人之間的結合的。這種就是人之間的「結社」，即不是原生型、生下來就有的，由血緣或者是地緣固定的，而是自己脫離了自然的原生狀態，人與人之間的新的組合。人與人的組合，自由度甚高，除了本鄉本土的組合之外，外姓、別的地方的人也都可以結社。

結社分為好多種性質。這一類社，最大的功能就是互助。譬如我們在敦煌文書中看到有個人叫馬醜兒，他初到敦煌，人生地不熟，就找到敦煌地方的一個社團，遞投名狀。社團願意接納，所以他擺酒請大家吃飯，吃完就算正式入社了。

入社以後，社中有很多社規須要遵守。由於大家都是流民移民，如此結社才可以「貧病相恤」。互助性的結社，除了撫恤生老病死之外，還可有錢財的互助。例如某人急需錢用，就可起個會，自任會頭，靠同社的人湊分子，以後再分月攤還給大家。會費也並不僅由一個人使用，誰都會有緊急事故，所以每月都可「標會」，需要用錢的人就去投標；如果都沒有人需要錢用，這次「流標」了，錢就留著繼續滾動。這種民間錢財互助的形態到現在還有的，臺灣、香港、馬來西亞等地都還很通行。雖然現在的金融體系很健全很方便，但是民間的起會、跟會風氣還是很盛的。報紙上固然常會報導「某某人倒了會，捲款潛逃」，民間來會也完全沒有法律保障，只是民間的一種習慣，但到現在依然非常流行，成為現代金融體系之外輔助性民間自發的活動。這即是古代結社的遺存。

基於同一個興趣、同一個理想，共同完成一件事、共同出資協力幹一件事情，也是可以結社的。如要建一個寺廟，或建尊佛塔，都需要募集資金、分配工作，這時就會結起一個社。因為大家都信奉佛法，基於為佛教作出貢獻，這種社就稱為「法社」。南北朝期間佛教盛行，鑿山壁，建大佛龕刻佛像，如雲岡石窟、龍門石窟等，需要大量的人物資源。除了國家的力量以外，也有很多民間都參與。我們常可以看到南北朝間的石刻說，同社多少人敬獻觀音一軀。這一類都是法社。

法社中最有名，也與文學最有關係的，當推慧遠在廬山結的的蓮社，據說有蓮社十八高賢，也稱念佛社，是中國淨土宗的開端。《竹窗隨筆》推崇道：「結社念佛，始自廬山遠師。今之人，主社者得如遠師否？與社者得如十八賢否？則宜少不宜多耳。以真實修淨土者，亦如僧堂中人故也。至於男女雜而同社，此則廬山所未有。女人自宜在家念佛，勿入男群，遠世譏嫌。護佛正法，莫斯為要，願與同衣共守之。」

特殊群體也可以自己結社。社會有不同階層、性別，他們常會結成自己的社。如以性別來說，魏晉南北朝就有「女人社」了。我們現在受到近代學者的荼毒，一講中國文化，就以為中國社會男尊女卑，女人大門不出、二門不邁。實際上當然不是這樣的，古代女人不但要出門採桑、浣紗、捕魚、到市集上賣東西，也常四處遊覽的。女人社，就是女人結社從事女人喜歡玩的事情（若不喜歡光跟女人混，當然仍可參加其他社集。大部分社都是男女混雜的，上引《竹窗隨筆》就證明了某些和尚雖一直提倡男女分社卻實際做不到）。其他群體，也各有各的社，後世甚至有丐幫，就是乞丐結社的。

二

以上所講的這些，縱貫起來看大概是這樣：古代以宗社為基礎，里社與宗社經常是混在一起的。先秦基本上是里社與宗社相混的情況；到漢代這兩者逐漸拉開。

漢代是中央集權，對地方實行郡縣制。它把里變成一個地方行政組織，里中有三老，負責鄉里有關的自治行政。所以社從漢代以來，就具有在國家體制底下一種半自治性的性質，算是國家所管轄的行政單位，但並不由國家直接管轄，而是由內部長老自己管，由里長跟國家作啣接。

漢代這樣的國家體制在南北朝期間瓦解了，因此南北朝期間出現大量的結社。南北分立，五胡亂華，大量的人離開了自己的宗社里社，向各處逃散，這些人往往就更須結社來自保。人的流動性增加了，結社的活動也增加了。最多的就是互助性的社團，再來就是根據性別、階層分化出來的社團，如法社等等。

到唐代，還有一種特別的發展，不是忽然出現，而是特別的興盛，那就是商業性的行會。「會」是一群人會聚在一起，「行」指三百六十五行，行業的意思。唐代的都市結構，例如長安城，是長方型的。北方是皇城。「玄武門之變」之所以要從玄武門打進去，就是因為從北門才打得進皇城。城中，東西有兩條大街，底下各自劃分為若干小的長方型。當時都城與現代西方都市規劃差不多。住宅區、商業區、遊樂區都是分開的。商業區集中在東西兩大市。〈木蘭辭〉說：「東市買駿馬，西市買鞍韉；南市買轡頭，北市買長鞭」，說明行當不一樣，牲口、器材各有各的市，各分各的行。我們現在做生意還保有這種習慣，商店街常常一排都是布莊、一排都賣鐘錶、一排都做珠寶生意。這就是當時的坊市制度。

宋朝以後就沒有這樣的坊市，而是各種行當穿插在一起。我們現在的都市，就是宋代以後比較進步的都市型態，坊市制度破壞，夜市興起。但行會組織是一致的。

不同的行，就有不同的行會，性質像現代的「同業工會」。它們有很大的權利，決定業內任何事務，包括什麼時候舉行祭祀。每一行都是要祭祖的，摹仿宗社，祭拜自己的祖師爺，如做木匠的拜魯班、妓女戶拜管仲，諸如此類。另外還要要控制市場的價格，不能哄抬物價。每一行還有一些特殊的規矩，例如每個月哪幾天公休，有關閉市、開市的時間。同業的生老病死，也都要互助互濟。行會內部有非常多的條規。這種同業工會在唐代就非常興盛了，也是政府所管轄的半自治組織。政府不直接管轄，商家靠行會與政府交流。

到宋代以後，行、會、社、團越來越興盛。特別是社，除了目的性的結社以外，大量興起的是興趣式、技藝性的結社。如蹴鞠社、箭社、文社、詩社等。喜歡唱歌的，會結成遏雲社，希望歌聲響遏行雲；唱曲子的結成唱賺社；玩珠寶的結為七寶會。另外，唐宋的人喜歡刺青，刺青的人還會結成社，互相觀摩。唐朝抓到一個潑皮，身上刺滿了白居易詩。還有一個人全身刺青，左臂刺了一排字叫「生不怕京兆尹」，右臂刺一排字說「死不怕閻羅王」。宋人則結有錦體社。《水滸傳》說九紋龍史進在身上刺了九條龍，浪子燕青身上也團花簇錦，十分漂亮，根據的就是這種風氣。

現在我們由《武林舊事》、《西湖老人繁勝錄》等書的記載，看得出來當時這種社會的興盛程度。如今把「社」、「會」這兩個字取起來概括整體社會，其實就有取於這個涵義。因為在中國，這種社與會非常之多，又很普遍，類型也很複雜。

像清代初年在甘肅河州回、東鄉、撒拉等族穆斯林聚居地區設立的一種基層社會組織就是會社。當時河州地區各族穆斯林屢起反抗，原來的里甲制度已不能有效進行統治，清政府乃於康熙四十四年改里甲制為會社制。每會轄二十到三十個自然村，會下轄數社。會置練總一人，會長三四人，社置社長一人，均由地方上層豪紳充任，惟不得世襲。其職責為「稽察盜賊，巡警地方」。到清中葉才改會社制度為鄉約制。

由此即可見會社組織複雜之一斑，論中國社會，而不知「社」、「會」是不行的。

我們北大過去有一位老先生費孝通，他有個著名的論斷，說中國是一個鄉土社會。在這個鄉土型社會中，血緣與地緣結合在一起，人跟土地是定著的，所以我們與西方文化不一樣。在中國，一個農村幾代人住在一起，大家都認識，人與人之間是自然有機的關係；大家都是親戚，都互相認得，長老是權威。在這種長老型的權威社會中，其管理，是通過一種禮俗的方式進行的。而西方社會中人與人之間是機械的組合，基於同一個目的聚集在一起，目的消失了就各散東西。在聚合的過程中，來自不同地方與血緣的人，須要制定出彼此依循的規則，所以就會形成一種法理社會，大家靠的是契約精神，而不是長老型的禮俗統治。

他是我國第一代的社會學家、人類學家，開創了研究社會的格局，他的《江村調查》、《鄉土中國》影響重大。然而這個講法是完全錯誤的。

西方現代化理論，把傳統社會定義為社區型，把現代社會定義為社會型。這兩種社會形態的差別，就是費先生所描述的東方社會與西方社會之差異。可是費先生所描述的東方社會，其實正是現代化論者所認為的西方傳統社會。所以他的問題就在於，挪用了西方人討論西方歷史的部分，來說東西方的本質差異：好像西方從來都是契約、是法理；中國從來沒有契約、沒有法理。其實中國社會從來不是費先生所想像的定著型、跟土地膠著在一起的社會。中國是一個人民流動的社會。現在，還有多少人的籍貫是本籍呢（**詳細的討論，各位可以去看我的《遊的精神文化史論》**）？

此外，費孝通先生沒注意到：他所描述的具有西方現代性的契約精神、法理型的統治，其實本來就存在於漢魏以降這幾千年的中國的社會中。所有的社都是有條約的。像詩社，它模仿的就是春秋時候諸侯會盟。包括宗社也有盟約。像宋代以後地方性的祠堂、家廟，環繞它所形成的宗族聚居血緣族群，是不是如費先生所以為的長老型統治呢？如果是，為何還需要族譜、家規？族譜家規就是宗族內部的契約。宗族內部發生了紛爭，總是請家法、開祠堂，根據家法來論斷其是非。因為一個宗族傳承久遠，輩分很難算，論斷是非，不是憑長老的權威，而是長老們依據契約規定來商量著辦的。所以最後的根據，只能是這種法理契約型的具體條文。後來，朱熹、呂大臨等宋儒還發展了一個東西：制定「鄉約」，讓里社成為一個契約型社會。

這些契約不是空的，同鄉里或同社之間的人須在固定時間聚會；聚會時發文書通知，這種通知，在敦煌文書中稱為社司轉帖，每個人都要負責通知到，都要簽名。約上寫得很清楚，最後到的可能要罰款；若不到，還有處分的條例。多少次不來則除會。管理是十分嚴格的。

宋明以來，儒家思想在民間傳播也是靠著鄉約。鄉約要每個月會定期兩三次聚會，與西方人上教堂差不多。聚會念約，互相糾正砥礪，也有道德教化功能。這種辦法在明朝傳到了越南、韓國等周邊國家，推行得十分普遍。

再如同業公會，誰家徒弟欺師滅祖、叛逃、勾引師娘，一旦被同行逐出，同行就再也沒有人會收這個人了。這類情況，不懂的人以為都靠道德，其實背裡都須有約，無約豈能整齊風俗？這是中國契約性的文化。所以，中國社會並不是只是靠自然的有機的關係在運作，本身就依社與會形成其社會網路。

同時，過去講中國，動不動就講中國屬於東方專制型的社會，強調統一王權對社會整體的控制。但從社跟會的發展來看，就知道王權之控制是很鬆散的。大部分仰賴的是間接性的統治，內部主要靠社會地方自治，例如商業行會自治、宗族內部的自治等等，除非涉及到刑案，一般不須驚動官府。所以才能政輕刑簡，天高皇帝遠。中國的民法不像西方那樣細碎繁複，原因就在於大量的地方民事皆由老百姓自治了。民法的很多精神、處理方法，在大量且多層次的社、團、會有中都相應的條約，根本不需另外由國家來處理。所以真正形成社會具體網絡的是社與會。

三

而這樣的社、會，與文學的關係也當然是很緊密的。

魏晉南北朝時的文人集團，是以帝王為主的官僚文人，政治上的權貴者往往即是文壇的主盟。王公貴族周邊聚集了很多文人。從漢武帝，建安七子，再到三張二陸兩潘一左，竟陵八友、北齊學士，蕭梁等等，幾個皇帝、親族都是文學家，形成了很大的文人集團。唐初還是這樣，唐太宗、武則天都如此。但玄宗以後就再也沒有這種情況了。玄宗前期身邊也有一票文人，最重要的就是李白。李白跟司馬相如差不多，也是被「倡優蓄之」。但自從李白被放歸江湖之後——這是很有象徵性的事，後來文學史上再也沒有一個皇帝能像從前一樣，團結一批重要文人，並形成文壇上具有影響力的集團，導引文學史的發展。

是後來沒有喜歡文學、鼓吹風雅的皇帝嗎？不，只不過形成不了這樣的作用啦！皇帝自己很有才華，不過如南唐二主、宋徽宗一般，是個人，而不是一個文學集團。乾隆皇帝，是有名的附庸風雅，修《四庫》，編《唐宋詩醇》。但我們討論清代詩歌流派與理論時，乾隆是沒有辦法作用其中的。這就是時代之變。

唐中葉以後，帝王無此力量，則文章之貴賤，操於賢公卿，例如元白、韓柳、歐蘇等。這時文人集團不在朝而在野。文人都是自己結的社。其標誌就是江西詩社宗派。自此以後，詩社詩派林立。

詩社、詩派是宋代所出現的事物。北宋時期，或許還由士大夫，一些著名且有政治地位的人作為領袖，如蘇東坡、王安石、歐陽修等，號召了一票人形成了文人集團；但到了南宋，連這個也沒有了，是否由大官、政治上有力量的名人來號召並不重要，結社是遍布江湖的。詩人往往跟大官僚無關，而由民間的結社來。文人結社成了文學史上的主力。

明代情況更甚，整個文學思潮的轉變、論爭，以及所有的運動、閱讀，書刊的編輯、選集，都與文人結社有關。且因「文人結社而鬥」，故要瞭解明代的社會、政治與文學，也必須要瞭解明代的結社狀況。夏允彝〈岳起堂稿序〉說：

唐宋之時，文章之貴賤，操之在上，其權在賢公卿。其起也以多延奬，其合也或贄文以獻，挾筆舌而隨其後，殆有如戰國縱橫士之為者。至國朝而操之在下，其權在能自立。其起也以同聲相引重，其成也以懸書示人而人莫之能非。故前之貴於時也以驟，今之貴於時也必久而後行。

明代自開國時的劉基、宋濂、號臺閣體的楊士奇以降，文壇權柄，皆操之在下，由文人自己競爭話語霸權，雖諸生處士，憑其詩文或文學主張亦能傾動一時。信服其文采及主張者，自成一集團，與其他集團相競，誰也不服誰。故批評它門戶標榜、出主入奴，固然不錯，但一個文學真正獨立於政治勢力之外，人人皆可為自己文學主張效忠的時代豈不由此可見？

元末，「浙東、西士大夫以文墨相尚，每歲必聯詩社，聘一二文章鉅公主之，四方名士畢至，讌賞窮日夜」（明史·張簡傳），入明以後仍是如此。文酒之宴，品文評畫，雜以聲伎，彼此唱酬一番。這是文人交往的基本型態，源於唐宋，是興趣的組合。或切磋攻文，或優遊卒歲，屬於好朋友一起玩的性質，未必有什麼明確的主張或文學傾向，明初高啟的北郭社，孫蕡的南園社，杭州的耆德會、會文社，浙中閩中的幾個九老會皆是如此。

也有文人聚合，同聲相求，而漸見宗旨者。如閩中十子皆以盛唐為法、鼇峰詩社以本社前輩之詩為法，都各形成一種風氣。這兩大類，在明代，早期以前者為盛，後者愈晚則愈多。

論文學者，一般不重視前面這種遊嬉唱酬型的。但實際上文學多起於遊戲，文人之交往酬唱，更是文人階層得以鞏固及擴大之基石。有主張的文人團體，亦是建立在這個基礎上的。文人強調氣味，感覺不對，玩不到一塊兒的人，主張就根本合不到一處。

再說，文人泰半少年攻苦，以求科第；中年仕宦，奔走四方；晚年才能呼朋引伴，優遊林泉。故文酒之會、耆老之社，乃其暮年安養之所需，社集以怡老、逸老、歸田、耆英、高年、朋壽、樂天、林泉為名者最多，即因它有文人階層內部的需求。有些社，還置有社田，把詩文集會完全變成了養老的組織。例如創於嘉靖間的逸老社，萬曆中就發現有社無田是不行的，於是：「置負郭田若干畝，立籍於寶生禪院，歲徵租供春秋兩社會計出納，士大夫以齒而狎主之」（**陳幼學・逸老堂社田記**），顯然這即是依實際需求而生的體制。此類娛老酬唱之社，文學造詣未必出色，但推廣文學、擴大影響之效，絕不可低估。

至於有主張的社集，主張不只見於言論，還可從許多地方看出來。例如其祠祭。社集是把文人群視如宗族群的，故多有宗教祭祀活動，如張塤有一首〈余締雪社於湖上。汪然明建白蘇祠成，同社合賦，兼邀然明入社〉詩，收在《奚囊蠹餘》中。祠祭，是把古代文人當祖宗一樣地崇拜，這自然就顯示了祈嚮。

社又是契約團體，故皆有社約規則。社約千奇百怪，例如嘉靖之海岱詩社，社稿《海岱會集》收入四庫全書，書前就有社約，說是不准將會內詩詞傳播於外，違者有罰。講得好像秘密社會似的。同時之西湖八社，社約則說：「凡詩命題，即山景物不取還拈」，乃是以歌詠風景起興，跟其他詩社喜歡命題作詩不同。又，粵山詩社，梁有譽〈雅約序〉云：「文藝之於行業，猶華榱之丹雘、靜姝之綺縠也。……倘情致有所屬，而制述無恆裁，……強欲角逐藝苑，何異執枯條以誇於鄧林？」可見是講究作詩之體制的。

社約對社員頗有約束力，《公安縣志·袁宏道傳》說袁中郎「年方十五六，即結文社於城南，自為社長，社友年三十以下者皆師之，奉其約束不敢犯，時於舉業之外，為歌詩古文辭」。這個社，以作時文為主，然其情況實通於其他詩文社。故《廣東新語》描述黃佐領袖南園詩社：「持漢家三尺以號令魏晉六朝，而指揮開元大曆」，講得好像軍隊的紀律。

以上這些，都看得出社集很強調內部的凝聚力。崇禎間的幾社，甚至規定非遊於陳子龍、夏允彝之門者不得與。意謂非師生不同社，可見他們重視同質性之一斑。

社集當然也重視對外的交流。他們作詩作文，集起來就成為社稿，會傳抄或刊刻。傳刊之目的，是紀念，也為了宣傳和交流。

除了內部寫作以外，對外也辦活動，類似於詩歌比賽的活動。元朝的月泉吟社，他們出一個題目，然後定出一些條件來徵稿，選詩，約詩投稿。他們還專門聘請詩翁來主持評選。這樣的評選活動跟現在的文學獎一樣的，也有資金獎助的。主盟者就是主持評選的人。明代這種情況當然更甚。

社與社間的交流還不只於社稿交換或約盟揭賞，更有大集或大會。如周亮工《書影》載：萬曆三十六年茅元儀號召秦淮大會：「盡四方之詞人墨客及曲中之歌妓舞女無不集也。分朋結隊，遞相招邀，傾國出遊」，可見其盛。晚明有大名聲的復社，其實也就是各小社結合起來的，是大會的定型化，故《靜志居詩話》云：「於時雲間有幾社、浙西有聞社、江北有南社、江西有則社，又有歷亭席社、崑陽雲簪社，而吳門別有羽朋社、匡社，武林有讀書社，山左有大社，僉會於吳，統合於復社」。

宗旨相近的小社，聯合成大社後，對其他不同宗旨者自然就形成了強大的壓力，也會結集以抗。如與復社對立的阮大鋮中江社、群社，便是這種性質。群社取名群，他還作了〈群社初集共用群字詩〉

示意，可見其旨。中江社則錢撝祿《先君田間府君年譜》云：「壬申，邑人舉中江大社，六皖名士皆在」，亦可證其為大社。由其結社情況看，不同社間雖有交流，但基本是競爭關係，其聯合亦常是為了做更大的對抗。明代文人集團每予人黨同伐異之感，即由於此。

社內也是有競爭的。如高岱、李先芳主持詩社，召李攀龍、王世貞入社。後來謝榛因援救盧柟出獄，名震京師，諸公遂亦邀謝入社。可是王李崛起後，先是擯除高岱、李先芳，另延宗臣、梁有譽入社，與謝榛合稱五子。再招引徐中行、吳國倫，改稱七子社。但就在七子名號正響之際，卻因謝自以為是領袖而引發內鬨，於是大家又把謝逐出。謝是布衣，然能說詩，對該社詩風宗旨頗有決定性的作用，而其結果如此。可見文人團體的內部政治，其實跟政治團體沒啥不同。時人常以春秋會盟時「執牛耳」、「立壇坫」、「主盟」等語形容社集，社中領導權之競爭，正似諸侯之攻伐！

四

文人結社不但在文學史上很重要，在中國社會史上也很重要：文人詩社是所有一切社團的模範。翻翻《西湖老人繁勝錄》、《武林舊事》，你就知道當時西湖有各社百種，都以詩社馬首是瞻。文人在中國社會有特殊的地位，文人中詩人的地位又特別高，所以詩社為社集領袖。

而文人結社的源頭是江西詩派。當時呂本中編《江西詩社宗派》，可是《江西詩社宗派》講的並不是實際上的結社，即當時文人並沒有真正結這樣一個社。因其中所列的人年輩、時地各不相接。因此呂本中所編是觀念中的社。即他用社這種觀念，去處理詩人群體，將其比擬成為一個社。在社中，黃山谷就是祖。為什麼叫詩社宗派呢？宗是宗，派是血緣族群下的分派。我們現在一個家族底下，是分派行的。宗派也者，模擬宗社的形態來說明一個詩人群。祖就是黃山谷。

這種談藝方式，不只用在詩歌，也用以討論其他藝術。如書法。天下所有法帖都起於淳化閣，故曹士冕編了一本《法帖譜系》，很像宗族中的族譜。繪畫，則東坡有位表哥叫文與可，畫竹最有名，東坡曾稱讚他「胸有成竹」。後來很多人學他，就形成了一個文湖州竹派，也編了本《文湖州竹派》。這樣一種把詩人群、畫家群，模擬為社，形成批評意識來處理群體的方式，是社以及中國文學的批評意識之共同發展。

文學批評常與其社會組織有關，例如《詩品》採取九品論人的方式就與當時九品中正制度有關。曹魏設立了九品中正法，鍾嶸則參考了這個框架，分上中下三品，每品再分上中下。書法、棋也利用這個框架來討論。所以我們又有《書品》、《棋品》之類。也就是說，這種批評意識從社會組織中來，將社會組織運用於文評結構中。

魏晉南北朝主導社會的組織是門第，故批評家會想到用九品中正制度來論詩。宋代，結社成為社會主導組織，批評家想把社會組織用在文學批評上時，會出現江西詩社宗派，當然也毫不奇怪。

另外，文人與秘密社會也有千絲萬縷的關係。秘密社會也是民間結社之一種，所屬的階層比較低，文人階層比較高。但文人淪落向下流動的情況，本來就不罕見。

在貴族社會中，人是不流動的，屬於某個階層。中國很早就脫離了這種社會。我將其稱之為「閉鎖式」的社會，如印度的種姓社會。早期中國也是這種社會：庶人不可能變成貴族，貴族也不會淩夷為庶人。春秋戰國之後社會流動大增，到魏晉南北朝又開始不流動。唐代中期之後，社會流動才又加速，科舉考試有一個特殊功能就是「朝為田舍郎，暮登天子堂」：垂直地向上流動。

人都喜歡向上流動，改善生活；但際遇難料，也不乏向下流動的，如柳永就是。宋元時，有一種特殊的群體與這種流動相關，那就是書會。比如妓院中不單只是妓女而已，還要有很多幫閒的人，如吹、彈、奏、唱這些人。這些人又需要有人幫他們編曲子作歌。所謂書會，就是這些文人向下流動、與底層人在一起的團體。編劇本、作曲子，多半都由書會為之。書會中人或稱為才人。在宋代元代，戲曲劇本，大都是書會才人的作品。元朝鍾嗣成《錄鬼簿》收錄的就是「名公士夫，書會才人」之作。

秘密社會則是文學與更底層的社會間的關係。所謂秘密社會，其組織和會約均更為隱秘。其形成也有幾種：一，目的不見容於正常社會。其結社之目的可能是打家劫舍、魚肉鄉里。如《宋史》所載河南有「群不逞之徒結霸王社」，這是梁山泊一類的。二是宗教，但被政府認為是邪教的。宗教有何正邪之分？從另外一個宗教看其他教都是邪的。可是實際上，邪教與否，主要跟官方的意識形態有關。被視為邪教者，一般有重開新天地，重建新政治秩序，帶來新政權等主張，這樣就會被定義成是邪教。邪教系統中，第一就是道教，從黃巾起事以降，累世不絕。第二是佛教，尤其是彌勒佛系統。彌勒是未來佛，佛陀曾經預言彌勒降生以後，會大開龍華三會，普度一切天人。彌勒衍生出許多教派，如龍華會等。再就是摩尼教，也就是金庸《倚天屠龍記》中的明教。摩尼教從唐代就進入中國，其教主名叫摩尼。它本是拜火教——即祆教——之另一支，教義有類似之處，也同出於波斯。但兩教勢同水火。後來摩尼被拜火教逮到了，殺死後將皮剝下來，裝滿稻草吊在城門上，非常殘酷。正因為這樣，摩尼教教徒四散逃亡，從波斯逃到中國。它進入中國新疆地區時，得到回鶻帝國的優遇，成為了回鶻的國教，從而進入中土，在中國發展還不錯。但因武宗滅佛，在唐代晚期受到波及，又受佛道排斥，慢慢便隱姓埋名，把自己化妝成道教或佛教，在中國形成了：穿白衣、吃素、不剃頭、拜摩尼的型態。佛教批評他們是「吃菜事魔」，簡稱魔教。

這幾種系統，後來慢慢融合，又形成了很多複雜的教派。明清之際，越演越烈，且都有不小的影響。如羅清所創的羅教，後來大運河漕運系統的漕幫，所有幫眾都是羅教的。養生送死都通過這個教。漕幫就是俗謂的青幫。另外還有洪門天地會等，做反清復明的活動。

而這些社、會與文學的關係又是怎樣呢？這些宗教在傳教的過程中都大量地仰賴文學作品。彈詞寶卷，在明清，是這些團體宣教的最主要的工具。利用彈詞、歌謠、寶卷、小說、戲曲來傳教。文學作品跟這些秘密社會關係是很複雜的。

此外，在清代中葉以後，還出现了一種儒家式的善堂。這是儒生的結社。人之初，性本善，鼓勵大家做善事，改善風俗，戒煙、禁賭、禁娼等等，目的是端正風俗。善堂成為一個社會運動，大概在清朝嘉慶以後。

有一年，我在馬來西亞檳城街上走，看到了一个「警頑社」的門匾。心中一動，便闖進去看看。進去一看，果然牆上就寫著社約。「警頑」是說老百姓雖頑冥不靈，我們也要教化他們。牆上還有許多書，竟是民國二十幾年商務印書館的出的全套《萬有文庫》，連書架子都是當年的。看得我感慨萬千，想不到在內地幾乎絕跡了的善堂，居然還可見諸馬來西亞。

善堂不只是勸善，也編很多善書與寶卷，還作宣講。在臺灣，甚至還發展出一種宗教，叫儒宗神教。善堂於清朝末年就出了一本很有趣遊記，叫《洞冥記》。本來東方朔有本《洞冥記》，不過善堂這本講的是一個人元神出竅，跟著神，譬如濟公等等去遊歷天堂、地獄等等。這種書從清末就開始在雲南等地流傳，後來在臺灣很盛。臺灣有一套銷售量驚人的書，叫《天堂遊記》和《地獄遊記》。聽起來很荒唐，卻被當作是善書，很多人樂意傳播。這一類也是文學作品，研究民俗文學、民間文化，這一批材料是非常有趣的。各位朝這個方向再找一些材料來看，結合彈詞、寶卷，就能超越鄭振鐸先生所談的俗文學的框架了。

第十二講　文學與國家

一

近代民族國家興起以後，人跟國家彷彿是一種天然的關係，人生下來就隸屬於國家，對國家有交稅、效忠、守法等義務。國家主義思潮、政黨亦所在多有，愛國更成了極高的道德規條。

可是，這些都是近代的新變，由西方傳來。古人沒有這一套，國家尤其不是最高的，國家之上，還有個天下。

在中國，國家與天下從來就不是一個概念。儒家講修身、齊家、治國、平天下，治國和平天下本來就是兩個不同的層次。在傳統的中國人看，國家與天下是分得很清楚的。我們現在天下的觀念消失了，所以常以國家代替、冒充天下。

顧炎武《日知錄》說得很清楚：有亡國、有亡天下。什麼叫亡國呢？一個政權瓦解了，叫亡國。亡國，老百姓是沒有責任的，因為老百姓只是受害者。政權亡了，責任是統治者。是「肉食者」搞垮了國家。亡天下則不然。亡天下是每個人，匹夫匹婦都有責任的。什麼是亡天下？亡天下是指社會上「人相食」，人剝削人、人欺負人，大家跟野獸一般以力相爭，噬權吞利。如現在，就是個亡天下的時代。亡天下，代表沒了文化。所以，國家是政權的概念，天下是文化的概念，這在中國是分得很清楚的。

歷史上，我們常可看到吳太伯讓國逃走、許由不要堯的政權等，這類人很多。他們強調脫離或者否認政治王權，這在傳統中國被認為是很高尚的事。《易經》上說「不事王侯，高尚其事」，即指此也。人雖然住在國家裡面，但是不接受國家的管轄，「別有天地非人間」，這在中國稱之為逸民。逸，即脫離、逃離之意，脫離了國家王權的管轄。從《易經》以來，在中國就有一個逸民的傳統，也一直都很受推崇。《史記》中第一個世家便是《太伯世家》。說吳太伯與弟仲雍，皆周太王之子。二人南奔荊蠻，文身斷髮，示不可用，不跟弟弟季歷爭位。荊蠻的人都感佩他們，從而歸之者千餘家。

太伯，孔子稱他為「至德」，司馬遷在《史記》裡把他列為「世家」第一，對逸民的傳統是非常稱道的。後來《儒林外史》第三十七回寫泰伯祠之祭祀，也非常引人注目。在此以前，書中人物是一個個地出場，又一個個退場，描寫的中心不斷地轉移。直至第三十七回的泰伯祠祭祀，才突破了這一格局，把眾多的人物集中到一起，這也是全書唯一一次。作者顯然是有意將大祭泰伯祠，寫成全書的高潮。而它這樣寫，又是影射現實中修葺南京先賢祠的事。吳敬梓摯友程廷祚之父曾經建議修葺南京先賢祠，以祭祀大禹、泰伯等先賢，以振興禮教，故書中特此著墨。由其敘述及事實，都可見對泰伯的崇敬，是歷久不衰的。

後來，吳地還有一位讓位的賢人，即吳公子季札。吳王壽夢有四個兒子，長子諸樊、次子余祭、三子夷昧、幼子季札。因季札賢能，壽夢欲將王位傳給他，但基於宗法的傳嫡限制，只能先傳給長子諸樊，言明兄終弟及，最後須將王位傳給季札。後來諸樊戰死，依壽夢遺言，王位由二弟余祭繼位，余祭被殺後，由夷昧繼位。夷昧在位十八年，死後，吳季札堅持不肯繼位，於是夷昧之子僚才繼承王位。季札避位，遊歷諸國，聲譽極高。他在魯國觀禮樂，尤其是我國文化史上的大事。

值得注意的是，隱逸的傳統不只是只有道家講，儒家從《易經》以下本來也就一直很強調這個傳統。近年文青雲（Aat Vervoom）《巖穴之士》（*Men of the Cliffs and Caves*，山東畫報出版社）對儒家的隱逸傳統，論述尤詳，很可參看。

逸民是中國文化的特殊現象，是一個人基於對天下的關懷。孔子就屬於這樣的人，他曾說：「丘也，東西南北之人也」。他雖然在魯國出生，但其「治國平天下」，皆不只是為魯國服務，而是為了天下。《莊子》也一樣，第一篇〈逍遙遊〉講鯤鵬，就舉燕雀作對比。燕雀只是在一個小地方跳來跳去，「知效一官，行比一鄉，德合一君而徵一國」，不像鯤鵬是胸懷天下。

在中國歷史上，向來高度推崇這一類人物。如東漢光武帝，要封嚴光做官，嚴光堅辭不受，仍回富春江釣魚。這類故事就顯示了王者對於逸民的尊重。雖然每個皇帝都很討厭逸民，因為逸民就是擺明了不認同我、鄙視我，但還是不得不要對其表示尊重。

逸民的特點是看不起政權，也不跟政權合作。他們對於王權的藐視，會讓王權不滿。中國的特殊傳統是規定要君主來容忍這些逸民的。所以中國史書中一直有逸民傳。中國的隱逸傳統，大批隱士及隱逸文學，還有藝術評論中的逸品，都和這個觀念有關，王羲之就還留下了一個〈逸民帖〉。逸士高人都是出塵離垢，脫棄世俗的，他們代表著中國文化中特別的一類，無國家而自得其天，故又稱為天民。

跟逸民類似的另一種人叫做遺民。逸民是對於國家政權不認同，或者不感興趣。遺民對政權則是有認同的，不過他們所認同的政權是已經消失的，即對現存的政權不認同。最早的代表人物不是伯夷叔齊，而是陶淵明，因為伯夷叔齊既不認同殷也不認同周。

傳說陶淵明在東晉滅亡以後，所寫的作品就不記年號，即不接受劉宋的年號了，所以義熙以後只寫甲子。義熙是東晉最後一個年號。明人張羽題陶處士像詩：「五兒長大翟卿賢，彭澤歸來只醉眠；籬下黃花門外柳，風光不似義熙前」，即指此。

陶淵明開啟了後代一個新的傳統，特別在亡國之際。例如金亡了之後，有大批遺民，如元好問等；南宋亡了，也有一大批遺民，如鄭所南、謝翱、汪元量等；明朝亡了，同樣有一大批的遺民，如黃宗羲、顧炎武、傅青主等；清朝亡了，也還有沈子培、王國維、羅振玉等大批遺老。所以遺民現象在中國是很重要的，形成了一個傳統。

遺民和逸民都是中國特有的。西方沒有這種觀念，但西方有「公民不服從」。凡不滿意政府的法律政策，可以抗拒、不服從，即為公民的不服從，這也是我們在現代社會中要大力提倡的。法律制度如果不公正，公民可以不服從，這本身就是一種政治行為，用以改造法律、政策。

但這和中國的逸民、遺民不一樣，因為中國的逸民、遺民本來就不是公民。他不朝天子、不揖大夫，是國境內的化外之民。對於這樣一類人，政府有責任優待他們，而且要表態支持，讓他們有自己的空間，不受干擾。不但在政治上要給他們很大的空間，社會上也會供養他們，擁有很多支持者。

如清朝滅亡後，遺老鄭孝胥曾寫信給朋友，說很羨慕明朝滅亡後的遺老，他們生活十分優渥，或帶著弟子住到很好的莊園去，或如顧亭林帶著書到處旅遊，一路都有人供養。蘇州還有很多名士，到鄧尉「香雪海」去探梅。一人一條船，十分風光愜意。可見當時大家還是很有錢的。冒鶴亭在水繪園，也是每天賓朋滿座，揮金如土。這些主要靠社會的供養，大家對遺民保持著尊敬的態度，史書更都有傳記，歌頌這些人的節操。

中國還有一種是半逸民，叫做方外，指出家的僧人道士。「方外」一辭出自《莊子》，說人有「遊方之內」和「遊方之外」之分。既然是方外之士，當然跟現實社會中人不一樣，不必理會國家。但在中國，方外之士並不能完全成為化外之民。因為在中國，國家權力對於僧道仍是有管理的。

佛教傳進中國後，也曾想取得不受王權管轄的權利，故曾提出「沙門不敬王者論」，但可惜並未成功。王權仍是有效地管住了宗教，或者說後世宗教大部分採取了另一種策略：跟王權合作。有很多朝代，佛教、道教常具有國教的性質，會被納入成為國家體制的一部分。例如道教在宋代就屬於國家行政機關，其實不算方外。第二，中國的僧道是有管理制度的。並不是剃頭、穿上袈裟就是和尚，還需要有度牒。國家每年規定多少人可以剃度，是有數額的，因為國家不對僧道抽稅和調派勞役，如果出家人太多了，自然就會減少國家的收入與力役。

所以每年國家對出家人都會有整體管制，不能隨便出家，需要名額、條件，然後得到一個文書，那文書就是度牒，是出家人的身分證件。同時，還有僧官，具體管理僧團。所以，所謂方外，只能算是個半自治的團體，屬於半逸民。寺廟內部管理則基本上是自治的，它本身也會有經營行為，不是不事生產。當鋪、銀行的雛形都是從寺院中發展出來的，屬於政府會對其進行部分管理的一個半自治性團體。

半自治，是了解中國古代國家體制的重要觀念。因為這類團體其實還不少，不只方外而已。如南北朝時的士族，就是方內的半自治團體。當時世家大族一方面擔任高官，屬於統治階層；一方面又置身國家興亡之外，朝代變來變去而他們不甚受影響，門第巍然自存。所以當時人說：「士族非天子所命」。連皇家都要巴結他們，搶著跟士族聯姻。士族則有點像和皇權「合作」的關係。直到宋代，大臣們還提醒皇帝：「陛下與士大夫共治天下」，道理就在於此。而各位不要忘了：世族、士大夫正是我國文學創作的主要群體。

這是幾種跟國家比較鬆動、脫離的關係。外有天下，國家內部則有許多半自治群體。這是已習慣於近代國家觀的我們所應特別注意的。

二

接著還要講一個觀念：人跟國家的關係，中國跟西方是不同的。中國，最早是區域的意思。在這個區域中，家和國都是由個人慢慢形成積累的，男女成家、聚家若干才成國。故孫中山說「國者人之積，人者心之器」，是由個人慢慢形成國家。

西方則不是這樣的。西方是沒有個人的，群體在前，個人在後，群體先於個人。亞里士多德講得很明確：「城邦作為一種自然的產物，它先於個人。」因為人脫離城邦之後，很多東西就消失了，就不是自足的了；反之，個人離開了，城邦還是城邦，並不會減少什麼。公民不是獨立的，乃是城邦的一部分。城邦中的「公民」和「人」是不同的概念。公民不等於人。女人不是公民，小孩、奴隸也都不是公民。他們雖是城邦中的人，但不是公民。既然不是公民，就不是城邦的組成部分。沒有權力參與法庭、行政統治。組成希臘城邦最小的單位是公民，不是個人，而城邦管理的是公民。一個家庭，只有父親是公民，所以整個希臘的城邦，其實可以看成是男性的親屬集團。

在古希臘，沒有個人，只有公民。到羅馬，就容納了羅馬以外的人成為公民，以成為共和國帝國。可是家庭內部事務等均是私領域，不是政治領域。家中的每個人也不是城邦或共和國的單元，所以不具有公共事務、政治上的正當性。中古時期，個人則歸屬於教會，是屬於教會的教民。西方真正有個人，需到十六世紀、十七世紀。

中國不一樣，是從人慢慢發展到群體，到家、然後到國家到天下。所以人是構成家、宗族、國等的基礎，所謂「民為邦本，本固邦寧」即是這個意思。正因如此，在中國，民、老百姓，都不是公民，而是個別獨立的人，中國古代沒有公民這樣奇怪的概念。孔子說「節用而愛人，使民以時」，民就是民眾、人，兩者是互文的。

從這裡往下講個人與國家的關係。中國沒有像西方那樣，城邦第一位，個人附屬於國家的想法，現在我們才會講人是屬於國家的。但這不是古人的想法，國家興亡，「興，百姓苦；亡，百姓苦」才是中國人的觀念。

人，大部分不是逸民，也少有機會成為遺民。因此人在面對國家時，態度又與逸民遺民或方外不同。他們可能會歌頌國家朝廷。例如《詩經》中的創作者本身就是國家創建者，他們與國家是一體的，這種關係與後來人與國家的關係有疏離大不一樣。所以《詩經》有很多對國家、天命的讚頌，希望祖德可以繼承、天命可以延續，這是《詩經》、《尚書》基本的調子。當然，其中也有對政治的批評。

對於國家的讚頌，有一部分是頌祖德。這不但《詩經》有，到南北朝期間也有很多，但後世就越來越少了，因為貴族作者漸少，主要創作群體已不是國家肇建者。

另一部分是對京城的描述與頌讚。如《詩經》中即有很多對鎬京的讚美。鎬京是西周的都城，都城可形象地代表一個朝代，所以後來形成了一個文學類型，叫做帝京描寫。漢晉那些〈三都賦〉、〈京都賦〉等即是這類作品的典型。詩歌中也很不少，如唐太宗就寫過《帝京篇》，描寫唐代大帝國。

無論詩文，這類作品都是鋪張權勢的，物華天寶，品類眾多。而且要篇幅宏闊，顯示大時代的恢弘氣象。如《詩經》寫鎬京，漢賦寫洛陽、長安等。

這種寫法，也有變遷。早期的帝京描寫跟述祖德是銜接的，因此，帝京描述早期以宗廟為核心。京城的中心在宗廟，宗廟是延續性的，跟天結合起來，通貫到祖先、天命。京城本身即是一個禮樂祭祀的中心，寫帝京則是把它作為禮樂中心來寫。到漢賦，同樣寫帝京，可是有關宗廟的部分卻大大縮減，越到後面則越少。都城不再是禮樂祭祀的中心了，更多的，是寫京城內部的生活狀態。兩者比較，《詩經》中的京城更具神聖性，漢代所寫的比較有世俗性，對世俗生活的描寫遠多於詩經時代，代表那是世俗權力集中的地方，是一個世俗帝國，跟從前那種禮樂社會不同。漢代以後，基本上是漢代描述的繼續發展，例如〈三都賦〉，是對國家的讚頌。

國家的體制也直接創建了文學體制。因為政治體系內部就製造了很多相關文書文體，如詔誥命令、章表奏議等。皇帝的命令要行使，是詔誥命令；臣子在國家行政體制裡有意見要向上表達，就是章表奏議，或者書策。這類文學作品的大源頭是《尚書》。《尚書》中的文章，都是屬於這一類的。

所以在文體中，大部分都是由這個國家體制形成的。這些文體不是因為個人情感的不同而產生出不同，而是跟國家體制相關的。王向下說話，就叫誥詔；臣子向上說話，則叫奏啟；若是平行機關間的文書，便可能叫文移或諮文。文體是跟整個國家行政體制結合起來的。

我們現在的文學觀強調個體抒情，所以幾乎不談這類文章，感覺這類文章沒價值，也不易寫好，其實像〈出師表〉、〈陳情表〉等很多好文章，都是屬於此類的。唐朝陸宣公之奏議，據說還能使驕兵叛將感動得流淚呢！

後世選文，也常根據「文章者，經國之大業，不朽之盛事」的觀念，專門選錄這類經國之文章。例如南宋孝宗時，呂祖謙編《皇朝文編》；明永樂以後，《歷代名臣奏議》等賡繼此風，遂成一大流派。張溥作《歷代名臣奏議刪正》，陳子龍還跟徐孚遠等編了《皇明經世文編》五〇四卷。另外有陳仁錫《皇明世法錄》、《陳太史八編類纂》。後者又名《經世八編》，乃是丘濬、唐順之、馮琦、馮應京、章璜、鄧元錫諸家經世書的總結。入清以後，乾隆時陳耀作《切問齋文鈔》三十卷；道光間賀長齡、魏源作《皇朝經世文編》百二十卷；以及《皇朝蓄艾文編》、《皇朝道咸同光奏議》等，也都是這類。這類文章不關心個人悲歡，而是關係著國家之盛衰。

近代的文學觀強調個人抒情，所以認為這類不算純文學，是應用性的文書。其實不然，它是中國文學很重要的一支，包括民國以來報紙上的社論。因為報紙不是黨的喉舌，而是代表社會公眾意志。所以報社都有自己的評論，代表社會發言，對時事提出評議。它們不是無病呻吟，而是和國家興衰有關的。

跟國家體制結合的文學另一大宗，是科舉文，是在考試制度下形成的。

唐代的科舉考試，一考經義，二靠策論。我們常說唐代以詩賦取士，這種講法並不恰當。唐初根本不考詩文，開元以後，才在經義策論之外加考雜文。雜文中包括詞賦而已。如考詩，主要也是排律。這些都算是科舉的文體，各種文體寫作有一定的方法。

因為唐末詞賦的比重越來越甚，宋神宗遂接受了王安石的建議，改革科舉制度，突出經義的重要性，正式廢止了詞賦。由於主要考經義，慢慢大家就都要揣摩經義文該如何寫作，所以市面上出現了很多相關寫作手冊。還有很多大儒，如呂祖謙、真德秀、葉適、陳傅良等都寫過書來教別人如何考試。為什麼這些大儒竟願意寫這類書？因為經義文的特點就是用文章來闡發經典的涵義，所以大儒們認為這是種很好的辦法，可以文與道合一，故他們自己就寫了很多示範。

經義文到元明之後，更是蔚為大觀，形成了我們後來常稱的八股文（八股其實只是一種俗稱，是經義文發展中的一個階段，現在人卻常用八股來概括經義文，故說經義文或制義，大家反而不太熟悉）。八股文是國家考試制度下形成的文章寫作體例，長期影響了我們的文壇，也是整個元明清文學活動的主軸，所以研究這幾個朝代的文學不能脫離這個主軸。很多流派，最重要的也不是詩詞，而是時文寫作。如公安派，在文學史上，我們常常只關注他們獨抒性靈、打破格套的小品文。其實袁中郎、李卓吾等人都曾說過天下真文即在時文之中。包括湯顯祖，湯顯祖是繼歸有光之後最著名的時文大家。他們組織文社，也是要叫大家一起來切磋八股文技藝。

明代的詩社以唐詩為主，但文社鮮有不是研究八股的。如歸有光之社、袁宏道之社、李維楨之社、陸桴亭之社以及知社、潁上社、芝雲社、談成社、因社、瀛社、素盟社、聚星社、輔仁社、昌古社、隨社、觀社、旦社等。

除內部切磋之外，主要是操持選政、影響著科舉文風。如天啟時之應社，據張溥〈五經徵文序〉說：「五經之選，義各有托：子常、麟士主《詩》，維斗、來之、彥林主《書》，簡臣、介生主《春秋》，受先、惠常主《禮》，溥與雲子則主《易》」，可見該社主要工作之一便是選文，供考生參考。

明代科舉文選，書坊請人評選與文社推出選本，正是兩大系統。立社目的，頗有大志，如瞿汝說於萬曆中結拂水山房社，其子描述：「時吳下相沿為沓拖腐濫之文，府君與摯友邵君濂、顧君雲鴻、瞿君純仁，結社拂水，創為一家言，以清言名理相矜尚」，是要主導文風的。所以時文是明代很重要的文學活動，不應忽視。以上所講的是國家體制帶動出來的文學。

和國家體制有關，還有應注意之一事，就是文學典籍的整理。

我已講過多次，中國的類書基本是文學性的，而類書的編纂，從《皇覽》以降多是由朝廷組織了大規模人力來做。六朝到唐的情況，以前講過了。到了宋代，《太平御覽》、《太平廣記》等，也都是大規模的文學整理。今天研究魏晉南北朝隋朝小說，材料大都在《太平廣記》裡。魯迅作《古小說鉤沉》，主要就是根據《廣記》。

明代編《永樂大典》，是有史以來最大的類書纂輯。清朝，康熙四十九年編《淵鑒類函》四百五十卷；五十八年編《駢字類編》二百四十卷；六十年編《分類字錦》六十四卷、《子史精華》一百六卷；五十年編《佩文韻府》一百二十卷，都規模宏巨。其中《古今圖書集成》竟達一萬卷，是僅次於《永樂大典》的類書。

類書的主要功能即是為著寫詩文的方便。例如《佩文韻府》依平水韻一〇六韻編排，以韻繫字，每字底下把相關掌故詞藻搜全了，按詞條末字放在韻字底下。有二字詞藻、三字詞藻、四字詞藻。所以全書收字一萬九千餘，詞藻就達一百四十萬條。作詩寫文章的人，擁此一編，文思還怎麼會枯竭？佳言麗句，俯拾即是。

又如《駢字類編》，分十三門，每門下標子目，即單字，共一六〇四字，每字下依第一字相同羅列雙音詞或詞組，下注出處。如天，下列天地、天日、天目、天風、天雲等近千條以天字開頭的雙音詞，下注出處，天地下就注它出於《易經》等上百個用例。此書與《佩文韻府》雁行，《佩文韻府》把末一字相同的詞藻排在一起，此書把首一字相同的詞藻排在一起。就連你看到一句詩，想不起來作者和詩題是什麼，也都可以查《佩文韻府》。

還有大規模作品集，如康熙編《全唐詩》九百卷，收唐五代詩人二千餘，作品四萬八千九百多首。又編《御定歷代詩餘》一百二十卷，是唐宋元明詞的總彙。另又作《欽定詞譜》，定了八百二十六個詞調，這也是前所未有的。

宋詞多出伶人之口，詞與調的配合本有隨意性，平仄及押韻法並不一定，故同一題有時竟可出現十幾二十種別體。元明以後，舊聲不可復按，作者乃依前人所作詞的文本按圖索驥地去「填」。要勉強說其音樂性時，則是用當時流行之曲去比擬的，因而詞韻詞譜多只是曲韻曲譜，詞風也往往混同於曲。清初詞壇之一大特徵即是力反此風，要替詞定韻定調。康熙十年以前，填詞家多用《嘯餘譜》，但聲律不叶。萬樹《詞律》、康熙《欽定詞譜》審音定調，辨分平仄，貢獻極大。康熙末期開始流行的浙派詞家，就是在這個基礎上發展起來的。這是《欽定詞譜》劃時代的意義。清代詞學，度越前古，基礎實大奠於此。

《全唐詩》的出現也帶動了唐詩的發展。大詩人王漁洋、沈德潛都有宗唐的傾向。這種詩選、大規模的文獻整理，跟詩風聯繫非常密切。

乾隆也編了《四庫全書》，對我們研究文學十分重要。例如詩文評，確立為圖書目錄之一大類，時代甚晚。唐吳兢才開始把《文心雕龍》等文學批評著作列為「文史類」，從總集中拉出來。明焦竑《國史經籍志》又於總集之後設詩文評類；《澹生堂藏書目》、《讀書敏求記》因之。四庫的做法即本於此。可視為明末清初文學批評意識高漲的結果。

還有《四庫提要》，十分重要。現在的文學史書基本上就是抄《四庫提要》，只是將其改作白話文而已。

「中國文學史」這一科目，是清末才建立的；課程及教材，經五四運動後逐步定型。但其框架，頗採自《四庫提要》或不自覺受其影響。為什麼呢？古代並無文學史，只有史書裡的藝文志跟文苑傳。藝文志只是書名的紀錄，史官再根據書的情況略做概括，本非專論文學之史。文苑傳是個別文人的傳記，誌其生平、錄其篇章，也不易看出整體文學的流變。《四庫提要》，雖然也不是專門為文學寫史，但一來它對每本書的評價討論，遠遠詳於諸史藝文志文苑傳；二來其評騭特重該人該書的歷史意義；三又因時在清朝，具有總覽綜述的性質，因此文學的歷史可說至此才有清晰的輪廓。

輪廓之清晰，還得力於它的觀點與方法。例如它明顯重古文、輕時文。唐代古文運動以後，古文其實一直是非主流，主流是時文。時文，顧名思義即當時流行之文體，唐宋為四六，元明以後再分化出科舉制義，俗稱帖括或八股。四庫館臣對於元明龐大的制義文獻，卻不僅有意輕忽，甚而處處貶抑。大量評點著作，均說它有制義氣而不予收錄，或雖收錄而痛斥之。駢儷也不受它重視，《墓銘舉例》的提要說：「自齊梁以至隋唐，諸家文集傳者頗多，然辭皆駢偶，不為典要。唯韓愈始以史法作之，後之文士，率祖其體」，把古文運動以前的駢偶文一筆推倒了，然後又說古文運動以後文士都學韓愈，彷彿此後駢文已不復存在。近人之文學史述，不就沿用此一架構嗎？

又如今人論明代，基本就是三變，初期館閣體，中間是七子派，後面是公安派。這都是由《四庫提要》來的。提要云：「明之詩派，始終三變。……永樂以迄弘治，沿三楊臺閣之體，……其弊也冗沓膚廓，萬喙一聲。……是以正德、嘉靖、隆慶之間，李夢陽、何景明等崛起於前，李攀龍、王世貞等奮發於後，以復古之說，遞相唱和。……萬曆以後，公安倡纖詭之音，竟陵標幽冷之趣，么弦側調，嘈囋爭鳴」（明詩綜提要），大約即是目前各本中國文學史著作的藍本。

所以，整個政府對於文獻整理的工作、力道以及影響不可小看。

三

既然有國家，就有亡國。自古無不散之筵席，政權也沒有不亡的。由於政權會亡，個人對於帝國，有描述讚美，當然也就會有哀思。這，可能最早是《詩經》中的《黍離》。西周滅亡了，鎬京曾是禮樂文明的中心，但詩人再次經過的時候，看到宮殿已經長滿了雜草，宮殿前的高大的銅駱駝，就堆在雜草中，感到格外哀傷。這是寫政權瓦解之後的哀傷。之後，又有《楚辭》的〈哀郢〉。此後，寫帝國之衰亡，也像寫帝京之繁盛一樣，成為一種文學類型。

國之興衰，顯示了世界之變動。滄海桑田，很重要的一個現象就是過去的大帝國，現在已經衰亂了。這樣的作品很多，劉禹錫寫石頭城「潮打空城寂寞回」；李白寫越王臺「只今唯有鷓鴣飛」。其寫法，往往用亙古不變的潮水或月亮來看人間帝國盛衰之速，從一個長的歷史眼光看，盛衰不過一瞬之間。這是亡國之哀。

有時也針對大城市寫，猶如寫帝國之盛要寫都城，寫其衰亡，亦往往用大城寫之。城市的生命也是有生死的，如《洛陽伽藍記》寫洛陽寫北魏，又如鮑照〈蕪城賦〉寫揚州，過去如此繁華，現在卻「孤蓬自振，驚沙坐飛」，非常蒼涼。這就是興衰之感。

這種興衰之感的寫法，有一種，人是冷靜的。人是站在月亮的角度來看，或如李商隱寫隋宮，說現在只有烏鴉在飛。這是客觀之筆。寫法是身不關己的，不是自己的國家。

但〈黍離〉、〈哀郢〉則不是，是人在其中，曾經屬於這個朝代，所以自己是亡國之人，要面對亡國，有亡國之痛。如庾信的〈哀江南賦〉，整個江南破了，他到了北方，回想江南歲月，把個人史與國家的生命結合在一起。顏之推的〈觀我生賦〉也是如此，是切膚之痛，而不是懷古或悼古型的。

懷古，如「折戟沉沙鐵未銷，自將磨洗認前朝」，對於歷史是有評說的。又如「江東子弟多英俊，捲土重來未可知」，是一種哲理式的感慨，而非切膚之痛。這種懷古或悼古發展到後來，就成了元朝的漁樵問答式。漁樵問答又比懷古悼古的感傷性更低，是一種哲理上的慨歎，是「別有天地非人間」的。人間無非是興、亡，漁人、樵夫則站在逸民的角度來看，國家興亡對於漁樵來說只不過是一場閒話。後來的講史、演義類型也常有這種姿態。《三國演義》開篇的〈西江月〉講「滾滾長江東逝水」，也都屬於這類，看天下大事「分久必合，合久必分」。

人在這種分合之中，血肉的牽扯、骨肉的離散，是十分痛苦的。《左傳》寫激烈戰爭之後，軍隊潰敗，大量人坐上船要逃走，船上的人拔出佩刀砍掉抓住船舷的人的手指，「舟中之指可掬也」，可見戰爭在現實生命中有許多傷痛。不身在其中的才是漁樵閒話。漁樵閒話，顯示了一種美學和哲學上的喟歎，顯示的是講史評書的態度，是局外的縱橫捭闔。

四

國家興亡是最大的變動，但大部分時間是國家還在存續之中。個人處在國家體制裡，當然會有很多活動。這些活動在文學中有幾種最主要的表現。

一是哀時命。人進入體制中，大部分都不得意。因為人對自我的評價往往都超過別人對他的認定，總是覺得世界對自己不公平，會感嘆自己時運不濟，此即所謂哀時命。漢人之所以那麼喜歡《楚辭》，就是因為《楚辭》中哀時命的主題打動了他們。如東方朔的〈答客難〉就是發一頓牢騷，說自己生不逢辰，時命不好。爲什麼呢？在戰國時，如蘇秦，此處不留爺，自有留爺處，可以六國封印。現在天下統一了，只有一個天子，所以只能在這個天子底下討生活。不是自己能力不行，而是時代變了，時運不濟。這種感慨不僅是東方朔，很多人都有。

時命之哀有很多情況。漢武帝曾碰到一個人，問他爲何現在還在做這等小官？那人說沒辦法，年輕時先帝喜歡用老成人，故自己不受重用；等到自己年紀大了，又遇到陛下喜歡重用年輕人。這是一種。還有一類，漢武帝又有一天遇到一個人，問他爲什麼還做這個官？那人回答說陛下用人譬如「積薪」，是後來者居上。

所以漢人發展出很多哀時命的論述，司馬遷、董仲舒都寫過哀時命的賦。哀時命的另一種說辭就是士不遇。士不遇沒有什麼原因可總結，就是衰、倒楣。後人說「運去金成鐵，時衰鬼弄人」，就是此意。一個人在帝國體制下，最常感受到就是士不遇。

也有士好不容易有遇而做了官。但爬得高也摔得重。所以另外一個主題就是貶謫。被貶官、降職、流放，像柳宗元被貶到永州、韓愈被貶到潮州。最慘的是李德裕，曾經當過宰相，卻從宰相一貶貶到海南島，做崖州司戶參軍。黃山谷也被貶涪州，東坡被貶海南。

這種貶謫文學的典範是屈原。大家後來對屈原越來越心有戚戚焉。研究屈原，漢代是一個高潮，講士不遇；宋代也是一個高潮，講貶官、忠孝等。根據宋人的解釋，屈原雖被貶官，但是還忠心耿耿。屈原忠心耿耿的形象就是宋人塑造的。宋之前主要是哀時命。對於屈原的個性是有爭議的，例如班固是對於屈原有批評：「露才揚己，忿懟沉江」。宋代以後比較強調忠君，和解釋杜甫差不多。

還有一種關係，不太被關注但很重要。

人除了進入體制之內的，還有大批體制之外的游士，或是想進去而進不去的。尤其是明清之間，游士數量極多。因為科舉考試名額有限，大量的人要去爭取名額。如果秀才考不進就算了，但成為秀才以後，就算有了功名，農工商等很多事情就不能做了。但更高的科名又考不上，浮在社會上就成為了游士。例如寫《浮生六記》的沈三白。游士唯一的本事就是寫文章，謀生本領全無。像沈三白就是如此，後來芸娘竟是活活餓死的，靠別人救濟棺材才能下葬。還有蒲松齡，《聊齋》中敘述最多的其實不是女鬼，而是考不上的考生的心聲、辛酸，和對科場的指責。這類是游士。游士多半都是貧士，如清朝詩人黃仲則詩說：「全家都在秋風里，九月衣裳未剪裁」，生涯可憐。

游士有比較幸運的，可以去坐館，教小孩讀書。但小孩有出息，考上了的話，那職業也就丟了；如果考不上，繼續教下去又沒顏面，只能辭館。另外還可行醫，還有一種就是遊幕，替人做幕僚。如我以前介紹過的李商隱，他自己做官都在七品上下浮動，看看也沒什麼前途，還不如跟著節度使去做幕僚。唐代的節度使都是可以自聘幕僚的。

再如宋代陸放翁怎麼會到四川呢？因為他的朋友范成大在四川做官，於是他就跟著范成大到四川，做他的幕客。因為幕僚都是文人，所以主管對他們是很敬重的，將他當做客人，像朋友一樣。

遊幕從唐代開始，慢慢出現在文學史上。到宋代，量越來越大，就有很多的江湖詩人。江湖詩人到了明代，隊伍就更龐大了，稱為山人。

山人，名義上是逸民，但其實是文人流散江湖，又不隱逸在山巔水崖而成的一類流品。山人在江湖上編書、為大官做書畫鑒定，也可以作為官員的清客。他們不是幫忙而是幫閑的，官員無事時找來吟詩、作畫、品評人物等，也挺好玩。明代的山人數量很多，形成龐大的山人現象。比如陳眉公，當時人寫過一首詩開他玩笑，說「翩翩一隻雲中鶴，飛來飛去宰相家」。這是人跟國家體制之間的一種關係。

在中國，國家與文學之間的關係還很多、很複雜，比如在政治活動中所帶出來的黨爭。黨爭中涉及的文學也是很重要的題材，像唐代牛李黨爭、宋代的烏臺詩案，都是國家政治活動之中帶出來的。還有國家的文學政策，例如北宋時期禁止過東坡詩文，這是有關詩文之禁。到了明清則有很多禁止小說、戲曲的命令。

文學與國家是一個大題目，希望大家根據這個線索去挖掘、玩索。

第十三講　文學與時代

一

以時代來觀察事物，早自《易經》就已經開始有了，稱為「觀乎人文，察於時變」。觀天文，觀的是日月星辰；觀地文，觀的是山川湖海的分布；觀人文呢？觀人文，是要察於時變，看時間在其中所產生的變化。《易經》本身是「變」經，是討論萬事萬物之變的。觀人文，察時變，可以是講兩件事情：觀人文與察時變，分開而講；也可以看成是用查時變的方法，從不同時間的變化來觀察人文活動。假如這樣看，則我們要看的，正是人文活動中的變動，變動即是我們所要觀察的對象。《易經》上說我們要知時、要知機，都是教人如何察時變的。

察時變之例，經學上最著名的是公羊傳所講的「三世」，即據亂世、昇平世、太平世。這三世是三種性質，何休《公羊解詁》將之分成三個脈絡來講這三個時代。從時間上看，一是所傳聞之世，時間很古老，是聽祖父、曾祖父講的；再者，是所聞之世，是聽說的時代；還有就是所見所聞的時代。另外的線索是從空間上說，內諸夏而外夷狄，從諸夏與夷狄對抗關係，到夷狄進而中國之，都來學習中國文化。還有一線索，是從政權說，叫「新周、故宋、王魯」。

這裡，宋是代表商。在中國古代，可以將國家在政治上推翻，但不能斬草除根，要保留人家的宗廟，讓其可以繼續祭祀，這稱為繼絕、存亡。如殷商被推翻了，但仍把宋國封給殷商後裔，讓他們仍然保有其國家，以示尊重。中華民國成立後，仍禮遇清朝皇室也是基於這個原因。所以這裡的宋代表殷商。周，也是如此。周也要被推翻了。周被推翻之後，也跟宋一樣，會要給予一定的地位。那麼，我們新的王是誰呢？是魯。魯之德不足以為新王，但我們假裝魯是一個新朝代，「以魯當新王」的「當」即是此意。這是孔子所謂存三代的想法。因公羊家認為周德已衰微，應該讓有德者繼起稱王，這個王，應該是由孔子來做的。但可惜孔子沒有做成。後來漢代興起，便是繼承孔子的想法代替周來治理天下。這是公羊家的一大套理論。「新周、故宋、王魯」、「所傳聞、所聞、所見」等都是三三的結構。不同的文化世代，即有不同的特殊表現。但這個講法後來在文學上沒有太多的繼承。

二

史學上也是強調時變的，所以司馬遷說他作史即是要「通古今之變」。通古今之變，不就是察時變嗎？

時變如何觀察呢？自然世界有自然的時間，天干地支，一天過了又一天，這是自然歲月的流轉。自然歲月的流轉不是人文活動，所以人文活動一般不會僅僅用自然的歲時來作為觀察人文變動的線索。如果我們要看今年、明年人文活動的變化，我們就需要把人事和自然時間編織起來。這樣的編織，就成為我們後來所謂的編年史。

編年史何以叫做編？編年史是一年年按照時間來敘述的，叫做編，就是因為自然的歲時與人事編織在一起了。其中的事件並非純自然的，而是經過了處理和篩選。故編年史從來就不是每天發生事情的總和。編年史中有著編年者的想法。例如司馬光的《資治通鑑》便是編年史。司馬光在進行編年時，便存在著怎麼編的問題。

在統一的時代，可以直接按照朝代年號編下去即可，但是分裂的時代怎麼辦？魏蜀吳三國分立時，各有各的年號，該怎麼辦？一種處理方法是將三者分開來敘述，吳、蜀、魏，皆可以各成一系統。但是，史家基本上並不這樣處理，而是收攏在一個統一的格局中談。如此，就須要有個敘述的主線。而司馬光在這個問題上，他就選擇採取了魏國的紀年。這在史學上稱之為正統論。統者，統緒也。

時間是一年又一年流轉的，但時間一旦與人事結合起來，我們對人事在時間之流中存在的位置、價值和意義就會有個判斷。以誰作為敘述的統緒，以誰作為主要的脈絡來進行敘述，乃是最費思量的事。編年史的問題很多，但最重要的便是正統的爭論。所以有偏統、正統、雜統、霸統等分法。

司馬光是以魏國為其主要敘述脈絡，意即以為魏正統的。他寫了《資治通鑑》之後，朱熹又另外編寫了一套《通鑑綱目》。此書與《通鑑》沒太大的區別，是《通鑑》的簡要版。因為《通鑑》的內容實在太多了，讀過的人極少，所以簡要版較便閱讀。但朱熹提出了一套與司馬光不同的正統觀，改以蜀漢為正統。

此書影響極大。例如同樣講三國，《三國志》以魏為正統，《三國演義》便以蜀漢為正統。有人說：明清朝人認同蜀漢而覺得曹操是奸臣，主要是受了《三國演義》的影響。話其實只講對了一半：《三國演義》影響確實很大，但《三國演義》的正統觀正是受了《綱目》之影響而然。我講過，明代演義小說通常都會有「按鑑」兩字。因為演義都是編年講故事的，按照年代，分章分回敘述，其根據就是《資治通鑑》。但所根據的也許並非《資治通鑑》，而是《通鑑綱目》。雖然如此，小說與編年史的密切關係，仍不難概見。

編年史中的時間，不是自然的時間，而是經過人文處理的時間，可能即用正統論等來處理之。這是觀時變的一種方法。

正統論對文學另一重要影響，便是出現了文統論。文統論在宋、金、元非常盛行。金朝人就自認為繼承了北宋以來的文統，南宋的文學他們並不看在眼裡。

三

另一種方法，並不按編年的方法來做，而是依政權的更迭，這即是朝代史。我們的二十五史就都是這種朝代史。

朝代史大量興起，是在魏晉南北朝，當時又稱國史。所謂「國史」指的是記錄一個國家的興衰，基本上是一個朝代之史。

但國史存在著一個大問題，叫做「國史斷限」。因為既然要寫國家史，當然就以國家之建立開頭、以國家滅亡結尾。這看起來再簡單不過了，然而問題也就在此。歷史是不能切斷的，「抽刀斷水水更流」，就像一條河流，有來源、有去水，怎麼可能只從中間截一段。只截一段，很多問題就會講不清楚。

如寫清朝史，該從哪兒寫起？當然必需從其在關外講起。很多政權結構、典章制度，如聯盟蒙藏、八旗制度等皆形成於入關以前。這些沒搞懂，後面也就不可能懂了。相傳過去蕭一山先生講清史，講了一年，清兵都還沒入關。此雖為笑談，但也可證明入關以前那部分是很重要的，不能不講。同樣的，清朝亡了該是什麼時候？是辛亥革命後就結束了呢？還是要接著偽滿洲國來敘述？

又如明史。明代崇禎上吊後還有一長段，這段史事到底應該放在明史還是清史中呢？大家的意見也很分歧。

朝代史乃是文學史的主要框架，所以我們有二十五史的國史，同樣有二十五史的講史演義，由盤古開天、武王伐紂、西周、東周講下來。我們也會講唐代的文學、宋代的文學等等。目前各本文學史書之大框架，基本就是先分朝代，然後在朝代中再分體論述。

朝代史在文學上同樣存在著斷限的問題，而且更嚴重！人文活動並不會因忽然出現了一個新政權，文學就丕然而變，出現了嶄新的風貌。

例如整個唐朝初年，還延續著六朝的餘風。六朝文風到什麼時候才結束呢？研究唐史的人各有主張。有人認為在太宗朝，因太宗大修史書，表現出對六朝文風的批評，新的政治氣象，也代表著一個新時代來臨了。但有些人說那時還沒有新氣象，太宗就跟陳後主一樣喜歡唱「玉樹後庭花」；修《晉書》時，他還要親自來寫王羲之、陸機的傳呢！什麼時候才算真正唐詩的開端呢？殷璠的《河岳英靈集》就認為須到開元、天寶之後，才開始出現唐人自己的聲音。假如以此為標準，則根本沒有「初唐」這段。太宗高宗武后睿宗的「初唐」時段，應該放到六朝文風中去敘述，開元天寶才是詩中的「初唐」。

這就說明，詩歌與朝代並不都是吻合的。前代的文風往往跨入下一個朝代。如元朝，時間很短，只有九十多年。其初期，本身沒太多漢文學作家，金朝的文人，構成了元代文壇的主力。滅宋之後，大部分文壇中作家又都是南宋文人。還有一些是遼的文人，如耶律楚材。所以，遼、金、宋文人共同構成了元代初期文壇的面貌。中期以後，元朝自己培養的文人開始嶄露頭角。可是，剛剛冒出頭，元朝便滅亡了，這些人又成了明朝初期文壇的主力。

文學不像政治，黃袍加身、改旗易幟，政權便可以迅速轉移。文學風氣的轉移與改變是很慢的。而且，我們還應注意一個文學與政權相牴觸的問題。

新政權新氣象，好像文學也該如此；可是情況往往不然，正因出現了新政權，反而常常延續了舊文風。

例如元朝的文人到了明代，就因新時代的到來而文風幡然一變嗎？沒有！為什麼？我們現代都認為元朝是異族入主中原，所以漢人很受壓抑的，而且「九儒十丐」，不尊重讀書人，儒生是臭老九，跟我們現在差不多。可元朝其實並不如此，忽必烈就已經開科舉、設太學、講儒學了。蒙古人、色目人應科舉試的也很多，並不壓抑儒學。中期之後，政治穩定，對文人之禮遇，從趙孟頫在朝廷中的待遇便可以看出。當時文人還是相對較受到禮敬的。正因為如此，元朝的文人到了明朝反而很難適應。主要原因在於朱元璋沒文化，且嚴刑峻法，殺戮甚多，士大多不得善終。從元朝清平歲月中成長起來的文人，那時因政策較寬鬆，故亦較為悠遊自在。到了明朝，統治緊縮，故文人，多有故國之思，輒不認同明朝，這是跟我們一般想像不一樣的。明初的整個風氣，也因此停留在元代。換言之，新政權反而延續了舊風氣、遲滯了新發展。文學之不能以朝代來區劃，可見一斑。

四

這是以朝代來看文學所容易出現的問題。還有什麼問題呢？有的，如唐詩、宋詩。

唐詩，顧名思義，是唐代的詩；宋詩，當然也就是宋代的詩。但，不然，不是這樣的！錢鍾書先生《談藝錄》第一則就講：唐詩、宋詩非時代之分，乃性分之殊。宋代有很多人作唐詩，譬如九僧、永嘉四靈；唐代亦有很多人作宋詩，譬如韓愈、杜甫。這是怎麼回事？

所謂唐詩，若指唐代的詩，杜甫、韓愈自然都是唐代的詩人，故講唐詩不能不講杜詩。但假如我們討論的是唐詩、宋詩的風格類型時，杜甫恰好就不算是唐詩這個類型，所代表的乃是宋詩的類型。杜甫在唐代是變貌，在唐代，如杜甫這樣寫作的人很少。杜甫的寫法，經宋人大力闡發，故在宋代更為流行。所以唐代的杜甫卻呈現了典型的宋代特徵。宋代也有一些人，如九僧等學的是晚唐，他們雖是宋朝人，但寫出來的詩卻又是典型的晚唐風格。

如果杜甫不算唐詩之典型，什麼才是典型的唐詩呢？典型的唐詩有兩大類：一是盛唐體，如「九天閶闔開宮殿，萬國衣冠拜冕旒」、「雲裡帝城雙鳳闕，雨中春樹萬人家」之類，聲調鏗鏘、意象堂皇，可見盛唐氣象。另一類是如賈島等的晚唐體。賈島在晚唐詩壇有極高的地位，當時人或刻賈島像來膜拜，或將賈島詩刊刻了，轉贈他人，說此無異於佛經，需早晚念誦頂禮。更有甚者，將賈島詩集燒成灰調上蜂蜜吃掉，以開智慧。還有人說賈島詩好，李杜則不行，李白詩太過誇張，不近情理，杜甫詩則寫得太笨了。宋朝初年人也嘲笑杜甫是「村夫子」，也就是鄉巴佬。這表示晚唐的典範即是賈島這一型的。

也就是說，所謂唐詩，一就其時代而言，一就其性質而說。我們在討論時往往將兩者混淆在一起。故而出現了很多的問題。我們的文學史書常說唐朝好、宋詩差；可是所謂偉大的唐詩，講的其實常是宋詩風格的詩。許多人在爭辯到底該學唐詩還是該學宋詩時，也可能某甲說的宋詩正是某乙說的唐詩，而某甲說的宋詩則是某乙說的宋詩，爭來辯去，攪成一團亂絲。

五

另外，我再介紹一個觀時變的方法。

宋代邵堯夫《皇極經世》，以「元會運世」來講世界的變動。一世三十年，十二世則是一運，三十世是一會，十二是一元。所以，一元復始，從小的時間講是一年，從大的時間講，是十二萬九千六百年。這就是天地毀滅一次的時間，有點像佛教所說的劫，指天地從開闢到毀滅的時間。

在這段時間內存在著一個結構，世界從復卦開始，一陽生，十一月，陽氣開始發動。然後開始慢慢增多，到五月，陽氣最盛，但陰氣開始滋生了。最後陰氣重極而天地毀滅。這叫做消息卦。每一月對應《易經》中的一卦，一共十二卦，稱為十二辟卦（辟者，君王也。如恢復帝制稱為復辟，用的就是這個意思）。十二卦，配十二個月，陰陽消息。這是用宇宙氣運的消長來講文明的進退。

把這套氣運觀念用到具體人事歷史上，就是文明到夏禹以後，不傳賢人而傳兒子，代表一陰生，開始慢慢走下坡路。我們現在所處的時代，則已經快要天地閉、賢人隱了。

這樣的講法，在文學上是否有影響呢？有的！明朝胡應麟《詩藪》就是以氣運結合著時代、朝代來論詩的。陰陽消長代表氣運，每個時代都處在不同氣運的位置，有盛有衰。根據他的看法，夏商周是文越來越勝，到了秦就衰了，秦以後漢又盛，魏晉又衰，六朝更衰，到了唐代再盛起來，宋代再衰，元以後慢慢起來，到了明代則大盛。哈哈，明朝人認為自己的文學好的很哩，這跟我們現代人的評價有些不一致。

這是以氣運來論詩。在中國，以氣運論詩，事實上有很多的面貌，這只是其中之一。還有人說一個時代的氣運好，其文章也好！這也是常見的說法。

還有一種是結合政治來談盛衰，而不是從氣運上講的。朝代的治亂與文學的盛衰有什麼關係？這就是漢代《詩經》學所要處理的問題之一。鄭玄《詩譜》即以時代治亂來講詩之正變。治世是正風、正雅，亂世則是變風、變雅。

另有一些其他的方法，像劉勰《文心雕龍》就以「文質代變」來講時代變遷，文質的變動，從質到文，從文再到質，也是傳統討論文學時代的方法。

六

但是在近代，這些講法都不流行，流行的是西方的講法。

西方的史學發展，現在當然推到希臘時期，以羅多德為史學之祖。實則西方和中國對於「歷史」的觀念是不一樣的。中國人認為歷史很重要，很早就有史官、史職、史法、史學。希臘時期，史學卻不昌盛、不重要，也不是一門學問。希羅多德寫的希臘史，無非是一些地方的傳聞故事彙集，旅行家記錄一些故事罷了。不像中國史書有專門的體例筆法，有專業的人去寫。早期西方史書是屬於地方性風俗民情記載，勉強說是國別史和種族史。這是因希臘人關心的不是古今之變，而是變動不居的世界背後那本質不變的東西。直到現在，西方的思維都是這樣，要從變動的現象背後找到原理或永恆。哲學，就是追問背後的那東西。背後那東西有很多種講法，柏拉圖式的、黑格爾式的、亞里士多德式的、基督教式的上帝以及後來的科學原理。這是西方思維上的傳統。中國人不太談現象背後的那個東西，中國要追究的是變動中間顯示的道理。道在哪裡呢?上帝在萬物之上之後，我們中國人則說道在萬物之中。思維傳統如此不同，所以中國重歷史，西方重哲學。哲學講的不是平時我們認為的人間事物道理，而是要探詢萬物後面的理型、上帝、第一因等等。希臘人不太講史的變動，所以早期史學不發達，只是零碎的國別地域的記載。

西方史學有大發展，要得力於基督教史學家。羅馬時期，基督教從被壓抑到受尊崇，傳教士從躲到地洞裡慢慢出來傳教，變成國家社會之領導者。而羅馬是個帝國，內含很多種族，要講述期歷史，顯然已不再適用種族史的架構與眼光。基督教又認為人都是上帝創造的，所以不是你的歷史或我的歷史，所有人類皆出於一個來源，最終也都回到上帝那而去。因此歷史只有一個、命運也都相同，只不過有些民族走得快，有些慢，但均是在一條路上走。全世界不同民族、不同國家卻是擁有共同一個歷史，這就是「世界史」的概念，是普世的歷史，而非個別的。歷史脫離了原來的國別、種族、區域，開始講世界史。世界史即是從基督教史學中發展出來的。

世界史不是個空洞的概念。所有人都在一個歷史中，在一個共同的軌道上，那麼，怎麼說明這條路呢？這條路是有階段、有發展性的。其脈絡則可從幾條線索來觀察，第一種是以耶穌的生命看，耶穌誕生前是一段，耶穌誕生後是一段，代表耶穌來拯救了。我們現在所使用的西元紀年就是這個。有些人稱它為公元，其實只是西元。佛教國家或信孔子的就不喜歡這個紀年，他們用孔子誕辰或佛誕來紀年。但目前西方是強勢話語，因此連大陸也用西元來紀年。

還有一種用聖父、聖子、聖靈來區分。說耶穌誕生以前是聖父掌權階段，耶穌誕生以後是聖子掌權階段，耶穌不是號稱是上帝的兒子嗎？後面則是聖靈的階段。

另一脈絡是用教會的發展史來看。上古，教會還沒有形成；中古，教會時期；近代，是教會受到衝擊，經過宗教改革再加上工業科技革命等現代化的衝擊，以致尼采說上帝死了。經過啟蒙運動，人解除了上帝給我們的魔咒，用自己的眼光看到了世界，這叫近代。

以教會的發展史來區分人類史不同階段，是基督教史學重要貢獻。

除了從國別史到世界史，並討論世界史發展的階段之外，他們還有一個非常重要的東西，影響深遠，那就是它塑造了西方史學濃厚的決定論色彩。

決定論，也稱作歷史定命主義。意志自由與決定論之爭，是西方哲學上的大問題。歷史學也一樣。什麼叫歷史定命主義或決定論呢？它是說你不要看人在歷史中有很多英雄美人的動作，實際上整個歷史的背後另有決定性的力量影響著它的發展和變動。在西方文明早期，這個決定性的力量被認為就是希臘人所謂的命運，再怎麼樣你也逃不出的命運。如神話故事中伊底帕斯王都這樣，人皆沒法改變命運。羅馬則有一個超越於人之上的法律以及神意決定論，也就是基督教史學中強調的神之旨意。人類一切活動，都是在慢慢走向上帝之城，通往上帝最終給你的命運，這就是歷史決定論。這樣的思維在西方很明確，歷史就是一條線的線性發展。這條線，在近代人高呼「上帝退位」時，就變成了進化論。進化論也是一條線，不斷不斷地進化。

此外還有一個影響深遠的思潮就是馬克思主義。馬克思主義同樣屬於歷史定命論，認為歷史會一個階段一個階段地走向社會主義的天堂。而歷史的決定因素不是上帝旨意，是生產關係和生產力，所以又稱歷史唯物主義。它的框架其實和基督教史學一樣，只是改變了內核。

這是西方史學的大框架。其中上古、中古、近代的區分，早在一九〇四年就被黃人（摩西）的《中國文學史》引入了。

一九〇四年出了兩本《中國文學史》，另一本是京師大學堂林傳甲的講義。因當時教育部在《奏定大學堂章程》中明確要求：「日本有《中國文學史》，可仿其意自行編纂講授」。林傳甲雖需遵命辦事，卻總覺得不妥，故批評：「日本笹川氏撰《中國文學史》，以中國曾經禁毀之淫書，悉數錄之。不知雜劇、院本、傳奇之作，不足比於古之『虞初』。若載於風俗史猶可，笹川氏載於《中國文學史》，彼亦自亂其例耳。況其臚列小說戲曲，濫及明之湯若士、近世之金聖嘆，可見其識之污下」。對政府提倡的日本之中國文學史寫作模式，公然表示不滿。

相較之下，任教於美國教會所辦的東吳大學之黃人，便很能適應這項政策。他大罵古人無文學史著作，又無「世界之觀念，大同之思想」，故「劃地為牢，操戈入室，執近果而昧遠因、拘一隅而失全局，皆因無正當之文學史以破其錮見也」。然後自詡他的著作能夠取法外邦，是有世界觀的；他也首先採用了西洋史的「上古」、「中世」、「近世」分期法。

黃人之書，曾被浦江清許為「始具文學史規模」，故雖銷行不廣，實際影響有限，但爾後文學史寫作之傳統可說業已確立。五四運動以後，踵事增華，在這條路上乃越走越遠。

但這個典範，其實是努力把中國文學描述為一種西方文學的山寨版。

汲挹於西方的，首先就是分期法。中國史本無所謂分期，通史以編年為主、朝代史以紀傳為主，輔以紀事本末體而已。西方基督教史學基於世界史（謂所有人類皆上帝之子民）之概念，講跨國別、跨種族的普遍歷史，才有分期之法。可是史賓格勒《西方之沒落》即曾痛批之，謂其不顧世界各文化之殊相，強用一個框架去套，是狹隘偏私的。何況，其說本於猶太宗教天啟感念（apocalyptic sense）之傳統，代表著基督教思想對歷史的支配，在時間的暗示中其實預含了許多宗教態度，並不是歷史本身就有的規律，故不值得採用。可惜晚清民初，我國學人沒人如他這麼想，反而競相援據。黃人如此，劉師培《中古文學史》亦然。與寫哲學史的胡適、馮友蘭等人一樣，共同體現了那個時代的時尚。

胡適在北大出了《中國古代哲學史》，後來又作了《中古思想史長編》、《中古思想小史》。古代思想講先秦，中古講漢魏南北朝。在胡適觀念中，近代是從宋代開始的，他認為古文運動、禪宗、宋明理學等即代表了中國的文藝復興。西方自文藝復興以後，理性主義啟蒙運動出現，人才開始脫離了中古時期，中國宋代也具這個意義。

馮友蘭的《中國哲學史》則把中國哲學分成兩段，一叫子學時代，一叫經學時代。子學時代略當於古希臘，古希臘也是百家爭鳴，中國在這時是一個自由開放、思想活潑的時代。到了漢武帝董仲舒以後，罷黜百家獨尊儒術，就成了經學時代。因為思想定於一尊，不再團花簇錦了；哲學家也都沒有自己的思想，只是注解十三經、四書，類似歐洲中古神學解經學。這個時代何時才結束呢？到康有為！因此他說中國沒有近代哲學。當時梁漱溟等人喜歡講東西文化對比，馮先生卻說，你以為東方文化和西方文化有什麼不同，其實不是不同，而是西方文化已經走到近代了，我們還停留在中古而已。大家都在一條路上走，人家走的比較快，都到第三階段了，我們還在第二階段鬼混呢。西方的分期歷史觀，在我們的文學史跟思想史上應用的情況大抵如此。

七

黃人、胡適、馮友蘭之後，馬克思的影響就來了。一九二八年左右還產生過馬克思主義大論戰，討論怎樣把馬克思的思路用在中國社會史上。馬克思把歷史分成「亞細亞生產方式——奴隸社會（上古）——封建社會（中古）——資產階級社會（近代）——社會主義社會」五階段，其實沒有太多巧妙，他只是在基督教三階段加了一頭一尾，另外就是把中間三個階段具體定性為：上古奴隸社會、中古封建社會、近代資本主義社會。其中亞細亞生產方式，馬克思自己也搞不清楚，因為那其實是東方中國和印度的生產方式，東方文明開展很早且在歐洲格局之外，故他本來是劃歸另冊，不予討論的。後來的研究者硬拉入五階段中，卻總也講不清楚，就成了馬克思學說中的一個謎團。而社會主義是未來式，其實也沒什麼可談的。談歷史，就是要設法把中國史套進這三個框架裡。問題是怎麼套呢？於是大家吵來吵去，成了大混戰。

爭論到現在都沒法解決。大陸郭沫若、范文瀾、童書業、侯外廬等人的分期都不一樣。其中幾個大問題：一，中國古代到底有沒有奴隸社會？要知道西方用奴隸，是自古以來一直到美國南北戰爭打完之後奴隸才解放的，中國沒有這麼龐大的奴隸現象。且所謂奴隸社會也者，是以奴隸做為生產力的，中國從來沒有這樣的情況。

二，各個階段的下限在哪？比如說封建，中國封建到秦朝就結束了，可是現在用的是西方的封建觀。中國封建是「封建親戚，以藩屏周」，指政治權力的行使關係。西方的封建講的是生產力跟生產關係，封建領主運用他的封建莊園，構成了他的生產結構，跟中國講封建是兩回事。如果以西方的封建概念來說，中國的封建應是結束於什麼時代？

有些人說周朝滅亡以後就結束了。有些人說不，要到漢代末年。有的說魏晉南北朝不也都有大莊園嗎？恐怕更典型、更像西方的封建呢。有的人說不不不，應該到唐代末年……封建結束於何時，直接關聯到資本主義什麼時候出現。現在大陸上的官方說法，以及歷史系近代史專業、中文系近代文學專業，都把近代定在鴉片戰爭。鴉片戰爭之前是封建社會，之後漸漸成為資本主義社會，因此辛亥革命就被定性為資產階級革命。

可是近代到底起於何時？日本的京都學派，從內藤湖南以下均認為中國宋代就進入資本主義社會了。封建社會結束於唐末，因為生產關係已經改變了。有些人則說中國資本主義，沒那麼早吧，中國的封建很長，一直到清末。還有人折衷，說宋朝或明朝中期確實出現了資本主義的現象，但萌芽而未完全發展起來，故資本主義正式形成於中國社會仍要到清末。

大陸把封建社會拖到鴉片戰爭，而不像日本或歐美部分人士說宋代已進入資本主義時期，是為了表示中國封建專制時期特別長。這講法，又是受了西方「中國社會停滯論」之影響。

這是孟德斯鳩提出來的，認為西方自由而東方專制，且專制社會是不會演進變化的，長期穩定。如河流一般，但泥沙沉積太多，就流不動了。八十年代學界常說的傳統文化積澱、中國社會超穩定結構等，都是由此發展出來的。

由於東方社會是超穩定結構，所以黑格爾說它喪失了自己變動的能力，只有從外部用物理力量破壞它，才能促使改變。這是替西方侵略者找出一個理由、藉口，他們侵略你，你還得感謝他，說它帶來了文明。

如此這般，這套解釋環環相扣，已八九十年了。我們拿一個鞋子，使勁穿，穿了八九十年也總是套不上去；可又總不悔悟，還不肯拋去鞋子，反而拚命削足適履，或把大腳趾切了，或把後腳跟磨了，真不知是何道理。

情形很明顯：這個框架本身是有問題的，跟中國史也沒辦法扣合。繼續糾纏，只是一筆爛帳，因為不可能有結論。可惜現在中國文學學界，因對史學不熟悉，又較缺乏思辨頭腦，搞不清它背後相關的歷史哲學的問題，看人家用，我們就也用，缺乏反思，所以到現在仍在講古代中國如何封建落後保守等等。

例如現在把道光廿年鴉片戰爭看成是中國參與世界史的轉捩點。之前是太平盛世，之後是外患侵尋；之前是保守的封建帝國，之後是面臨西方挑戰而逐步面向世界，邁入現代。描述近代文學史，長期以來使用這一種二分法框架：中與西、落後與進步、挑戰與回應、封建與現代、舊與新。於是歷史的發展，即被講成是由舊趨新的過程，說其如何漸具現代性，而終於「走向世界」。這其中，傳統的封建落後因素，對現代化之進展，基本上起了滯後的作用。所以進步的知識分子，都要向西方學習、都要對中國的社會「啟蒙」、都要打破傳統。

可是說鴉片戰爭以前中國閉關鎖國，是荒唐的。明清時期中國本是世上超級貿易大國，十八世紀至十九世紀，全球流入白銀共達十二億兩。僅乾隆中期，每年從西班牙流入的銀元就多達五百萬，這叫鎖國嗎？

白銀之所以流入中國，是因中國商品遍及世界。通過大航海，明代更是老早就建立了一套海洋朝貢體系。這個體系非常重要，它以琉球、菲律賓等為中轉站，硫磺、白銀、馬匹等源源不斷地流入中國，中國的商品也因此走向西方。因此整個國際貿易體系的發展，中國人的貢獻遠在歐洲人之先。

進一步看，以道光廿年（一八四〇）鴉片戰爭為近代史之開端，把清朝劃為前後兩期，更是問題重重。像包世臣、龔自珍、魏源，他們感時憂國之活動就多在鴉片戰爭以前。龔生於一七九二年，到道光廿年之前一年，《已亥雜詩》三一五首早都寫完了；道光廿年之後一年，他便死了。另一位所謂經世之學的大將——魏源（一七九四～一八五七），早在道光六年就編了《皇朝經世文編》。他編《詩古微》、《書古微》、為陳沆《詩比興箋》作序，更都在其前。足證經世之學，上繼晚明清初的可能性遠大於受鴉片戰爭以後西方衝擊之刺激。

因此，採斷裂歷史觀，把清代劃為前後兩段，並把後面這一段視為進入資本主義之近代或現代，強調其具有現代性，只是意識型態的構作。反證處處都有，可嘆被成見糊了眼的人看不見而已。

中國從唐朝宋朝以來，就是世界第一大貿易國，明朝清朝貿易大國，全世界的白銀都流進中國，所以中國富。後來中國爲什麼又窮了，是因外國人發現中國什麼都有，沒有東西可賣到中國來賺中國人的錢。只有一種東西是中國人沒有的，那就是鴉片。鴉片大量進來，中國的白銀才流向外國流向歐洲。林則徐為何要禁鴉片？他說：再不禁，二十年後，中國就無可用之銀，也無可用之兵了。把中國之弱推諉說是中國閉關自守，以掩飾西方傾銷鴉片的過惡，純是胡說八道，毫無歷史常識。中國人卻也都相信，且用這一套來講中國哲學史、文學史，以夷變夏，豈不哀哉？

第十四講　文學與地域

一

大陸在八〇年代中期的文化熱中，學術界比較注意傳統的上層文化（如儒、道、禪等觀念形態），而文學界較注意地域文化。創作發展，則逐漸形成了「新時期中國文壇的三個作家群」，即北京、湖南和陝西。九〇年代以後，作家們對地域文化的眼光也影響到學術界，大家紛紛討論起文化地理來了。會議如「吳越文化與現代作家的關聯」等。論文如〈魯迅與越文化傳統〉、〈魯迅精神與吳越文化〉、〈越文化與周作人〉、〈大陸文學的京海衝突構造〉等都是。配合著大陸區域發展之日漸分殊化，此一趨勢有逐漸強化的現象。各個省分地區，或致力於發掘屬於自己鄉土的作家，像安徽省編印《現代皖籍名作家叢書》那樣，使得原先不受重視的作家重獲新生；或努力地從地區文化傳統這個角度，重新解釋作家與作品、勾勒文學史的新地圖。

相對於大陸，臺灣的文學本土風潮，本身就是以臺灣這個區域文化來跟大陸對舉比觀的，臺灣新文化運動中的臺灣話文運動及臺灣文學一島論，無不黏著於土地。「臺灣」、「土地」逐漸成了具有神聖性的辭彙，發掘屬於鄉土的作家這種「挖掘出土文物」的活動，或從地域特性來討論文學史的行為，亦不罕見。而且不只限於臺灣這個「大區域」，各縣市小區域的文學與文化傳統也逐漸受到關注。

因此，從文學論述的大環境看，區域特性與文學傳統的關係，正為海峽兩岸國人所共同關注，亦漸成為一種討論文學的主要方法。

然而，以區域為文學分類之指標，原本並不是非常流行的辦法。以《文心雕龍》為例，該書討論了詩、樂府、賦、頌、贊、祝、盟、銘、箴等三十四種文體。但這些文類區分，或據其文句格式、或據其功能作用、或據其主題意旨、或據其音樂，不一而足，可就是沒有以地域為文學分類指標的。《文心雕龍》以前的《文章流別論》，或時代相近的《昭明文選》，情況也差不多。《文選》於賦中又分京都、郊祀、耕籍、畋獵、紀行、遊覽、宮殿、江海、物色、鳥獸、志、哀傷、論文、音樂、情。都不曾以地域做為文學分類的指標。連「騷」也不標名為「楚辭」。

以文體來區分文學，當然不是進行文學分類時唯一的辦法，例如以時代來分類文學，便非上述分類法所能涵蓋。但《文選》在分類中實已隱含了對同一文類間歷史發展關係的標示，《文心雕龍》也有〈時序篇〉及〈通變篇〉申論時代特性與文學傳統的關係。唯獨地域與文學分類的關聯性，在這些文論中，少見蹤跡。

換言之，以區域為文學分類之指標，或辨別某一地域文人及文學作品之風格特徵與文學傳統，在劉勰、蕭統時代，尚非大宗，其批評論述亦未成型。當時之《詩品》論詩，亦不以地域為線索。

而且，從六朝時出現的一些風格指稱詞，如永明體、齊梁體，是以時代為標界的；宮體，則用以指稱作品內容特徵。唐人所謂上官體、元和體、卅六體，情況亦復類似。一直到宋人所講的西崑體等，或嚴羽《滄浪詩話‧詩體》所述，或以人、或以事、或以時代、或以特殊寫作手法、或直指風格，也都很少以地域來標示文學風格、類秩作家間或作品間的關係。

這個現象，讓我們重新認識到一樁事實：地域與文學的關係，在南北朝甚至隋唐時期，都仍很疏淡。地域特性，尚不為文學觀察者所注意，創作者也很少自覺地要繼承某一地域特性的文學傳統。

二

了解這個事實之後，讓我們回頭來檢查一下文學史。

講文學與地域，恐怕很多人會立刻想起《詩經》與《楚辭》。《詩經》的十五國風，當然與《國語》一樣，是分方國歸類的。但是，從整個《詩經》的結構看，國風可能主要還是從歌謠功能與音樂性質上進行的區分，故「風」與「雅」、「頌」並列。雅是朝廷樂章，頌是宗廟之樂，風則指它是可以表現各地風俗的歌謠，所以稱為風。可見採詩或編集的人，根本未從文學風格來考慮，也無意藉由國別的區分，來彰顯各地域之文學風格與傳統。

縱使我們退一步，仍把「國風」看成是依國別來區分的，它能否視為地域文學傳統之建構呢？當然不行。地域特性與文學傳統，不是指自然地理區域中之一群人與一堆作品。這群人與這一堆作品，若未顯示出一種共同創作趨向及風格特徵，便無法稱得上是文學傳統。《詩經》各國之詩，除了所謂「鄭衛之音」、「鄭聲淫」，略見一些風格概括描述之意外，實在很難具體指實某國風詩有某傳統。而所謂「鄭聲淫」者，亦係由音樂方面進行之評述。

楚辭的問題也很複雜。顧名思義，楚辭乃楚人以楚聲言楚事。但是這勉強只能說是一種方言文學罷了。亡秦者楚，漢朝軍將多為楚人，這個方言歌辭在漢朝也必其有特殊之地位。「楚辭」一名，即是在這種文化結構中出現的。

可是時間逐漸推移，老人逝去，新的大一統時代氣息日益茁壯，中央化成了主要的文化走向，區域文化特性即不可能獲得發展的空間。

楚地的作家，並未式武繩繼，真正發展出一個有地域特性的文學傳統。楚騷也逐步脫離了它與地域的關係，僅成為一種獨立的文體套式。其他地區更不曾發展出文學傳統。

整個漢代，文體的制約效果，均遠大於地域關係，如蜀人司馬相如，其賦固與蜀地無關；同一文體，亦看不出作者地籍不同會出現什麼不同的處理。如設論一體，東方朔〈答客難〉、揚雄〈解嘲〉、班固〈答賓戲〉，皆呈現相同的文體特徵，而難以考見作者之籍貫特點。其他文類，大抵相同。當時各地方言雖多不同，然方言文學並無發展，土語方俗出現於作品中者亦極有限。

這種現象，與當時士族之中央化趨勢有關。地方性的豪族，在思想上逐漸從區域性進而為全國性，不再自視為某地之士，反而在精神上出現了天下同體、士族同類的感情。故至漢末，士族雖或出身一地望，但稱揚人物，必曰海內、必曰天下。如天下忠誠竇游平、天下義府陳仲舉、天下楷模李元禮、天下英秀王茂叔、海內貴珍陳子麟、海內彬彬范仲真、海內賢智王伯義、海內貞良秦平王……之類。地方豪族在凝結為士族的過程中，從區域性的小社會，眼界擴大到全國性的大社會。這是秦漢大一統王朝對文化的型塑力使然，文學無法表現其區域特性，殆亦時勢為之。

這種中央化或全國一體化的文化格局，即使在漢末天下瓦裂分崩的情況下，亦未曾改變。漢末諸侯割據，天下三分。但這其中只有曹魏政治集團鳩合了一批文人，號稱鄴中七子。然而，他們所開創的建安文風，仍與地方色彩無關。其後如竹林七賢、三張、二陸、兩潘、一左等等，無論是太康之雄抑或元嘉之英，都看不出地域特性。

當時固然由於南朝官制的特殊性，造成了文人隨府主轉任各地的情況；且北人南渡，對於江南，重新經歷了一場地理大發現的歷程，地方志又開始興起；地方性文人集團，如荊雍集團、金陵集團之類，亦已出現。可是，這些畢竟都仍是中央意識浸潤下的遊賞觀玩，仍是高門第士冑間的組合，非地方性自生的傳統。文人事實上與地方仍是有距離的。

不僅南朝如此，唐人之竹枝詞、風土詩、流寓詩等，也都是如此。君不見白居易〈琵琶行〉乎？白氏批評：「潯陽地僻無音樂，終歲不聞絲竹聲」。然潯陽豈真無音樂可聽？不，是這位大詩人瞧不起地方音樂，謂：「豈無山歌與村笛，嘔啞嘈雜難為聽」。所以遇到「本是京城女」的琵琶女，大興感慨。這就是中原一統文化意識的表徵。

因此，我們可以說，從秦漢到唐朝，大體上是中原文化形成、穩定並逐步擴散的時期。也是文學逐漸獨立成形並建立自己的法度與傳統之時期，各種文體，匯歸為一大文學傳統。猶如各民族與各地域人士，共同形塑了一個大的統一的社會文化意識。在這樣的時期中，文化意識在中央一統結構下的分化現象，尚未發展。文學也同樣還沒有在建構法律系統、文體規範及評論標準之餘，形成區域性次級傳統的分類。《昭明文選》、《文心雕龍》、《詩品》等書，其所以未嘗以地域為文學分類之指標，正足以顯示這個事實。

三

從唐代後期開始，版圖擴張及中原文化的推拓活動均已遲緩了。版圖內各地漸次開發，文教聲華逐漸平均地在各個區域發展起來，中央的文化領導地位，有時便未必仍能保持。

且因政治上形成分裂的五代十國，某些國君倡勵文藝，其政治中心即可能同時成為文學重鎮。如西蜀的文教發展甚為迅速，孟昶周圍之文士也形成西蜀文人集團，編出了《花間集》。代表西蜀詞風的《花間集》及南唐君臣的詞作，事實上只是一種地域文風，但在詞史上卻有正統地位。並不曾因西蜀南唐在政治上失敗了而動搖這種地位。

換言之，原本各政治中心亦即文學中心，後來政治中心轉移了，文學卻仍在發展中。整個宋代，文化之重心就仍在西蜀、南唐、吳、閩這些十國舊地。例如書籍刊刻，著名者有所謂蜀本、閩本、建安書棚本等。晁以道云：「本朝文物之盛，自國初至昭陵（仁宗）時，並從江南來。二徐兄弟以儒學、二楊叔侄以詞章、刁衎杜鎬以明習典故，而晏丞相、歐陽少師，巍然為一世龍門。紀綱法度，號令文章，燦然有備。慶曆間人材彬彬，皆出於大江之南。」確非虛語。

依《宋史》道學、儒林、文苑各傳統計，可以看出：前三名是兩浙路二七人（浙江），福建路（現今福建）二七人，江南西路二三人（現今江西地）。其他依序是京西北路二〇人（現今河南地），江南東路一六人（現今安徽、江西地），京東西路一五人（現今山東、河南地），成都府路一三人（現今四川地）。南方顯然勝於北方。

當時北方征服者對南方人卻是心存歧視，如真宗欲相王欽若，王旦云：「臣見祖宗朝未嘗有南人當國老。雖稱立賢無方，然須賢士乃可。臣為宰相，不敢沮抑人，然此亦公論也。」又景德初，晏殊以神童薦，與進士並試，賜同進士出身，寇準便說：「殊江外人。」真宗還替晏殊辯護道：「張九齡非江外人邪？」到了神宗廟，神宗相陳旭，問司馬光外議云何。司馬光便謂：「閩人狡險，楚人輕易。今二相皆閩人，二參政皆楚人，必援引鄉黨之士，充塞朝廷，風俗何以更得淳厚？」此皆北人瞧不起南方人之例證。

然而，南方文教聲華日甚，北方則漸殘破，連原先壟斷的政治勢力也越來越難保持了。這種形勢，形成了地域間的競爭關係，南北之爭以及南方各地域間互爭，遂為宋代常見之景象。

如新舊黨爭之中便含有司馬光、邵雍反對南人王安石為相的因素。舊黨中洛、蜀、朔亦自分派。這就是地域性的黨派主張與利益組合了。學術上，如理學分為濂、洛、關、閩幾大派。詩亦有江西詩社宗派、睦州詩派。吳坰《五總志》說：「南北宋間，師坡者萃於浙右、師谷者萃於江右，大是雲門盛於吳、臨濟盛於楚」，講的就是這樣一個文學上也已分區畫域的時代。

地域，做為政見、學術、文學上分類的一種指標，是由這個時候才開始的。各個地區的地方性知識分子也出現了，他們成長並逐漸類聚。類聚的形式，往往是結社。文人結社，起於唐代末期，但先是文人雅集，後來則普及於鄉里間，吳可《藏海詩話》說：

> 幼時聞北方有詩社，一切人皆預焉。屠兒為蜘蛛詩，流傳海內。……元祐間，榮天和先生客金陵，僦居清化市為學館，質庫王四十郎、酒肆王廿四郎、貨角梳陳二叔，皆在席下，餘人不復能記。諸公多為平仄之學，似乎北方詩社。

這是唐末世族凌夷、平民文化興起的結果，文學被一般人所普遍享用、參與。故詩社有長足的發展。據《月泉吟社》的記載，當時杭州就有杭清吟社、古杭白雲社、孤山社、武林九友會、武林社等，足見其普及盛況。其他如宗偉、溫伯有詩酒之社；周必大、史彌遠各有詩社；樂備、范成大、馬先覺結詩社；王齊輿致仕後營雲壑園，與諸公酬唱，社中目為詩虎；晉江廣福院僧法輝，禪餘以詩自娛，與呂縉叔等為同社；趙葦江有東嘉詩社……等等。載籍所錄，不勝枚舉。這些都是地方性的文人集團。屠戶、貨郎、僧道、退休巨僚、書商、地主及無聊文人可能同在一社，月集日吟，既有社課，復有約盟揭賞，久而久之，便可能出現一種文學風氣，影響該鄉里後輩，形成文學傳統。

以江西為例，陸放翁〈曾文清墓志〉載曾茶山未冠時補試州學，「教授孫勰亦贛人。異時讀諸生程試，意不滿，輒曰：『吾江西人屬文不爾』。諸生初未諭。及是，持公所試文，矜語諸生曰：『吾江西人之文也』，乃皆大服」（文集卷卅二）。這個故事即明確顯示了宋朝確實存在著地域文學傳統，某些地方的文士，也頗以其文學傳統自矜。

文學現象的變遷，必然影響到文學觀察者的觀念。故元朝袁桷〈書湯西樓詩後〉分崑體之後的宋詩為三宗：臨川之宗、眉山之宗、江西之宗。這時，地域便已成為文學風格分類的指標了。

明朝此風更盛，論者謂明初吳中詩派昉於高啟、越中詩派昉於劉基、閩中詩派昉於林鴻、嶺南詩派昉於孫蕡、江右詩派昉於劉崧。詩之分派，即皆以地域為畫界漂準。後來的茶陵派、公安派、竟陵派，或閩中十子、吳下四傑之類稱呼，也都顯示了當時批評意識中地域之因素，已充分被評述者所覺察。

除了詩歌之外，如曲亦以地分。徐渭《南詞敘錄》云：「今唱家稱弋陽腔，則出於江西；兩京、湖南、閩、廣用之。稱餘姚腔者，出於會稽；常、潤、池、太、揚、徐用之。稱海鹽腔者，嘉、湖、溫、台用之。惟崑山腔只行於吳中」這些唱腔，雖出於某地，但都不只是方言歌曲，並指唱法，故一腔或不限於本鄉本貫，各腔之間，改調即可互歌（故朱竹垞《靜志居詩話》云：「傳奇家曲，別本，弋陽子弟可以改調歌之，惟〈浣紗〉不能」）。此外，王驥德論沈璟與湯顯祖，也以「吳江」、「臨川」為說，謂：「臨川之於吳江，故自冰炭」。這與清初詩壇以吳梅村為婁東派、錢謙益為虞山派者何異？

常州派。以地域論風格，情況正與古文之有桐城、湘鄉、陽湖各派相似。一方面，各地文人蜂起，創造了新體制新風格，各領風騷，由地方影響到全國。一方面，評論者也習慣從地域的角度來評述文體風格之變遷。情勢與宋代以前大不相同了。

四

要說明清朝人是如何以地方區域為線索來解釋文學史，張泰來《江西詩社宗派圖錄》是個好例子。他作這圖，是因對呂本中〈江西詩社宗派圖〉不滿，故重新編輯。不滿有三：一、呂氏所列江西詩社宗派中人，籍貫不盡屬於江西；二、所述二十五人之詩學風格、淵源不盡相同；三、還有不少江西人，如晁仲石、范元實、蘇養直、秦少章等，未予列入。因此，他一方面廣為搜集與黃山谷等人有淵源有關係的江西詩人史料，編入這冊圖錄中。一方面替江西這個地域建立文學傳統，他說：

《三百五篇》而後，作詩者原有江西一派，自淵明已然，至山谷而衣缽始傳。

上推江西之詩風至陶淵明。於是江西詩風乃有一鮮明之傳統：它不是學自杜甫或山谷，而是江西人陶淵明以來自成一格的。這個論點，宋元明皆不曾出現，而是張泰來他在強烈地域意識驅使下，進行的文學史重新解釋工作。不只如此，他更認為：

矧江西宗派不只於詩，即古文亦有之，不獨歐陽、曾、王也。時文亦有之，不獨陳、羅、章、艾也。推之道德節義，莫不皆然。

運用這種地域區分，不僅可以重論詩歌、重論宋代的江西詩社，也可以論古文、論明代的八股文文學傳統。甚至可以論道德節義等行為表現。這裡便隱隱然有一點地理決定論的味道了。

這樣的工作，同道卻還頗多。像裘君弘的《西江詩話》就是純從地域文學史的角度編集的，其序云：「編詩話而繫西江，意者竊取夫子十五國風之旨，而吳楚二風之補乎？」評述江西人的詩作，編為此書，事實上與張泰來編的《江西詩社宗派圖錄》一樣，都是以地域觀點對呂氏原作的修正、改造或轉化。

更大規模的文學史著作，是江西人汪辟疆的《近代詩派與地域》。汪氏不僅著眼於江西一地之詩史，更要綜論一整個時代的詩風。

在他之前，陳衍《石遺室詩話》雖曾提到當時詩壇上有浙派、閩派、嶺南派等等，卻還沒有如此系統的綜合處理。「隨地以繫人、因人而繫派，溯源流於既往，昭軌轍於方來」，把當時詩壇分為湖湘、閩贛、河北、江左、嶺南、西蜀六派。每派均指某一地域詩人形成之風格類型，並依地域風土及該地文學傳統，說明此派之風格淵源。例如論湖湘派，曰：

> 荊楚地勢，在古為南服，在今為中樞。其地襟江帶湖，五溪盤互，洞庭雲夢盪漾其間。俗尚鬼神，沙岸叢祠遍於州郡。居是邦者，蔚為高文。即異地僑居，亦多與其山川相發。
>
> 荊楚文學，遠肇二南。屈宋承流，光照寰宇，楚聲流播，至炎漢而弗衰。下逮宋齊西聲歌曲，譜入清商，極少年行樂之情，寫水鄉離別之苦，遠紹風騷，近開唐體。向來湖湘詩人即以善敘歡情、精曉音律見長。卓然復古，不肯與世推移，有一唱三嘆之音，具竟體芳馨之致。

前者言其山川風物土俗，後者言其文學傳統，然後在這個架構下敘論湖湘詩人在同治、光緒朝的表現。六派統觀，卻彷彿如一幅光宣朝詩歌史的地圖。

這類文學批評手法，取資於明清日益昌盛進步的地理學及地方志修纂事業，應該不少。我國地理學在明末清初大有進展，不僅傳教士帶來世界地理新知，儒者亦以研究地理為讀史之津梁，顧炎武《天下郡國利病書》、顧祖禹《讀史方輿紀要》導其先路，《海國圖志》繼起，洎及清末，研究西北史地亦成學人之常業。地學發展，迥非曩昔可及。方志之修纂，亦復如此。大師如章實齋，便主張編方志時應把該地詩文獨立編為「文徵」，如〈方志立三書議〉曰：「凡欲經紀一方之文獻，必……倣《文選》、《文苑》之體而作文徵。」其〈和州文徵敘錄〉又說：「方州選文，《國語》、《國風》之說遠矣。若近代中州河汾諸集、梁園金陵諸編，皆能畫界論文，略寓徵獻之意，是亦可矣。」可見他也是主張畫界論文的。

而實齋本身就是喜歡以地域論學術傳統的人，著名的「浙東學派」說，即為此公之傑作。這種以地理區劃來討論文化發展的論述方法，在實齋到汪辟疆這一段時間，頗為流行。

汪氏同時而稍前，如梁啟超、劉師培，都是主要論者。梁啟超有〈地理與文明關係〉、〈亞洲地理大勢〉、〈中國地理大勢〉、〈歐洲地理大勢〉、〈近代學風之地理分布〉等文，論證地理與文化發展有密切關係，上承林春溥〈水土與人民氣質〉（《開卷偶得》卷十）之說，並謂南北地理民俗之分殊，在哲學、經學、佛學、詞章、美術、音樂各方面都會形成南北風格的差異。劉師培也有類似的講法，其〈南北學派不同論〉、〈南北文學不同論〉，具體分析了南北文學與學術之不同。這些論述，顯示了汪辟疆那樣的批評方式，乃是整個大學術環境普遍風氣中的一個部分。

同時代人，有些以理論來說明地理對文化有密切乃至決定性的關係，有些持此觀念具體處理文學史、學術史、文化史，有些則替鄉里做點建立文化傳統的工作。例如胡適論漢初學術，喜言「齊學」；柳詒徵《中國文化史》論文化發展、錢穆《中國文化史導論》辨中西文化之不同，均從地理的觀點進入。錢穆本身更有《史記地名考》等地理學著作，其弟子何佑森撰〈兩宋學風的地理分布〉、〈元代學術之地理分布〉，嚴耕望撰〈戰國學術地理與人才分布〉，皆承其學風者，嚴耕望治歷史地理學及人文地理尤見成績。魯迅則不太運用地理觀點來解說歷史，但他從事鄉土文獻之輯校，編有《會稽郡故書雜集》等，不僅系統重建了地方文化傳統，對故鄉紹興的歷史感情，也深深影響到他「魏晉文章」的風格與人格取向。這些事例，說明了什麼呢？難道以地域特性來論述文化傳統，在近代不是一種主要的學術方法嗎？

五

以地域特性論述文學之方法，雖然已如此流行了，但如何說明一個區域的地理範圍同時也即是一個文化或文學範圍，可並不容易。

理論的說明者往往會從以下幾個角度立論。一是由人與自然的結合關係上說。即一群生長在自然地理區域中的人，與該地自然景觀的關係。如說「北方之地，土厚水深，民生其間，多尚實際；南方之地，水勢浩洋，民生其際，多尚虛無」。地理景觀直接影響人的性格，當然也就影響了該地居民的文化創造，「民崇實際，故所著之文，不外記事析理二端。民尚虛無，故所作之文，咸為言志抒情之體」。此外，各地自有方言土語，語言的隔閡，也自然形成一個個不同的文化區域，「聲音既殊，故南方之文亦與北方迥別」（劉師培·南北學派不同論）。

以上這種論證，早見於《漢書·地理志》，是最常見的論證方式。但地理自然景觀只能大略示指它與人的關係。事實上同一個地域中的人，性格差異也很大，南方自有尚實際者，北方亦有好玄虛者。而且文化是否直接關係於地理，也不無疑問，因為文化會傳播、能流動，是眾所周知之事。發生於海濱的文化，傳播入沙漠高山平原地區，一點也不稀奇。文化之生存假若並不仰賴地理條件，何以其發生就一定與地理有關？而且以地理自然景觀及物質條件來論述文學之風格與傳統，必須強調地理的偏殊性，並藉此說明其地文學之偏殊性。

另一種辦法是由人與人的自然關係上立論。同一地域中人的同鄉關係及異代同鄉關係，可能是構成一地文化傳統的重要因素。鄉黨之間，親戚族屬彼此影響，或壤地相接，聞風興起，鄉賢對同鄉後輩的啟迪示範，都可以形成文化傳統，出現一個特殊的類屬狀態。

這個道理不難明白，例證也隨處可見。汪辟疆推江西之詩風，淵源於陶潛，即基於這一理論。但是蘇軾蜀人，其詩文皆與蜀地文學先輩無什關係。蜀地雖出現他這樣的大文豪，蜀地卻沒有聞風繼起、紹述其風格者。因此這種人與人的關聯，未必便能構成地域文學傳統。

而且本鄉先賢對鄉後輩沒什麼影響，卻影響了其他地區的情況更普遍。像程文海〈嚴元德詩序〉說江西之詩，在劉辰翁之後，頗學李賀與陳簡齋。李賀家昌谷，簡齋則為洛陽人，他們的詩風竟影響了江西。這種影響，顯示了文學上風格的選擇與形成，主要是一種文化價值的認定與追求，與地域並無絕對關係。本鄉先輩及大師，固然最可能直接影響一地之文風，然文化價值的追尋，實難以地域限制。

還有一種討論地域特性與文學傳統的辦法，是從該地之歷史文化條件立論。一個地區經濟、工藝、政治、歷史以及文教發展狀況，可能會影響該地人的生活態度、價值觀人生觀，也會影響到文學表現。例如北京為帝都甚久、上海與外商交通較有經驗、臺灣曾遭日本統治之類歷史文化條件，形成了京派、海派不同的文學藝術表現，以及臺灣「亞細亞孤兒」的臺灣人意識之文學。這樣的區別，乃是由一地之文化傳統論其文學傳統，所以比從自然地理談文學傳統要合理得多。

但是，所謂一地之文化傳統，真是實際存在的狀況嗎？我們現在說某地因其歷史文化發展的特殊性如何如何，故其文學如何如何。這個「歷史文化發展的特殊性」，是怎樣獲知的？約翰·G·岡內爾《政治理論：傳統與闡釋》一書，對於「傳統」的辨析，很值得我們參考。

他認為，所謂傳統，其實只是一套虛構的神話。是史家基於處理他自己這個社會所面臨之問題、重新評價當代事物而建構的一套說辭。它假設歷史龐雜紛紜之事相中，存在著一個足以統攝諸多事物，而且是一脈相承並有逐漸發展過程的「傳統」存在。這個傳統，對當代事件與思想也有著因果意義。論者彷彿把歷史上各種文化表現，看成是關切著同一套問題和思想，是歷史上有關一些持久議題的對話活動。他們之間的差異，是傳統的創新部分；共同處，則代表了繼承性。

這種傳統神話，他舉西方政治理論為說。我們則不妨以所謂「亞細亞孤兒之臺灣人意識」為例稍做解釋。某些講臺灣文學史的先生們，認為臺灣因其地理及歷史條件之特殊，為荷蘭、西班牙、清朝、日本、民國相繼統治，但統治者都是外來的壓迫者，並不認同臺灣，所以臺灣人長期處在被剝削壓抑的地位。統治者失敗後立即棄守，又使臺灣類似無父母（祖國）疼惜的孤兒。因此，臺灣文學，一方面充滿了悲嘆嗟怨的亞細亞孤兒情懷，一方面又有強烈的反抗精神，要反抗一切壓迫。從賴和以來，這個傳統即一脈相承。所有文學作品，在他們的解釋中，似乎都是有關這一反映臺灣人悲慘命運及反抗精神的重複變奏，是對臺灣人命運這個永恆的基本問題之持續對話。這種臺灣地域特性與文學傳統說，已充斥於坊間。但這個「傳統」事實上只是論者為解決他們的國家認同危機、重新評價當代事務而建構的一套說辭。亦即把中華民國先化約為國民黨政權，再類比為荷蘭、日本，視為外來之統治者、非祖國。然後藉著對臺灣文學傳統的歷史建構，講臺灣人的文化意識，而達到建立「臺灣人自己的國家」之目的。

這種論述，表面上是從歷史文化傳統來釐定文學傳統，可是實際上是倒過來的。所謂傳統，也只是一種史家反省的分析架構，是由史家理性化建構過的「歷史」，實際上未必存在著這樣一脈相承，足以統攝諸多物事的傳統。

因為史家面對歷史材料時，是有選擇的。他們從歷史上挑選了一些作品，做為真正傳統的代表，而對其他作品（那些不能吻合其「臺灣人意識之傳統」的），則予以貶抑或芟棄。挑選出來的作品，固然構成一條先驅與後續者相繼的傳統香火之鏈，然而，那些被貶抑或芟棄不論的文學史實，正顯示了文學在歷史發展中存在著多樣風格與主題意義，非此一傳統所能綜攝解釋。另一類型的史家，從另一堆文獻及「史實」中挑選另一批材料，表述另一種傳統神話，乃輕而易舉之事。

何況，這個被建構的傳統，其中各式人物著作，真的都關切同一主題，表達同一種意識狀態嗎？歷史的流衍變化，恢詭無端，事相之紛紜複雜，亦復萬怪惶惑，不可究詰。建立一個單系傳承之文學或文化傳統，或有助於我們辨識現今身處的地位，為我們的行動提供歷史的合理性解釋。但從歷史解釋學的角度說，此舉實在是把歷史看得太簡單，以致勾繪出一幅虛假的圖式譜系。

故所謂文學或文化傳統，常是被解釋出來的。這個傳統，有其發端、變化、終結與復興，為一彷彿若真之存在體。不只「臺灣人意識的臺灣人文學傳統」如此，前文所舉之江西詩社宗派、浙東學派等，亦是如此。

浙東學派之說，始於章學誠。謂浙東之學，多宗江西陸九淵，流衍至王陽明、劉蕺山、黃宗羲、萬斯大、全祖望，形成浙東史學，與浙西治學方法及精神皆不相同。後來梁啟超添入了邵晉涵，章太炎添入了黃式三、黃以周，這個學派的陣容遂越形堂皇。何炳松更上推其淵源於宋朝程頤，謂浙東在宋朝即有永嘉與金華兩大派。於是看起來從宋到明到清，便真有一個脈絡相承、精神相繼、淵源流傳非常明確的浙東學派存在了。

但後來大家逐漸發現：陽明學派本不講史學，實齋之學也與黃全諸氏不同，黃氏全氏的著作也到他晚年才見著，〈又與朱少白〉一文甚至誤將黃氏歸入朱學案統。所以實齋並非真能繼承黃宗羲之學者，浙東也沒有這樣源遠流長的一個學派。

既然如此，章氏為何要建構這麼一個學派呢？余英時認為章氏在當時是把戴震看成學術上的勁敵，為了與戴氏代表的學風對抗，在心理上，他需要一個源遠流長的學統做後盾，否則即無法與繼承朱子之學數傳而起的戴震匹敵。而且章氏把他跟戴震的對峙，看成是南宋朱陸、清初顧黃的重現。這種自我評價，也使他不能不建構一個由陸到王到黃到他自己的學脈譜系。

這個體系儼然的學統建立後，後人遂視為歷史上真正存在之物；且又各依己意，為它添加骨血，強化其源流關係。如何炳松為之上溯淵源於朱之永嘉金華。跟呂本中作〈江西詩社宗派圖〉相同。當時呂氏謂此二十五人皆學江西黃山谷，故是江西一祖下衍諸派。胡仔乃謂山谷亦學杜甫，所以應推源於杜甫，張泰來則更溯源至陶淵明。詩派中人，原無陳簡齋，然因方回初讀老杜黃陳詩皆未有得，後誦簡齋集始得入門，所以拉簡齋入派，成為一祖三宗之一。曾茶山本來也未列入，至劉克莊才編入。諸如此類事例，在在可見學派詩派傳承授受若有家法者，常是史家建構之物，是被解釋出來的東西。

故要依這樣的「傳統」來解說一地文化藝術之發展與特性，不能不格外慎重。

六

也就是說，無論從自然地理區域、人際聯繫或歷史文化傳統來討論一地文學之特性與傳統，都很難確說鑿指。我們不否認確曾存在著一些地域性的學風門派，但也有許多地域學派是史家虛構的「傳統」。地域對文學傳統的影響更是複雜，不能用簡單的聯繫辦法把地理與文學拉在一塊兒。以地域特性申論某地文學發展狀況與風格特徵，僅能以寬泛鬆散的方式來運用，而無法視為一嚴格之方法。運用時亦須注意其效能與限制。

雖然如此，在處理小地域文學家之關係，以及作品與讀者之關係時，地域特性與文學傳統的辨識，仍是很有效的方法。例如「明代的蘇州文人團體」、「臺灣的鹽分地帶文學」，這類區分便很容易梳理該時該地的文人活動狀況，也可以跟其他地區文風發展做一分辨，便於進行文學的區域研究。

這種區域研究與比較分析，對文學史研究尤其重要。因為文學史往往依時間先後敘列文學及文藝思潮的發展，忽略了這些不同的文學表現與觀念，可能不只是時間的差異，也常是地域傳統的差異。如明代弘正之際，李東陽主持臺閣，號茶陵派。復古派起而反對之「厭一時為文之弊，又相與講訂考論，其文法奏漢，其詩法漢魏李杜」（張治道〈渼陂先生續集序〉）。復古思潮瀰漫一時。公安派繼起，又反對復古。這種時代風氣之轉變，能不能也看成是地域文學的對抗關係呢？李東陽乃湖南茶陵人，當時號為茶陵派，臺閣體又以歐陽修文為圭臬。所以可說是一種南方文風。反對者則多屬北方文士，康海〈渼陂先生集序〉、〈太微山人張孟獨詩集序〉，及關中人張光孝〈石川集序〉論弘德七子，南方人皆僅列一徐禎卿，餘六人皆北人，陝人又居其三。可見當日復古文學，係由北人主導。其後反對七子者，如徐渭為浙人、公安三袁為湖北人，似可謂為另一種南方文學。

換言之，各地域文人及文學風氣的競爭，也許是構成文學史演變的重要因素。而這一因素，在只以時間敘述，而乏空間布列之文學史著中，往往甚少著墨。

同樣的，我們在論述歷史時，常採總敘時代之方法，而對一時代中共時的地域性差異，少予分辨。

忘記了一個時代中可能存在著許多不同地區的不同傳統與發展狀況。如論明代學風，即云明人淺陋，學子皆束書不觀，徒耗精力於科舉，卻忽略了明代人之不學，可能是因為從事科舉，也可能是由於李夢陽等人提倡不讀唐以後書，更可能是因浙中理學家好談性理。束書不觀，原因非一。而當時蘇州學風，反而是主張博學的。注意這個地域的學術傳統與文學風氣，不惟可以說明一個時代複雜的內涵，也能在一般講明代文學史時，僅從臺閣、七子、公安、竟陵這種單線史述之外，發掘文學社會更豐富的一面。

此外，文學的區域研究與比較，在文學批評史的研究上也可被運用。因為不同地域既可能有不同的文學傳統，其文學評價標準便不一致，其論文學史，評述觀點自多差異。以清末詩來說，江西人汪辟疆總論全國詩壇，以地域分布為綱，不加軒輊。但其《光宣詩壇點將錄》明列湖湘派之王闓運為托塔天王晁蓋，以贛人陳散原為及時雨宋江、閩人鄭孝胥為玉麒麟盧俊義。自然是凸出了閩贛派在詩壇的領袖地位。閩人陳衍《石遺室詩話》及《近代詩鈔》近於這個評價，但對鄭孝胥的推崇，卻在陳散原之上。

江西人、福建人的觀點如此，其他地方人士服氣嗎？未必。試看北方人楊鍾羲之《雪橋詩話》，即知其差異之大。無錫人錢仲聯則謂其鄉賢沈曾植「高於散原矣」（《夢苕庵詩話》）。南皮張之洞也指贛派詩為江西魔派。說陳散原是「張茂先我所不解」。至於廣東人，喜說黃公度，更不在話下，如李景新〈廣東民族詩人黃公度〉就說：「嗚呼！公度誠中國近代最偉大之詩人。」這些評語，雖不能逕視為鄉曲私愛，但其深受各地域文學風氣影響，實甚顯然。

地域觀念對批評家的影響，當然不止於阿私本鄉先賢這一點。一位具有地域觀念的評論者，在觀看各種事務時，都可能會帶上省籍地理意識。例如清人述古，即常從地理畛域這點去立論。紀昀、朱士彥、錢大昕、施北研、宗廷輔、潘德興、李亦元以迄錢鍾書，論元遺山詩，就都從元遺山當時金宋對峙，「南北分疆，未免心存畛域」這個角度去看問題，引遺山「北人不拾江西唾，未要曾郎借齒牙」等詩為證，謂遺山瞧不起南方的詩風。

他們都弄錯了，殊不知此「江西」乃指曾慥編《皇宋詩選》而言，非指江西諸派。以致亂點鴛鴦譜，說當時北方文風，自王若虛以來即不喜江西詩派，遺山承此風氣，故不做江西社里人云云。這樣的批評，並不能說明宋金文學交往的狀況，卻有效地顯示了地域意識如何在文學批評活動中起作用。

我們平時在研讀文學史時，不可能不先接受一些史籍或重要文評家對時代、作者及作品之評價；文學史著中，討論的也常是被這些批評家稱為偉大作者的一連串名字。但假如評論者之地域意識對其評價文學，真有如此顯著之影響，則我們在運用文學批評史材料時就須當心了。唐初史家所描述的南北文風區分，以及他們對南朝文風的貶抑，可能就肇因於修史者皆為北人。故讀史者不能將其所述，視為歷史實相，而應詳考發言者之發言情境、政治立場、籍貫與地域觀念，並由此進而發展各地域批評家批評意識間的比較研究。

自清朝以來，以地域特性論文學雖已蔚為風氣，但真能進行方法論之反省並深化這種方法者，殊不多見。以上簡略言之，希望能對文學研究有所助益。

第十五講　文學與讀者

一

一般談文學，往往談的是作者。作者享受了最大的榮耀，也是整個文學活動的中心。正因作者創作出作品，讓我們享受到文學的愉悅，所以我們感謝作者、歌頌作者。文學史通常即是一部作者的英雄史！大談作者的生平、如何創作、為何能作出如此偉大的作品等等。

作者的榮耀，在於他們寫出了作品，這些作品是一般人難以創作出來的。因此我們也往往花很大的力氣來分析這些作品，分析其為何能得到我們的歌頌與讚美，我們又需要用什麼方法來閱讀它、欣賞它。這是過去討論文學的基本方法。

那麼，讀者在哪兒？讚美文學作品與作者的讀者，通常處在比較卑微的位置，我們也往往忘了他們的存在、忘了讀者其實也很重要。因此，我們今天要特別談談讀者的問題。

讀者爲什麼重要呢？因為，只有將作者、作品與讀者三者合起來看，才能構成一個文學活動。有作者而沒有作品，是無法想像的。一個人號稱是詩人卻從來沒有創作過詩，這樣我們恐怕難以認同其是一位詩人。我們不可能說某人是個偉大的詩人，雖然他從來沒有寫過詩！因此，作者的存在，要依賴作品來驗證！但是，更要說明的是，一個作者與作品的存在，往往還需要依靠讀者來驗證。若從來沒有讀者，我們如何知道過去曾經有這樣的作者與作品呢？王漁洋曾說：「舉世紛紛說開寶，幾人眼見宋元詩？」大家都講唐詩偉大唐詩好，那是唐詩的讀者很多，故「舉世紛紛說開寶」。難道宋元詩不好嗎？未必！只是因宋元詩的讀者沒唐詩那麼多罷了！作品以何種方式存在，其價值如何，作者的優劣，均有待讀者參與才能驗證之。

作者、作品與讀者三者之間的關係又很有趣！我們不能反過來談這三者的關係。比如，我們不能通過作者來證明讀者的存在。我們只能說，作品可以證明作者存在，讀者又可以證明作者與作品存在。因此，表面看是作者最重要，但是深層的思考後，你就會發現：讀者才最重要。作者享受了榮耀，但是誰證明了這榮耀的存在呢？是讀者！

同時，所有的創作活動皆已經預含了對讀者的設定，一個作者在進行創作時一般都已經有了「給誰讀」的假定。

有些創作活動其實是沒有讀者的，讀者只是自己。比如我們在洗澡時唱歌，自己哼歌自得其樂。旁人若聽著了都要覺得難為情：如何這般難聽呢？可是，你要明白，他本來就不是唱給你聽的。這在文學創作中稱為「勞者自歌，非求傾聽」。在山中伐木的人，勞動時哼著小曲，這時的讀者事實上只有自己。

這種形態，讀者與作者是合一的。這時候，創作就變成了純粹的「詩言志」，自己講自己的話。文學創作，就像洗澡唱歌、睡覺打呼嚕，有著自我滿足、自我愉悅、自我發洩的功能。這是我們在談文學功能與作用時一部分人的主張。有人強調文章乃是經國之大業、不朽之盛事，有人就認為並非如此，文學最重要的功能乃是梳理我自己，讓心中鬱結能得到發抒。這種文學的功能觀，自我抒情的特徵較為明顯，把自我抒情作為文學最主要的功能。

我想中國文學中，這一類恐怕是佔主流的。從《尚書》講「詩言志」開始便是如此。

這有點像古琴。古琴的音量非常小。古琴與吉他不同，古琴的共鳴箱比吉他小，它由上下兩塊木頭構成，出音口在下，弦卻在面板上方；而吉他共鳴箱較大，弦又在共鳴箱上方，故聲音比古琴大得多。古琴是依上面弦的振動通過岳山引起木板的共振。同時，琴的面板上塗有很厚的灰胎，故聲音較為清細。而且琴是絲弦（現在大家都用鋼弦，很少用絲弦的，故有人說中國古代「八音」中的「絲」已經絕了）。用絲弦演奏，聲音比現在的鋼弦當然又小得多。即使現在用鋼弦，演出時還是得在古琴出音口附近加上麥克風，這樣觀眾才能聽得到。

古琴在中國樂器中的地位極高，但它為何聲音如此之小呢？因為古琴演奏本來便不是娛人的。只是給自己聽，琴以寫心，故君子不去琴瑟。演奏者不是樂工歌伎，逞技以娛人的。

一個創作者的自尊，和其自我抒情性，在此表露無遺，基本上不需要讀者。此所以高、雅、不俗。但是，無論藝術活動還是人本身，生存在這個世界上，總是有尋求溝通與理解的需要。人害怕寂寞與孤獨，渴求理解與溝通，這才是生命的常態。人們常常感歎「莫我知矣乎」。人不知、士不遇，這是生命中共同的哀感，人都需要尋求知音。這就是爲什麼「知音」的故事會出現在古琴中的原因。琴，本身是君子之器，是自娛自樂的。但是，琴同時又要尋求溝通的可能。所謂的知音，乃是兩個個體之間的莫逆於心、相悅以解。知音表明琴除了自我抒情之外，還需要有另一位懂得我琴聲中意涵的個體。但，知音所要求的聽眾乃是非常少數的，其所以須要「覓知音」，也意謂著能知音的僅是少數。有時同一個時代竟都沒人能了解，還須期待「千古而下，得遇解人」。

以上兩種形態，前一種的讀者就是自己，並不需要其他的聽眾和讀者。第二種情況是要求有讀者的，但只要有一二知音便可，並不要求有許多人能瞭解我。同時，這種瞭解不限於當代人，千百年之後若有一個人能夠瞭解也就行了。古人寫書，經常說要「藏諸名山，留諸後世」，當代人不瞭解我沒有關係，後代自然有人能瞭解我的。

這種形態有一部分是消極的，表明了我們想找到能真正瞭解你的人，是多麼的困難。所以我們說「百世而下遇一知音，猶旦暮之遇也」，人只能「等待」知音。

還有一種態度是積極的。韓愈曾經說過，我寫文章，越是覺得慚愧的，越有人讚美，「大慚則大好，小慚則小好。」陸放翁也同樣說：「詩到無人愛處工。」真正知音是很難得的，故我們與其尋求大多數人的歡迎，不如尋求少數知音。因為很多人喜歡，反而表示你的東西很爛很俗。創作只要少數人懂得，不須投合大多數人，這樣的方式較為積極些。

第三種形態是左思式的，洛陽紙貴；或白居易式的，詩老嫗都解。路上的老人小孩都能朗誦白居易〈琵琶行〉和〈長恨歌〉，讀者群很大，所有人都能夠理解，作品亦能普傳於天下。白居易死時，皇帝還特地寫了首挽詩稱說白居易詩流播之廣呢！我曾經給大家介紹過，當時地痞流氓刺青，有人就全身都刺上白居易的詩，可見當時流氓還是有文化的，亦可見白詩流傳之廣。

二

我們也可以從讀者廣狹的不同來看文類的差異。小說、戲劇或者與俗樂體系相關的文類，譬如彈詞、唱本等，通常是普傳性質的，讀者群往往較大，創作者的訴求也是要給很多人欣賞的。但有一些文體，就不強調普傳。詩、古文都不斷強調這一點。宋人經常說「寧拙毋巧」、「寧澀而勿華」。大家都喜歡的東西，顯示的只是一種「簡單的美」。例如春花秋月，誰不覺得美呢？但某些東西卻是需要通過用典、思考和閱歷才能夠瞭解的，屬於一種「艱難的美」。這並不是人人都能體會的，宋詩可能追求的就是這樣的美。追求的，並不像吃蜂蜜，人人覺得甜，而是吃起來要澀，細細品嘗又能回甘。訴求的只是少數讀者。

對於讀者群的設定，每位作家在創作時，其實心裡都是有譜的，對於讀者群皆有自我的設定。是希望所有人都能懂、還是一部分人懂，這往往也決定了作品的雅俗。

在中國，所謂雅俗之辨，即是從這個地方來。一個作家是希望能夠傾動流俗以成就名聲呢，還是不追求名望，只寫自己想寫的東西？作品最後可能流傳廣遠，但它在被創作時，作者對讀者的設定卻是少數知己而不隨順風氣，這樣的作者通常較被稱道，例如陶淵明。淵明在創作時，未必會想到自己的作品最終將流傳廣遠，要給很多人看。他創作時，對讀者的設定可能是極有限的。這樣的作品，評價大多較高。

這是因為讀者的理解，是有階層、年齡、修養等條件限制的。

我剛來大陸教書的時候，中央電視臺曾來北大錄影，並問我能否去「百家講壇」講講。我請教他們的觀眾設定如何。他們說：設定是中學生。並不是說讓中學生看這個節目，而是說電視媒介把它的觀眾平均水平認定為中學生水平。他們需要節目使中學程度的人都能聽得懂、有興趣，不打瞌睡。所以希望主講人不要講太多理論，能以故事為主。我聽他如此說，當即婉言謝絕。因為教中學程度的人，中學歷史老師來講，會比我更當行；我所擅長的是高深的理論，超玄入幻才是我的長處。

我現在這般平易的講法，也是經過很多年才會的。我教書三十多年。剛開始時根本不能掌握「讀者」的問題，光是按照我自己的理解來講。又因我那時候才二十來歲，太年輕了，所以講課務求高深，唯恐學生以為我沒有學問。我自以為講得很高興、很精彩，可是學生聽得一頭霧水，只能說老師學問太大了。後來我才慢慢學會現在這樣的講法。之所以要發感慨，講這段經歷，是說明每位作者都有其讀者的設定，一味曲高和寡也是不行的，每個人要搞清楚自己的讀者是誰。

我也不會腦子發昏，妄想很多人瞭解我。我有我自我的定位。

《論語》說「人不知而不慍，不亦君子乎？」這話很有道理。很多作者都希望作品廣傳，自己能為人所知，所到之處，眾人圍觀，簽名售書，豈不快哉？可是讀者雖多，大部分是看熱鬧，將你當把戲來耍的，這與求知音並不同。文學作家，畢竟跟歌星、舞星、影視明星還是不一樣的。

所以，雅俗之辨，在文體上，比如小說、戲曲等，算是俗體，在傳統上不重視。這不重視，並不是看不起民間，而是這類作品本身之寫作是給大眾看。因要給大眾看，所以寫作時有著一定的程式化，這跟電視劇有一定的格套一樣。很多藝術表現沒法展開，因涉及讀者的閱讀水準與閱讀習慣。

以上，我跟大家強調的是讀者的量、讀者的階層等，什麼樣的讀者群體設定，跟文體是相關的。

三

接著要說讀者對作品、作者也有一定的理解與要求，這就是我們通常講的「鑒賞論」。如杜甫詩。在大學開講杜甫詩、李白詩是非常難的。教這些，遠不如教李商隱詩、東坡詩等受歡迎。李白詩有天生的豪情、恢廓的理想、絢爛的辭采，還可以振動年輕人。杜甫詩就更困難，因他飽經憂患，形成了沉鬱的風格，同時結構上的技巧，也不是年輕人所能理解的。正如錢鍾書所講，唐宋是兩種類型，人在年輕時，愛風花、愛絢爛，都喜歡唐詩。唐詩意象飽滿、聲律好聽，容易動人。中年之後，歷事漸多，思慮轉深，情感也變得沉潛了，這才慢慢會喜歡宋詩。閱讀文學作品，需要很多經驗閱歷，故中學、大學、文藝青年雖熱情可感，但其思維、閱歷不足，還是很難體會某些作品。

這些閱讀條件，有時指的是讀者應具有的修養，如學問、閱歷和經驗。沒有學問，很多詩是看不進去的。如詩文用典，看不懂就將詩文臭罵一通，其實是自己沒有學問。那些典故對古人來說是極平常的，只是現在的人不懂而已。

讀者與作者之間，也要境界相當才能有恰當的理解，「唯佛能知佛，唯菩薩能知菩薩」，我們尚友古人，其實亦是個心智自我提升的過程，讓我們在閱讀中，慢慢接近作者。

我自己講書時，對此就有較深的體會。如李商隱詩、東坡詩，講來如晤良友，較不費勁，因為差距不那麼大，我還能瞭解他們。但講杜詩就費勁得多，需花很大氣力才能慢慢接近他。所以讀者閱讀時需要一定的條件，包括見識、學養、思想等。

除了學養、器識、胸襟之外，我們還需要一定的方法。理解文學作品的方法，皆為讀者而設。如《文心雕龍》所說的「博觀」、「六觀」等。博觀是要「聞千劍而知劍」、「聞千曲而知曲」。想知道一個人的歌唱得怎樣，須多聽聽其他人的歌。真正聽過高明的人唱歌，其他的就不想聽了。「六觀」則是觀位體、觀置辭、觀通變、觀奇正、觀事義、觀宮商，要看一個作品的各個方面。

這些方法非常之多。我們現代人用西方文學理論解析文學作品，或探討作者的情志，方法之多，遠勝於古。

我們自己也許沒有太多見識，故又需要有人引導。文學閱讀上有許多導覽，有許多名家為我們做解析。名家解析在古代就是各種類型的評點。評點除了評，還有圈點批抹。四庫提要謂抹筆起於北宋，乃北宋人讀書之常習；而圈點之法則興於南宋：「宋人讀書，於切要處率以筆抹。故《朱子語類》論讀書法云：先以某色筆抹出，再以某色筆抹出。呂祖謙《古文關鍵》、樓昉《迂齋評註古文》，亦皆用抹，其明例也。謝枋得《文章軌範》、方回《瀛奎律髓》、羅椅《放翁詩選》始稍稍具圈點，是盛於南宋末矣。」

宋人之圈點記號法，於文章精神筋骨切要處，抹筆、圈點，開卷瞭然，於讀者為便，因此不斷發展，形成各式繁簡不一之記號體系。元朝程端禮《程氏家塾讀書分年日程》據館閣及黃勉齋點經法，參考謝枋得批點法（稱為疊山法），發展成更精密的批點記號法，稱為「廣疊山法」。包括畫截、側抹、中抹、側圈、側點、正大圈、正大點等七種符號及黑、紅、青、黃四種顏色，組合成十六種記號。歸有光用五色圈點《史記》，號為古文秘傳，當源於此。

評點前面通常還有凡例或各種讀法。如《三國演義》，毛宗崗父子的評本，一開頭就是總括《三國演義》讀法，告訴讀者《三國演義》該怎麼讀。《三國演義》、《紅樓夢》、《水滸傳》等書的評點本都有一篇這樣的讀法，然後就是具體的就每一回告訴讀者它是怎麼寫的，並在每一段、每一句下細細評點。這其實是帶讀者進入到文學作品之中遊覽。假如你什麼都不懂，對詩法文法又不太熟悉，這一類導覽可以提供很大的方便。現代也有很多類似的賞析。

評點，有一種是作為讀者的代表，告訴大家閱讀的經過。另一種是多重讀者。評點常是好多人評的，稱為集評。而評者還會互相對話，所以是多重讀者。不過這兩者都有個危險，就是常替代了真正的讀者。我們在歷史上看不到當時讀者真正的反應，我們看到的只是代表性的讀者，他們代表了當時的閱讀群體。每一個評本即代表了一類閱讀群體。他不是一個人，比如金聖嘆、毛宗崗、張竹坡等評本，各代表了一類讀者。這一類讀者被代表之後，我們所能看到的只是代表性讀者的意見。明代以後，小說戲曲便有許多隨正文一齊刊刻的評點。評點者的文字，猶如戲場邊上的喝采聲、議論聲，堂而皇之，與作者並列，甚至引導著作品的意義方向。過去，只說是讀某一小說某一傳奇某一戲曲，這時則要看讀的是誰的評本與刊本了。評本刊本不同，作品文本及意涵就都不一樣。

現代藝術家，例如將簽名的小便斗當做一件正式作品、又在蒙娜麗莎的圖像上添了鬍子而在現代美術史上聲名大噪的杜象（Marcel Duchamp），一九五七年說道：「藝術不再是一種由藝術家獨立完成的創意行為，相反的，觀者藉由解讀作品的內在意涵、而讓作品與外在世界有了聯繫，也因此將個人的想法貢獻給了這件作品。」德國觀念藝術家波伊斯（Joseph Beuys）也在一九七〇年提出了「大家都是藝術家」（everyone is an artist）的觀念，將觀眾的參與視為藝術作品的一部分。而德國當代藝術理論家彼得·韋柏（Peter Wiebel）更指出，未來的藝術將成為一種「以使用者為中心的民主系統」。他們都誇現代、講未來，可是明代中葉早就已是這等情景了。

四

在這部分我要說的是，作品會因為讀者而產生變化。

作品的性質、評價跟詮釋，都會因為讀者而產生變化。作品不是客觀的、已完成的。我們現在的文學史都是客觀性的寫法，作品的所有權屬於作者，是作者的創造物，作品和作者是合在一起的。例如《西遊記》這本書，故事本身自然很早了，來自玄奘取經。我們所講的是現在小說文本的《西遊記》，從它開始出現以來，明朝清朝人和我們現在所讀的就是兩回事。我們現在說是神魔小說，主要是魯迅的影響。明清之人根本不知道什麼是神魔小說，神魔小說這個詞是魯迅所創。古代將其看做神仙傳。神仙傳是古來就有的體例，如《西遊記》、《東遊記》、《北遊記》、《南遊記》，都是明代作品，寫神仙的出身，如北方真武大帝的出生等關於神仙的出身與成道過程的記錄。所以《西遊記》最後，玄奘、孫悟空、豬八戒等也都被封了神。

從神的出生，降妖伏魔的過程，最後修成正果。這個寫法，古來就有一個寫作傳統，那就是神仙傳。所以古人在看這書時，不會像我們說《西遊記》是中國幾大小說之一。首先它不是小說，而是神仙傳。其次，這本神仙傳是誰作的呢？明清人幾乎都異口同聲，認為是丘處機所作。借這個故事講金丹大道，不但講這些人肉身成道，同時也教你如何肉身成道。通過這個故事，讓你悟到成道成仙之奧秘。所以該書在明清之間被大量閱讀，主要是作為修煉的文字文本，而非文學文本。

現代人解釋《西遊記》，力反此途，胡適之寫《西遊記考證》，說《西遊記》這部書幾百年來被和尚道士們搞壞了，其實這書並沒什麼微言大義，也沒有什麼金丹大道，只有一些憤世嫉俗的想法，還有有趣的、玩世不恭的態度，是文人的遊戲之作。然後他為《西遊記》找到了另一位作者——吳承恩。胡適不承認《西遊記》是丘處機作，他在明朝淮安府的方志中找到了一條資料，說有個叫吳承恩的人寫了《西遊記》，但只有這一條孤證，證據是很薄弱的。現在的學者對於《西遊記》是否為吳承恩所作，多持懷疑的態度，因為這條記載只說吳承恩寫過《西遊記》，但名叫《西遊記》的書很多，何以知道吳寫的就是這一本？相反的，《千頃堂書目》就將吳承恩《西遊記》放入地理類。此外，吳承恩其他著作中，也找不出和《西遊記》相關的材料。

由於明清人大都認為作者是丘處機，所以當時《西遊記》還不是文學文本。題李卓吾所批的《西遊記》，才開始提到它使用寓言、遊戲的筆法，上溯莊子、屈原，文章詼諧變化，說其中充滿文趣，開始對其進行文學性的閱讀。清中葉以後文學觀點漸多，認為它猶如古文家「文以載道」一般，以文字之巧、章法之奇來讓人深入理窟，所以甚具價值：「《西遊》一書，不唯理學淵源，正見其文法井井。……一本孔孟之深心、周漢之筆墨，演出錦繡之文章，其中各極其妙，真文境之開山、筆墨之創見。……一部《西遊》可當作時文讀，更可當作古文讀。人能深通《西遊》，不唯立德有本，亦必用筆如神。」

（張書紳・新說西遊記總批）到胡適、魯迅以後，以文學角度看這本書就更普遍了。

《紅樓夢》更是如此。《紅樓夢》的提倡、推崇、介紹，以及對於作者曹雪芹的認識，基本上是一批旗人以北京為中心作為一個圈子，慢慢向外傳播的。

最早可查到的資料是曹雪芹和他兩個朋友唱和，可以看到他的生平面貌，如他家世很顯赫，祖先做過江寧織造，到京城已經潦倒了，他能作詩畫畫，詩是李賀一路等等。但同時代和他認識且親近的朋友沒人提過他能寫小說而且寫了《紅樓夢》。後來有人讀《紅樓夢》，說相傳是個旗人叫曹雪芹的所作，然而這位旗人亦並不認識曹雪芹。《紅樓夢》是曹雪芹所作，除了這個講法以外，沒有其他直接證據，連曹雪芹屬於哪一旗都不甚清楚。

那時候，漢人中更沒有任何人聽說過曹雪芹。當時最大的名士是袁枚。袁枚住處叫隨園，據明我齋告訴他說那原先是曹家的花園。曹家衰敗，被逮回京以後，這個花園，也就是《紅樓夢》中的大觀園，賣給了隋赫德。袁枚又從隋赫德手上買下了它，把「隋」改做「隨」。他要說這園子是有來歷的，就引了他這個朋友的話，說這旗人告訴他這是以前曹家的花園。很顯然袁枚也不瞭解曹家的來龍去脈，他只是聽說有這麼回事，因此他說曹雪芹跟我已經相隔百年了。其實他根本不知道，如果真有曹雪芹這個人，他們應是同時代的。而且他顯然也沒看過《紅樓夢》，以為是講妓院，十二金釵皆是青樓妓女。

那時，沒一個漢人談過《紅樓夢》、瞭解《紅樓夢》。所有跟《紅樓夢》有關的隻言片語，都出自旗人。

現存所有《紅樓夢》十二個抄本，也全都出自北京，由旗人家或王府再散出來的。你把所有版本的來歷全部爬梳一遍，就知道都不出自漢人，所以《紅樓夢》其實是一個在旗人的圈子裡面傳播出來的東西。當時一位史學家邵懿辰到北方去做官時，發現北京士大夫幾乎家家都有本《紅樓夢》，北京成為《紅樓夢》傳播的中心。紅學這個詞也出自北京，也是在旗人家庭裡面出現的。

為什麼《紅樓夢》都是旗人在講，因為旗人覺得曹雪芹是旗人，這一部作品又顯示了大觀園、賈府的繁華之盛。

可是後來漢人讀時，讀法卻不是這樣的。他們覺得，這個小說裡面寫的事情男盜女娼，亂七八糟，除了門口那對石獅子之外，沒有一個是乾淨的。

這就使得旗人的情緒受到很大影響，所以就有一部分旗人說，旗人搞不清楚情況，還覺得這部書是對我們旗人的誇耀，助我鋪張，事實上這部小說是在詆毀我們旗人。《紅樓夢》這本書在嘉慶以後常常被禁，且往往是旗人大官所禁，即緣於此。

因此你從讀者群來看這本小說，它的流傳史，還有性質的改變，是很有趣的。嘉慶、道光以後，有一大批評本，跟我們現在讀的脂硯齋評本，評論體系完全不同。不講身經繁華、中間情感糾葛、家庭興衰等等，而是「戒淫逸、正人心」。

張新之、王希廉及大某山民姚燮三家評本均如此，《紅樓》的續書也差不多。逍遙子《後紅樓夢》、秦子忱《續紅樓夢》，蘭皋居士《綺樓重夢》、小和山樵《紅樓復夢》、海圃主人《續紅樓夢新編》、夢夢先生《紅樓圓夢》、歸鋤子《紅樓夢補》、嫏嬛山樵《補紅樓夢》與《增補紅樓夢》、花月癡人《紅樓幻夢》、雲槎外史《紅樓夢影》等，多不滿原書戒淫之旨不顯豁，故更強調戒淫逸、正人心，例如逍遙子云其書：「歸美君親，存心忠孝，而諷勸規警之處亦多。」小和山樵也自稱其書：「以忠孝節義為本，男女閱之，有益無礙」、「書中因果輪迴，警心悅目，借說法以為勸誡」。

還有人認為整部小說就是譏諷世家大族沒有好好教育子弟，謂「其書反覆開導，曲盡形容，為子弟輩作戒，誠忠厚悱惻，有關世道者也。」（訥山人．增補紅樓夢序）「見簪纓巨族、喬木世臣之不知修德載福、承恩衍慶，記假言以談真事，意在教之以禮與義，本齊家以立言也。」（觀鑒我齋．兒女英雄傳序）「孔子作《春秋》……是書實竊此意。通部《紅樓》，只《左氏》一言概之曰：譏失教也。」（張新之）。張批強調此書可以「訓後世，使正其心術」，是把寶玉之玉解釋為慾。所以寶玉最後得和尚指點，明白「世上的情緣，都是那些魔障」，把玉還給和尚，說：「我已有心了，要那玉何用？」才終於了卻塵緣，復歸本處。似乎此書之主題即是去除情識欲求之心，以恢復本心。大學之道，在明明德，這是用儒家思想來解讀《紅樓夢》的。

《紅樓夢》的讀者非常複雜，有旗人的一種讀法，跟漢人讀法完全兩回事。有儒家的讀法，還有妓女的讀法，後來不是有一部小說叫《青樓夢》嗎？清朝中期以後，讀《紅樓夢》最熱衷的是妓女群。很多妓女特別喜歡跟人家討論《紅樓夢》，她們把《紅樓夢》讀得爛熟；妓院的妓女，很多都叫林黛玉、薛寶釵。在清末，上海妓界四大金剛中最重要的一位就叫林黛玉。她還召集妓女，組織了一個會，因為妓女年輕時漂亮，大家捧著，年老色衰以後則晚境淒涼，所以她們找到一處建立公墓，名叫花塚，把名流通通找來募捐，組織起來，還有許多文人仿林黛玉〈葬花詞〉作詩。像這樣一批女性讀者讀《紅樓夢》，和男人就是完全不一樣的。

男人讀《紅樓夢》，主要是找微言大義，是不是反清復明、是不是雍正奪位、是不是順治出家等等，這是漢人的讀法，做民族主義小說讀，做宮廷鬥爭讀。而女人讀法不是這樣，要體會書中人如何用情、如何談戀愛，將之納入女性閨閣這個傳統。

紅學的主流，一是透過書中所述，去考索作者為誰，其家世又為何；二是追索書中所述情節之影射之寓意為何；三是論小說的寫作技巧及主題意識。這些讀法，都不會以憐香惜玉的態度對書中女人之身世遭際咨嗟讚嘆；也不會對女人之美（姿貌、服飾、性情、活動）做太多的討論。換言之，大多數男性讀者及絕大多數紅學專家，對這個女性傳統是沒興趣的。他們只想找出寫出這些女子故事的人是誰、猜這些女子各自影射了誰、爭辯這十二金釵故事有何含意，還有些人則努力在討論這個故事是否具有社會批判功能。

這些讀法，都是剛性的，且指向女子以外的世界。但另一批人恰好相反，通過《紅樓》，他們要談的，是女人本身粧閣閨幃的世界，香柔艷膩，自成一格。

王希廉評本，沈鍠〈序〉說：「《石頭記》一書，味美於回，秀真在骨。自成一子，陋搜神志怪之奇；不仿秘辛，軼飛燕太真之傳。其曰可讀，久而聞其香。……耳食者方諸南柯之記，目論者訾為北里之編」。這樣的序，不但說《石頭記》本身香，也說抄這本批本的人是因「愛香成癖」。這本書且被他比擬為《雜事秘辛》、《飛燕外傳》。不但如此，本文還指責說《紅樓》可讓人體悟浮生若夢者是「耳食」，認為許多讀者看過這本書都會覺得它像《北里志》。

這樣的序，跟劍舞山人的題詞說《紅樓》「砭頑如見悼紅情，不是齊諧專志怪，吁嗟乎，金陵自昔多金釵，而今花月荒秦淮」，都明顯地是把《紅樓》關聯到女性傳統去，讓人對該書有香豔的想像。而經過這樣處理後，王希廉的評本，意義也就被改造了。

周綺〈紅樓夢題詞〉也類似，說：「余偶沾微恙，寂坐小樓，竟無消遣計。適案頭有雪香夫子所評《紅樓夢》書。試翻數卷，不覺失笑，蓋將人情世態，寓於粉跡脂痕，較諸《水滸》、《西廂》尤為痛快」，談的是王希廉的評本。可是王氏本號雪薌，被她改成雪香；而且她對王本並不盡滿意，所以「戲擬十律，再廣其意」。作完後，「聞桂香入幕、梧葉飄風，樓頭澹月，撩人眉黛」，刻意突顯她自己的女性特質。

同理，沈謙〈紅樓夢賦〉自序說：「子夜魂銷，丁簾影寂。舞館歌台之地，日月一瓢；脂匳粉碓之場，烟塵十斛。……於焉沁愁入紙，擇雅拈題，鄉寫溫柔，文成遊戲。仿冬郎之體，介秋士之悲。顰效西施，記同北里」。啊，你看他寫得多麼香柔粉膩！怪不得其友人稱贊沈氏這二十首賦是：「繪閨閣之閑情」、「比宋玉之寓言，話別閨遊。寫韓憑之變相，花魂葬送」。宋玉之寓言，是巫山雲雨、登徒子好色；冬郎之詩體，是香匳無題。春女悲，秋士怨，韓憑賦愛情之變，北里載倡妓之篇。這些辭彙與典故，在講什麼呢？沈氏所賦，均為紅樓情事，如滴翠亭賞撲蝶、海棠結社、櫳翠庵品茶、蘆雪庵賞雪等，這些事，以及他自己所寫的賦，均是自覺地把它納入閨閣粧匳傳統中去的。

可見讀者不同，作品性質、內容、評價就完全是兩回事。不同的人讀《紅樓夢》有不一樣的感受，所以吵成一團，有的說你根本沒有讀過，有的說你讀的根本不是《紅樓夢》。實則大家都讀的是同一個文本，只因讀者不同，結果遂異。我們討論時，要尊重這種不同，形成多元閱讀的習慣。詳細的情況，各位也可以參考我《紅樓夢夢》一書。

五

多元閱讀的這種可能性或這種講法，恰好也就是清代常州詞派的主張。

常州詞派講寄託，溫庭筠「懶起畫娥眉，弄妝梳洗遲」那闕詞，明明講的是一個女子早晨起來百無聊賴的情狀，但張惠言說它「有《離騷》初服」之意，跟屈原是一樣的。

歐陽修的詞「淚眼問花花不語，亂紅飛過秋千去」，張惠言也說：花是美好的東西，香草與美人，代表君子，落花就代表君子凋零了。歷經風吹雨打，花都落了。而且是一大片花被摧殘。這必然是指當年范仲淹等人被貶官的事。各位看《岳陽樓記》，開篇就寫「慶曆四年春，滕子京謫守巴陵郡」。滕子京建好岳陽樓以後，爲什麼要請范仲淹來寫《岳陽樓記》呢？范仲淹又沒有去過岳陽，他人也不在那里，定要請他寫，卻是為何？而《岳陽樓記》爲什麼又從「慶曆四年春」寫起？因為他們是一夥的。都因慶曆變法失敗而一起被貶官，以此因緣，滕子京才會特意邀范仲淹來寫。范仲淹才會從「慶曆四年春」寫起，然後講「不以物喜，不以己悲」等等。慶曆四年春，這些賢能的人都被貶官了，所以是「亂紅飛過秋千去」。諸如此類，每首詞，都蘊含了政治上的諷喻。

有人說常州詞派這麼解釋實在是太迂腐了。其實不然，常州派的解釋，本來就是提供「一種」解釋。詩跟文章不一樣，文章指事說理，每篇文章講什麼很清楚，但詩有博通之趣。其與文章之不同，就像飯和酒是不一樣的。飯，你吃一碗是一碗；酒，喝了一碗產生效果卻不一樣。詩該如何讀？詩有寄託、有影射，故須博通，不可拘泥。

因此周濟《介存齋論詞雜著》就說我們讀詩詞如「中宵驚電，罔視東西」：夜間走在曠野上，忽然間，雷電一閃；你驚動了，想找，卻搞不清楚它剛剛是在哪裡。作者的原意就跟這差不多。我們看到了閃電，但是不確切明白閃電從哪裡來。又如「臨淵觀魚，意在魴鯉」。站在池子邊，看水裡的魚，隔著水看得不真切，只能猜牠是魴還是鯉。正因這樣，後來常州派另一位大家譚獻（一八三二～一九〇一）就主張「作者之意何必然，讀者之意何必不然」。作者原意雖然未必如此，但爲什麼讀者就不能這樣解釋呢？

這麼講的還有魏源。魏源說三家詩和《毛詩》不同。三家詩指齊、魯、韓，是今文學，毛詩是古文學。魏源認為三家詩的解釋偏重於作者之意。毛詩則是采詩和編詩人的意思。采詩和編詩人就是讀者，作者有作者的想法，讀者有讀者的讀法。由於詩有博通之趣，一首詩作者原來這麼作，但采詩人收集來給天子看，卻可以有另外的用意。

這是作品。作者也會因著讀者而產生變化。例如陶淵明是公認的沖和平淡之田園詩人。龔定庵有首詩卻說「淵明酷似臥龍豪」認為它跟諸葛亮一樣，其心情是「二分《梁甫》一分《騷》」。所以勸大家：「莫信詩人竟平淡」。這是個特別的視角，認為淵明不止是平淡，還有平淡之外的東西。後來這個觀點被魯迅所強調，說我們看淵明不僅要看到他的菩薩低眉，還要看到他的金剛怒目。這樣，對陶淵明的理解就產生了變化。

再如李商隱，在兩《唐書》，李商隱的形象都是無行文人，道德不太好。據記載，李商隱從小家貧，無以為生，靠替人抄寫度日。大官令狐楚很賞識他，招他做幕僚，他遂跟隨令狐楚學做文章（當時的公文書是駢文，他的駢文在唐代也是很重要的）。所以令狐楚對李商隱來說，既是老闆，又是老師，還像爸爸一樣看著他成長。他和令狐楚兒子令狐綯，是年輕時的玩伴。後來李商隱科舉不順利，考了十年都沒有考上，還是靠著令狐綯的關係才得獲雋。然而，他剛剛考上，令狐楚就過世了。這時，他卻犯了個大錯，竟在這時娶了令狐楚家族死敵王茂元的女兒。這簡直是陳水扁兒子娶馬英九女兒，政治上的大忌、大玩笑。令狐楚這邊的人會想：這小子，令狐楚剛死，竟忘恩負義，巴結對頭；王茂元家裡人則疑忌他畢竟不是自己人。兩邊不是人，仕途自然非常不順，在史書中更被形容是放利偷合的小人。後來令狐綯當了宰相，他還一直是六品七品的小官。清朝人解他的詩，都說那些無題啦愛情啦委婉的句子其實是寫給令狐綯的，總體意思是說：幫幫我吧，看在我們一起長大的份上！

因此李商隱第一個歷史形象就是個小人，人和詩文分開，文人無行。喜歡他的詩文不一定要喜歡他的人。把他和段成式溫庭筠合稱三十六體，從文體去掌握他。

宋朝初年，學他詩的，稱為西崑體，有楊大年、錢惟演等人，同樣從文體上學。特徵一是典故多。

古人說他作詩很像水獺到池塘叼了魚，不立刻吃掉，是擺到岸上一條一條排滿了，東看看西嗅嗅。傳說這是在祭拜，所以叫祭魚。其實不是，牠在挑，看先吃哪一條，稱為獺祭魚。李商隱作詩即如此。跟我們現在學者寫論文一樣，攤書滿案，東翻西翻，用典繁多。二是辭藻美。這時重視的是他修辭上的特徵而不是他的人。

到了北宋中期，他卻碰到了一位特別的讀者，命運為之一變。這讀者是誰？就是王安石。王安石是政治家，他認為唐人學老杜，最好的就是李商隱。為什麼？他講的不是修辭，是心胸。老杜要「致君堯舜上，再使風俗淳」，是個想改造世界的人。王安石認為李商隱也有這樣的胸懷，他引了兩句李詩，叫做「永憶江湖歸白髮，欲迴天地入扁舟」，這講的是范蠡。永遠懷念江湖，希望我年老了能回到江湖上去，可是回歸江湖不是一事無成的回去，那沒意思，而是「欲迴天地入扁舟」。我的本領是能夠旋乾轉坤，改造世界。改造世界後，偉大的功業對我來說都不重要，一葉扁舟，仍回到江湖中去。這詩當然是李商隱寫的，可是只有王安石這樣的人能揭示出來。看來講的似乎也不是李商隱，其實就是王安石自己。王安石晚年隱居鍾山，騎著毛驢，所創功業，置諸腦後。故他讀李詩，看到這兩句，特有慧心，覺得杜甫的心胸情懷，李商隱才得繼承。

這對後人有很大的啟示，大家拼命研究李商隱如何學杜。胸襟之外，還有技巧問題。因為李確實有好幾首是學杜的。找來找去，慢慢形成一種看法，認為學老杜一定要有崑體功夫，唯有通過崑體這些詞藻典故修辭，才能達到老杜渾成之境。

但這時李商隱詩還沒有注解，所以元遺山說：「詩家總愛西崑好，獨恨無人作鄭箋」，沒有人像鄭玄注《詩經》一樣去注它。後來就有注了。元朝一位叫道源的和尚作注，這當然很特別，情詩都被解成了懺情。「春蠶到死絲方盡，蠟炬成灰淚始乾」，情絲飄渺，會耗盡人的生命啊！

道源的注後來失傳了，故影響不大。明清之間，又有個重要的讀者出現，那就是注解杜甫的錢謙益。錢謙益沒有自己注過李商隱詩，但是他對李商隱詩的詮釋影響極大，因為他認為李詩和杜詩一樣，都和時事有關。杜甫是詩史，李商隱也有很多比興，凡講男女皆是用比興之法來講時事，不能當作男女戀愛去讀。李商隱的個性也不是放利偷合的，他對時局很有抱負。注李商隱詩的，後來有程夢星、馮浩等，都是這個路數。還有吳喬，是個武術家，寫過《西昆發微》完全用比興寄託的手法來解釋李商隱詩。

其原則是「知人論世」，通過歷史來知人，來了解李商隱詩中的寄託、和時事之間的關係。後來王國維在替張爾田《玉溪生年譜會箋》作序的時候，總結他們的方法是：「細按行年，曲探心跡」。

這便是李商隱的詮釋史。李商隱的形象和詩歌內容，因讀者的不同，產生了詮釋上的變化。李商隱的詩可以這樣去看，杜甫詩、李白詩、李賀詩、陶淵明詩等也都可以用我這種方式去看。看他們的詮釋史，就可以看出來一個詩人在不同時代中，通過讀者，他的形象與內涵會產生什麼變化。

整個時代也是如此。像唐詩，經過嚴羽、明朝的高棅等這些人，其形象就產生了重大變化，才有現在各位所知道的唐詩。唐代詩人中哪些比較重要，那也是經過不同時代讀者的詮釋所造就的。

六

談到這兒，大家很自然地會想到這些年來一個流行的文學理論流派，叫做讀者接受美學，現在也很多人做這方面的研究。但我的想法和讀者接受理論不太一樣：不是一個作品寫出來以後，有讀者不同的接受問題；而是作品乃作者和讀者所共同創造。不是讀者被動接受，也不是作者獨立創造。作者寫了個東西出來，但是得經過讀者，才會成為作品。一個文學文本是經過讀者以後才形成的，就像《左傳》、《史記》。《左傳》原來不是文學文本，後來變成文學文本，是因有讀者用文學性的讀法去讀它，把它讀成了文學文本。包括把它拆開，成為獨立的篇章。

這種文學文本，和原先的文字文本不同，乃是極常見的。很多詩文皆因讀者不同而出現新版本，以改編、刪節等方式重新處理。如《三國演義》，是在毛宗崗父子手上修改成了現在這個樣子。現在看到的《金瓶梅》，和原來《金瓶梅詞話》差距也極大。《金瓶梅詞話》粗俗的文字、充滿了民間說書型的調子全變了。

從作者、作品到讀者，也不是個直接的過程，多半有些中介。因為其間有個傳播過程。古代是口傳或以抄寫的方式，後來主要是出版。

出版在古代，除了印經典之外，最重要的就是印文學作品。在經、史、子、集四部中，集部幾乎是經史子三部的總和，可見中國傳統印刷品中，文學是最大一類。在臺灣的書店業，以前的分類方式很簡單，粗分只有兩大類，一是文學類，一是非文學類。大陸的情況或許不然，但你看大陸的文學藝術家聯合會，是所有藝術家都算進去的。可是「文學藝術家聯合會」之外又還有「作家協會」。作協的位階且和文聯一樣。按道理，文聯應該在作協之上，因它涵蓋較廣。但是不然，兩者乃是並列的。甚至有時作協的力量還大於文聯，比如歷屆開「文代會」，都是作協為主。這是因為傳統上有文學的優位性，除了經典和善書，文學本來就是出版的最大宗，而文學的發展也和出版最為密切。

文學上流派風氣的改變往往也因為出版，比如明朝尊唐，宋詩沒有地位。明末清初的時候，宋詩的地位開始抬高，便是得力於《宋詩鈔》的出版。《宋詩鈔》出來後風氣為之一變。因為大家沒有讀過什麼宋人詩，讀的都是唐詩的選本和刊本，讀後當然認為唐詩是典範。讀了《宋詩鈔》才產生了改變。所以研究文學批評，有種方法，就是研究選本、刊刻、流傳跟整個文學風氣間的關係。

這個關係很明顯，明清之間，每一流派出現，都搭配一套它的選本。比如王漁洋講神韻，神韻派必奉漁洋的《唐賢三昧集》為圭臬；沈德潛的理論，也須搭配他的《唐詩別裁》、《說詩晬語》，那是他的詩論和唐詩選集；袁枚則有《隨園詩話》。《隨園詩話》雖是詩話，也有選本的功能。明七子也一樣，《唐詩選》影響深遠。

某些時候，刊刻詩集除了文學的考量外也有複雜的政治經濟因素。如我們說宋代江湖詩人、江湖派，就是因為當時書商陳起刊刻了《江湖詩人小集》，形成了這樣一個江湖詩人的體系。但因刊刻的過程中跟朝廷產生了摩擦，故朝廷禁書、劈版。又如《紅樓夢》這些小說戲曲，在後代常被禁止。被禁，不是禁止你在家裡抄寫，而是禁止刊刻。在宋代就出現過禁止刊刻詩文的例子，如北宋末立了「元祐黨人碑」，同時也就禁止蘇東坡黃山谷的詩文集流布傳刻，已刻的還要毀掉。

傳播是作者、作品和讀者之間的鏈條，所以文學的傳播史是非常重要的，但我們過去的研究相當不足。現在應該多注意這個部分。明清文學傳播的印刷史料，如有關當時的書商、刻板雕版的技術等等這些實物資料，目前也還不少，因此這部分的研究還有待大力開發，期待各位啦！

國家圖書館出版品預行編目資料

中國文學十五講

龔鵬程著. – 初版. – 臺北市：臺灣學生，2013.08

面；公分

ISBN 978-957-15-1576-2 (平裝)

1. 中國文學 2. 言論集

820.7 101020205

中國文學十五講

著作者：龔鵬程
出版者：臺灣學生書局有限公司
發行人：楊雲龍
發行所：臺灣學生書局有限公司
臺北市和平東路一段七十五巷十一號
郵政劃撥戶：〇〇〇二四六六八號
電話：（〇二）二三九二八一八五
傳真：（〇二）二三九二八一〇五
E-mail:student.book@msa.hinet.net
http://www.studentbook.com.tw
本書局登記證字號：行政院新聞局局版北市業字第玖捌壹號
印刷所：長欣印刷企業社
新北市中和區中正路九八八巷十七號
電話：（〇二）二二二六八八五三

定價：新臺幣四〇〇元

二〇一三年八月初版

82037

ISBN 978-957-15-1576-2 (平裝)